民國文化與文學^{研究}^{文叢}

民國文化與文學 研究文叢

七 編

第 **24** 冊

時代重構與經典再造（晚清與民國卷·1872～1949）
——國際青年學者專題學術論集（第一冊）

李浴洋編

國家圖書館出版品預行編目資料

時代重構與經典再造（晚清與民國卷·1872～1949）——國際青年學者專題學術論集（第一冊）／李浴洋 編 — 初版 --
新北市：花木蘭文化事業有限公司，2017〔民 106〕
目 4+186 面：19×26 公分
（民國文化與文學研究文叢 七編；第 24 冊）
ISBN 978-986-485-064-8（精裝）
1. 中國當代文學 2. 文學評論 3. 文集
820.8　　　　　　　　　　　　　　　　106013226

ISBN-978-986-485-064-8

9 789864 850648

民國文化與文學研究文叢
七 編　第二四冊　　　　　　　　ISBN：978-986-485-064-8

時代重構與經典再造（晚清與民國卷·1872～1949）
——國際青年學者專題學術論集（第一冊）

編　　者　李浴洋
總 編 輯　杜潔祥
副總編輯　楊嘉樂
編　　輯　許郁翎、王　筑　美術編輯　陳逸婷
出　　版　花木蘭文化事業有限公司
社　　長　高小娟
聯絡地址　235 新北市中和區中安街七二號十三樓
　　　　　電話：02-2923-1455 ／傳真：02-2923-1452
網　　址　http://www.huamulan.tw 信箱 hml810518@gmail.com
印　　刷　普羅文化出版廣告事業
初　　版　2017 年 9 月
全書字數　885921 字
定　　價　七編 31 冊（精裝）新台幣 58,000 元　　版權所有·請勿翻印

時代重構與經典再造

陳平原

中國現代文學史研究中的「民國文學」概念——《民國文化與文學研究文叢》第七編引言

李 怡

與政治意識形態淵源深厚的文學學科

　　大陸中國現代文學研究，最近 10 來年逐漸失去了 1980 年代的那種「眾聲喧嘩」、「萬眾矚目」的熱烈景象，進入到某種的沉靜發展的狀態，如果說，在這種沉靜之中，有什麼值得注意的現象的話，那就是「民國文學」概念的提出以及引發的某些討論。

　　對於海外中國文學研究者而言，現代中國很自然地分作「民國時期」與「人民共和國時期」，這是一種相當自然的歷史描述，作為文學史的概念，也完全有理由各取所需地採用不同的概念：現代中國文學、中國現代文學、中國文學（民國時期）、中國文學（中華人民共和國時期）等等，這裡有思想的差異或者說審美意識形態的分歧，但是卻基本不存在嚴重的政治較量和衝突。站在海外漢學的立場上，人們難免困惑：現代文學也好，民國文學也罷，不過就是一種文學史的稱謂而已，是不是有如此鄭重其事地加以闡發、討論的必要呢？

　　這裡就涉及到對大陸中國現當代文學學科存在格局的認識。其實，嚴格的學科意義上的「中國現當代文學」並不是在 1949 年以前的民國時期建立的，儘管那時已經出現了「中國現代文學」的大學教育，也誕生了為數可觀的「中國現代文學史」著作，但是主要還是講授者（如朱自清）、著作者的個人選擇，體系化的完整的知識格局和教育格局尚不完整。真正出現自覺的「學科建設」的意識是在 1949 年中華人民共和國成立以後，各學科教育大綱的編訂、樣板

式教材的編寫出版乃至「群策群力」的從思想到文字的檢討、審查，都意味著「中國現代文學」學科由此納入到了政治意識形態的一體化架構之中，因此，討論「中國現代文學」學科的任何問題——從內容、結構到語言、概念都是非同小可的「國家大事」，在此基礎上的任何一次新的概念的設計和調整，都不得不包含著如何面對政治意識形態以及如何回答一系列「思想統一」的結論的問題，這裡不僅需要學術思想創新的智慧，更需要政治突圍的勇氣和決心。

回頭看大陸新時期以來的每一次文學史概念的提出，都兼有如此的「智慧」和「勇氣」：例如最有影響的概念——二十世紀中國文學。提出這一概念，其意義主要不是重新劃分晚清——近代——現代——當代的文學史時間，不在於從過去的歷史分段中尋找歷史的共同性；而是為了從根本上跳脫政治化的「現代」概念對於文學的捆綁。

作為學科史意義的「中國現代文學」的「現代」概念，其實已經與它在五四文壇出現之初就有了巨大的差異，完全屬於一種政治意識形態的產物。眾所周知，最早的「現代」概念與「近代」概念一樣都來自日本，最早用「近代」更多，到 1930 年代以後「現代」的使用頻率則超過了「近代」——在那時，中國的「現代」基本上匯通著世界史學界的理解框架，將資本主義發展、傳統世界自我封閉格局得以打破的「現時代」當作「現代」；但是，1949 年以後作為學科史意義的「中國現代文學」的「現代」概念卻又不同，它更多地師法了前蘇聯的歷史觀念：由斯大林親自審查、聯共（布）中央審定、聯共（布）中央特設委員會編的《聯共（布）黨史簡明教程》和由蘇聯史學家集體編著的多卷本的《世界通史》重新認定了歷史的意義和分段方式，[註1] 馬列主義的五種社會形態進化論成為劃分歷史的理論基礎，1640 年英國資產階級革命由於「階級局限性」屬於不徹底的「現代」，只能稱作是「近代」的開始，而「現代」演進關鍵點是十月社會主義革命的重大勝利，中國的歷史劃分是對蘇聯思維的仿傚：1840 年的鴉片戰爭被當作「近代」的開端，而標誌著「工人階級登上歷史舞臺」、「馬克思主義開始傳播」的「五四」運動則被當作了「現代」，後來考慮到「五四」之時，中國共產黨尚未成立，無法認定

〔註 1〕《聯共（布）黨史簡明教程》於 1938 年在蘇聯出版，人民出版社 1975 年正式出版中譯本。《世界通史》於 1955～1979 年出版，全書共 13 卷。中譯本《世界通史》（1-13 卷）於 1978～1987 年分別由三聯書店、吉林人民出版社和東方出版社出版。

其十月革命式的政治勝利，所以又在「現代」之外另闢 1949 年以後爲「當代」，以彰顯社會主義與共產主義社會的到來，由此確定了中國文學近代／現代／當代的明確格局——這樣的劃分不僅時間分段上不再模糊，而且更具有明確的思想的內涵與歷史文化質地：資產階級文學（舊民主主義革命文學）、新民主主義革命文學與社會主義文學就是近代——現代——當代文學的歷史轉換。

　　「二十世紀中國文學」是中國文學研究界學術自覺，努力排除前蘇聯「革命」史觀影響、尋求文學自身規律的產物。正如論者當年意識到的那樣：「以前的文學史分期是從社會政治史直接類比過來的。拿『近代文學史』來說，從一八四〇年鴉片戰爭到一八九八年戊戌變法，半個多世紀裏頭，幾乎沒有什麼文學，或者說文學沒有什麼根本的變化。」「政治和文學的發展很不平衡。還是要從東西方文化的撞擊，從文學的現代化，從中國人『出而參與世界的文藝之業』，從文學本身的發展規律，從這樣的一些角度來看文學史，才比較準確。」「『二十世紀中國文學』這一概念首先意味著文學史從社會政治史的簡單比附中獨立出來，意味著把文學自身發生發展的階段完整性作爲研究的主要對象。」〔註 2〕

　　自「二十世紀中國文學」開啓歷史性的「重寫文學史」以來，中國現代文學的研究一直是富有勇氣地走在這一條「學術創新——政治突圍」的道路上，力圖讓文學回歸文學，歷史還原給歷史。可以說，「民國文學」也屬於這樣的努力，是「重寫文學史」的一種方式。

可疑的「現代性」

　　當然，這種方式也體現出了對既往文學研究的一種反思。

　　「二十世紀中國文學」這一歷史架構顯然具有重大的學術價值，直到今天依然是影響最大的文學史理念。然而，在「民國文學」的視野之中，它也存在著需要克服的問題：「二十世紀中國文學」這一概念是否已經具備了學科的穩定性？例如，在「二十世紀」業已結束的今天，它是否能有效地參照當下文學的異質性？如果說，「二十世紀中國文學」曾經闡發過的諸多概念都依然適用於今天，如果「新世紀文學」的基本性質、使命、遭遇的問題等等幾

〔註 2〕黃子平、陳平原、錢理群：《二十世紀中國文學三人談》36 頁、25 頁，北京：人民文學出版社 1988 年。

乎都與「舊世紀」無甚區別，那麼這一概念本身的內涵和外延至少也是不夠確定，需要我們重新推敲的了。對於「二十世紀中國文學」而言，其擺脫政治意識形態束縛的核心理念是文學的現代性（當時提出者稱之為「現代化」）追求。但是，隨著 1990 年代中期以來，「現代性」話語逐漸演變成了我們文學研究的基本語彙，它內在的一系列矛盾困擾也日顯突出了。

在新時期，「現代化」與「現代性」主要指代我們打破封閉、「走向世界」的強烈渴望，在那時，「現代」的道義光芒與情感力量要遠遠重於其知識性的合理與完整，或者說，呼喚文學的現代性就如同建設「四個現代化」一樣天經地義，我們根本無暇追問這一概念的來源及知識學上的意義和限度，所以才會出現如汪暉所述的「現代」之問。在 1980 年代，汪暉曾就何謂「現代」向唐弢先生質詢，而作為學科泰斗的唐先生也只是回答說，這是一個「很複雜」的問題。〔註3〕到了 1990 年代，中國學術界開始惡補「現代」課，從西方思想界直接輸入了系統而豐富的「現代性知識」，先是經過了短時間的「現代性終結」之論，接著便是在西方學術的鼓勵之下，迅速舉起「未完成的現代性」旗幟，對各種文化現象展開檢視分析，我曾經借用目前收錄最豐富、檢索也最方便的中國期刊網 CNKI 對 1979 年以後中國學術論文上的一些關鍵詞作數理統計，下面就是「現代性」一詞在各年的出現情況：

	79	80	81	82	83	84	85	86	87	88	89	90	91	92
按篇名統計	0	0	0	0	0	0	0	0	0	2	0	0	0	0
按關鍵詞統計	0	0	0	0	0	0	0	0	0	0	0	0	0	0

	93	94	95	96	97	98	99	00	01	02	03	04
按篇名統計	4	16	26	28	48	60	108	128	166	213	268	381
按關鍵詞統計	0	0	5	11	11	20	69	109	165	225	287	443

表格說明：

1. 統計單位為「篇」。

2. 檢索的學科涵蓋「文史哲」、「經濟政治與法律」、「教育與社會科學」。

3. 自動檢索中有極少數詞語誤植的情形，如「現代性愛小說」「現代性」統計，另外個別長文（如高遠東《未完成的現代性》分上中下發表，被統計為三篇，為了保證檢索統計的統一性，以上數據有意識忽略了

〔註 3〕 汪暉：《我們如何成為「現代」的？》，《中國現代文學研究叢刊》1996 年 1 期。

這些情形。

研究一下以上的表格我們就可以知道，從 1979 年到 1987 年整整九年中，中國人文社科的學術論文中沒有出現過一篇以「現代性」為題目的文章，1988 年出現了兩篇，但很快又消失了，直到 1993 年以後才連續出現了「現代性」論題。這些論文的代表作包括張頤武的《對「現代性」的追問──90 年代文學的一個趨向》（《天津社會科學》1993 年 4 期）、《「現代性」終結──一個無法迴避的課題》（《戰略與管理》1994 年 3 期）、《重估「現代性」與漢語書面語論爭──一個 90 年代文學的新命題》（《文學評論》1994 年 4 期），韓毓海的《「現代性」與「現代化」》（《學術月刊》1994 年 6 期），韓毓海與李旭淵《第三世界的現代性痛苦與毛澤東思想的雙重含義──兼說中國當代文學》（《戰略與管理》1994 年 5 期），汪暉的《傳統與現代性》（《學術月刊》1994 年 6 期），彭定安《20 世紀中國文學：尋找和創造現代性》（《社會科學輯刊》1994 年 5 期），文徵《後現代性與當代社會思潮》（《國外社會科學》1994 年 2 期），趙敦華《前現代性、現代性與後現代性的循環關係》（《馬克思主義與現實》1 年 4 期）等。

對概念的提煉和重視反映的是一種學術目標的自覺。當然，按照中國學術期刊的學術規範，由作者列舉「關鍵詞」的慣例是 1992 年以後才逐漸推行開來的，整個 20 世紀 80 年代的中國學術論文之前都不存在這樣的標誌性的「關鍵詞」，這也給我們通過統計來顯示中國學者概念的提煉製造了難度，不過即便如此，分析表格中作為「篇名」的「現代性」話題的增長與作為關鍵詞的現代性概念的增長，我們也依然可以十分清晰地看出：隨著 1993 年以後中國學者對「現代性」話題的越來越多的關注，「現代性」理念作為重點闡述的對象或立論的主要依託才逐漸堂皇地進入學術文本，構成其中的關鍵詞語，大約在 1995 年以後開始「傲然挺立」起來。到新世紀第一個十年的中期，無論是作為論題還是語彙的「現代性」都達到了空前的規模，對西方文化意義的「現代性」含義的追溯和「考古」業已成為了我們的學術「習慣」。同時，在中國文化範圍之內（包括古代與現代）所進行的「現代性闡釋」更層出不窮，幾近成為了現代中國文學與文化研究的基本語彙。到 2004 年，我們的統計已經可以見出歷史的重要轉變。可以說至此，「現代性批評話語」真的正在實現著對於 20 世紀 80 年代一系列基本概念的置換。

這樣的置換當然首先還是得力於同一時期西方文學理論與文化理論的引

入，1990 年代中期以後，活躍在中國理論界的主流是後現代主義、解構主義、後殖民批判理論與西方馬克思主義，而「現代性」則是這些理論的核心概念之一，正是借助於這些西方理論的輸入，中國現代文學界可以說是獲得了完整的「現代性知識」。在這個知識體系中，人們對現代、現代性、現代化、現代主義的辨析達到了前所未有的深入和細緻，對文學的觀照似乎也獲得了令人激動不已的效果和不可估量的廣闊前程，中國現代文學史至此有望成為名副其實的「現代性」或「現代學」意義的文學敘述。

應當承認，1990 年代對「現代」知識的重新認定的確是為我們的文學史研究找到了一個更具有整合能力的闡釋平臺，借助福柯式的知識考古，我們固有的種種「現代」概念和思想得到了清理，現代、現代性、現代化，這些或零散或隨意或飄忽的認識都第一次被納入到了一個完整清晰的系統當中，並且尋找到了在人類精神發展流程裏的準確的位置。最近 10 年，「現代性」既是中國理論界所有譯文的中心語彙，也幾乎就是所有現當代文學史研究的話語支撐點。

但是，從另一方面來看，我們的「現代」史學之路卻難以掩飾其中的尷尬。追溯「現代性」理論進入中國的歷史，我們都會發現一個有趣的轉折：在 1990 年代初期，恰恰也是其中的一些論斷（後現代主義對社會現代性的批判）導致了我們對現代文學存在價值的懷疑和否定，而到了 1990 年代中後期，當外來的理論本身也發生分歧與衝突的時候（例如哈貝馬斯對現代性的肯定），我們竟又神奇地獲得了鼓勵，重新「追隨」西方理論挖掘中國文學的「現代性價值」——中國文學的意義竟然就是這樣的脆弱和動搖，只能依靠西方的「現代」理論加以確定？！這足以提醒我們，中國學者對「現代性」理論的理解和運用在多大的程度上是以自身的文學體驗為依據的？同樣，在「現代性」視野下的中國現代文學研究當中，中國現代文學的種種現象也一再被納入到全球資本主義時代的共同命題中，例如「兩種現代性」、「民族國家理論」、「公共空間理論」、「第三世界文化理論」等等……跨越了歷史境遇的巨大差異，東西方文學的需要是否就這麼殊途同歸了？他者的理論是否真讓我們的文學闡釋一勞永逸？中國文學的現代之路難道就沒有自成一格的更豐富的細節？

較之於直接連通西方「現代性」闡釋之路的言說，「民國文學」這一概念首先試圖表達的就是擺脫先驗的理論、返回歷史樸素現場的努力。

1997 年，陳福康借助史學界的概念，建議中國文學的現代／當代之名不妨「退休」，代之以中華民國文學／中華人民共和國文學之謂。後來，張福貴、湯溢澤、張中良、李怡等人都先後提出這一新的命名問題，〔註4〕我將這樣的命名方式稱之為「還原」式，就是因為它所指示的國家社會的概念不是外來思想的借用——包括時間的借用與意義的借用——而是中國自己的特定生存階段的真實的稱謂，借助這樣具體的國家社會形態框架，我們的文學史敘述有可能展開為過去所忽略的歷史細節，從而推動文學史研究的深入。

在多少年紛繁複雜的理論演繹之後，中國文學研究需要在一種相對樸素的歷史描述中豐富起來，自我呈現起來。

「民國文學」研究的幾種可能

當然，「民國文學」概念提出來以後，各方面也不無爭論和質疑，這些爭論和質疑的根本原因有二：長期以來「民國」概念的陰影不去，至今仍然以各種「成見」干擾著我們的思想，或者對我們的自由探索構成某種有形無形的壓力；新概念的倡導者較長時間徘徊在概念本身的辨析之中，文學史的細節研究相對不足，暫時未能更充分地展示新研究的獨特魅力，或者其他的同行業也未能從林林總總的研究中發現新思路的廣闊空間。

關於「民國文學」研究，有這樣幾個方面的問題可以澄清和深發。

一、「民國文學」是民國時期的現代文學，可以涵蓋絕大多數的現代文學現象。不僅可以對傳統的新文學傳統深入解釋，而且可以將舊體文學、通俗文學等等「新文學」之外的文學現象有效納入，在一個更高的精神性框架中理解古今中西的複雜對話關係；不僅可以包括從北洋政府到國民黨政府控制區域的文學現象，而且也能有效解釋紅色蘇區文學、抗戰解放區文學，因為後兩者也發生在民國歷史的總體進程當中，民國文學的概念不僅可以解釋後

〔註4〕 參看張福貴《從意義概念返回到時間概念——關於中國現代文學的命名問題》（香港《文學世紀》2003 年 4 期）；湯溢澤、郭彥妮《論開展「民國文學史」研究的必要性與可行性》（《當代教育理論與實踐》2010 年 2 卷 3 期）；湯溢澤、廖廣莉：《論開展「民國文學史」研究的迫切性》（《衡陽師範學院學報》2010 年 2 期）；趙步陽、曹千里等：《「現代文學」，還是「民國文學」？》（《金陵科技學院學報》2008 年 1 期）；張維亞、趙步陽等：《民國文學遺產旅遊開發研究》（《商業經濟》2008 年 9 期）；楊丹丹《「現代文學史」命名的追問與反思》（《長春師範學院學報》2008 年 5 期）。

者，甚至是擴大了後者研究的新思路，解放區文化不是靠拒絕「人民之國」（民國）的理想而生存，它恰恰是以民國理想真正的捍衛者自居，最終通過批判了國民黨政權贏得了在「全民國」範圍內的聲譽；對於投降賣國的汪偽政權，它也不敢輕易放棄「民國」之號，在這裡，民國的「名與實」之間存在一個值得認真分析的張力，並影響到南京偽政府統治下的寫作方式；到華北、蒙疆特別是東北淪陷區，日本文化與偽滿洲國文化大行其道，但是，我們能不能斷定淪陷區文學就理所當然屬於滿洲國文學、蒙古文學或者日本文學呢？當然也不能，近幾年的淪陷區文學研究，相當敏銳地發掘出了存在於這些殖民地的「中華情結」，而民國文化作為現代中華文化的一種形態，依然對人們的精神發揮著根深蒂固的作用——雖然不是名正言順的「民國文學」，但是「民國文學」研究的諸多視角卻依然有效。

　　二、「民國文學」本身不是一個政治性的概念，就如同「民國」本身既有政權性含義，但同時也有政權政治所不能涵蓋的民族、社群等豐富的內涵一樣，而作為精神文化組成部分的「民國文學」更具有超越政治的豐富的意義空間。我同意張中良先生的分析：「民國作為一個國家，在政黨、政府之外，還有軍隊、司法機關、民間社團等社會組織，除了政治之外，還有新聞出版、學校教育、宗教信仰、民族傳統、地域文化、文學思潮、百姓生活等等，民國文學是在多種因素交織的社會文化背景下發生、發展起來的，因而其歷史化研究的空間無比廣闊。」〔註5〕事實在於，越是在一個現代的形態中，國家政權的強制力越有限，而作為社會文化本身的力量卻越大，包含文學藝術在內的社會精神文化，恰恰努力在民國時期呈現出了自己的獨立性和自主性。所以，「民國文學」並不等於就是國民黨的文學，自由主義文學與左翼文學都是民國文學的主體，而且由左翼文學所體現的反抗、批判精神也可以說是民國文學主要的價值取向，「民國批判」恰恰是「民國文學」的基本主題。曾經有大陸學者擔心「民國文學」研究會重新推動中國現代文學研究走入政治的死胡同，相反，也有臺灣學者對大陸「民國文學」研究刻意切割文學與政權制度的關係有所不滿，〔註6〕我覺得這兩方面的意見雖然有異，但都是出於對民國時期文學獨立性、自主性的認知不足。民國文學本身就是知識分子追求

〔註 5〕 張中良：《民國文學歷史化的必要與空間》，《文藝爭鳴》2016 年 6 期。
〔註 6〕 王力堅：《「民國文學」抑或「現代文學」？——評析當前兩岸學界的觀點交鋒》，《二十一世紀》2015 年第 8 期。

政治自由的體現，對政治自由的嚮往當然是將我們的精神帶離了專制政治的陷阱；而民國政權在文學政策上的某些讓步和妥協從根本上講並不來自統治者的恩賜，恰恰也是民國的社會力量、民間力量蓬勃發展、持續抗爭的結果，現代國家出現之後，其文化發展最可寶貴之處就是「明君」與「賢臣」文化的逐步消失（雖然政治家的開明和理性依然重要），同時社會性力量不斷加強、民間力量日益發展，後者才是最值得我們注意和總結的文化傳統，只有在後者被充分發掘的基礎上，政治制度的種種歷史特徵才有可能獲得真實的把握。

三、「民國文學」研究其實有別於隸屬於大眾文化、流行文化的「民國熱」。作為對長期以來「民國史」的粗暴化處理的背棄，「民國熱」已經在大陸中國流行有年，民國掌故、民國服飾、民國教育，還有所謂的「民國範兒」等等，這本身不難理解，而且我以為在「各領風騷三五年」的各種「熱」當中，「民國熱」依然保留了更多的自我反省的因素，因而相對的「健康性」是明顯的。儘管如此，我認為，當代中國社會出現的「民國熱」歸根結底屬於大眾文化潮流，而「民國文學研究」則是中國學術多年探索發展的結果，是文學研究「歷史化」趨向的表現，兩者具有根本的不同。其實，「民國文學」研究雖然與當今的「民國熱」差不多同時出現，但中國學界本著實事求是的精神，努力救正「以論代史」的惡劣現象、盡可能尊重民國史實的努力卻是由來已久了。在大陸中國，雖然因為政治原因，「民國」一詞一度包含了某種政治禁忌，需要謹慎使用，但總體來看，除了「文化大革命」這樣的極端的文化專制時期之外，對「民國史」的關注和研究一直有學人勉力進行。從新中國成立到1980 年代初，「民國史」的考察、研究一直都得到來自國家層面的高度重視，並不斷被納入各種國家級的科研計劃與出版計劃。《中華民國史》的編修工作早於《劍橋中國史》的編寫計劃，「民國史」的研究也早在 1956 年就已經列為了國家科學發展十二年規劃，民國史的出版也在 1971 年就進入了國家出版規劃。呼籲「民國史」研究的既包括董必武、吳玉章這樣的「民國老人」，又包括周恩來總理這樣的黨和國家領導人。「民國文學」的研究借概念之便，當更能夠順理成章地汲取「民國史」的研究成果，以大量豐富的歷史材料為基礎，對中國現代文學研究的「歷史化」進程作出堅實的貢獻。

當然，民國文學研究，一方面固然應當強調加強學術研究的自覺性，與大眾文化的趣味相區分，但是，也不是要刻意區隔和拒絕那些來自社會民間

的寶貴情懷，相反，有價值的研究總能從現實關懷中汲取力量，讓學術事業擁有的豐沛的社會情懷，本身也是在健康和積極的方向上為中國的當代文化貢獻自己的智慧和力量。

四、「民國文學」研究可以形成與華文文學研究諸多問題的有益對話。當「民國文學」這一概念的使用跨出中國大陸，尤其是與海峽對岸學界形成對話之時，可能就會遇到嚴重的困擾：在我們大陸學界的立場來看，它理所當然就是一個歷史性的概念，「民國」在 1949 年已經結束，我們的「民國文學」研究如果不加特別說明，肯定是指 1912 民國建立到 1949 年中華人民共和國成立這一段歷史時期的文學，使用「民國文學」概念，存在著一個嚴肅的政治的界限；但是，繼續沿用著「民國」稱號的對岸，是否就是大張旗鼓地書寫著「民國文學史」呢？弔詭的現實恰恰是，當代臺灣學界似乎比我們離「民國」更遠！在經過了日本殖民文化──國民黨統治──解嚴後思想自由──政黨輪替、「去中國化」思潮這樣一系列複雜過程之後，在一個被稱作「後民國」的時代氛圍中，「民國」論述照樣承受了「政治不正確」的壓力，其矛盾曖昧之處，甚至也不是「一個民國，各自表述」就能夠概括得了的。也就是說，在海峽兩岸這最大的華人世界裏，「民國文學」都存在相當的糾纏矛盾之處。如何解決這樣的尷尬呢？如何在兩岸學術界，建立起彼此都能夠接受的論述呢？我覺得這裡有兩個可以展開的思路。

首先是集中研討那些沒有爭議的時段。例如民國成立到 1949 年中華人民共和國成立這一歷史時期，我稱之為民國文學的典型時期，對臺灣而言，1945 年光復之後，特別是國民政府遷臺之後，民國文化與文學當然也完成了移植與建構，不過解嚴以來，本土化傾向日益強化，與「典型時期」比較，情況已經大為不同，固有的「民國文化」發生了變異、轉換與遮蔽，只有首先清理那些「典型」的民國文化，才最終有助於發掘現存的「民國性」。目前，對於研討「民國文學典型時期」的設想，在兩岸學界已經有了基本的共識。

其次是通過凸顯「民國文學」研究方法的獨特性與華文文學的其他學術動向形成有益的對話。所謂「民國文學」研究不過是一個籠統的稱謂，指一切運用「民國文學」概念創新解釋現代文學現象的嘗試，它至少包括兩個大的方向，一是對民國時期文學發展的種種問題進行新的梳理和闡述；二是通過對於「民國是中國的現代形態」這一思路的認定，生發出關於如何挖掘、描述中國知識分子「現代追求」的種種學術思路，進而對現代中國文化獨創

性問題作出令人信服的闡發，借助這一的闡發，「現代性」視野才不至於單純流於西方的邏輯，而成為中國現代精神生產的一種獨特形式，這些努力的背後，樹立著發現現代中國精神主體性與學術主體性的深遠目標，這可謂是「民國作為方法」的特殊價值。對於這種「文化主體性」的重視，我們同樣可以從作為臺灣學術主流的「臺灣文學」以及史書美、王德威等人倡導的「華語語系文學」那裡看到，彼此對話的空間值得開拓。

「臺灣文學」一度有意識與中華文學相區隔，尋求自己的獨立空間，然而身居「民國」卻是寫作者不能不面對的事實，「民國」與「臺灣」在現實中相互糾纏，在歷史中前後延續、滲透、轉化、變異，無論從哪一個方向來看，離開「民國文學」的歷史與現實，都無法清晰道出現代「臺灣文學」的脈絡與底蘊，這一理念，似乎已經為越來越多的臺灣學者所認可，臺灣文學研究者如陳芳明、黃美娥都多次出席兩岸舉辦的「民國文學研討會」，發表了梳理民國文學與臺灣文學關係的重要論文。

「華語語系文學」（Sinophone literature）是當今華文文學界的最有代表性的命題。儘管其倡導者史書美、王德威、石靜遠等人的具體觀念尚有不少的差異，但是突破華文文學的「中國中心」立場，在類似於英語語系、法語語系、西班牙語系的多樣化格局中建立各華人世界的文化獨立性和主體性，確實是他們的共同追求：「中國內地各種討論海外華文文學的組織、會議、出版，其實存在著一個不可摒除的最後界限，即要歸納在一個大中國的傳承之下，成為四海歸心的一個象徵。很多海外學者會覺得這種做法是過去的、老派的、傳統的帝國主義的延伸，於是提出華語語系文學，使之成為對立面的說法。」〔註7〕擺脫「西方中心主義」來談論「全球文學」，去「中心」、解「權力話語」，不再將華語文學當作某種「中國」本質的「離散」，而是始終在流動性、在地化、變異與重構中生成，這是「華語語系文學」的基本追求。應當說，「民國文學」的研究理念剛好可以與之構成有趣的對話：作為文化主體性與學術主體性的建構，兩者顯然有著共同的意願，

不過，在不斷表述擺脫西方理論模式束縛的同時，「華語語系文學」卻將主要的批判矛頭對準了「中國性」與「中國文化」，史書美甚至為了執著地對抗「中國」，將中國文學排除在「華語語系文學」之外。這裡就產生了一個需

〔註7〕李鳳亮：《「華語語系文學」的概念及其操作——王德威教授訪談錄》，載《花城》2008年第5期。

要認真探討的問題：阻擾現代華語世界精神主體性建構的力量是否就主要來自「中國」，而非實力更為強大的歐美？或者說，在普遍由歐美文化主導的「現代性」格局中，各種現代中華文化形態的經驗更缺少相互啟迪、相互借鑒與相互支撐的可能？如果考慮到「現代性」的言說模式迄今基本還是為歐美強勢文化所壟斷，「大華文區域」依然共同承受著這些文化壓力之時。以「在地」華文世界各自的經驗獨特性構製各自的「主體性」固然重要，在華文世界與其他世界的比照中尋找我們共同的經驗、重建華文文學本身的認同和主體價值，同樣不可或缺。而「民國文學」的經驗梳理，也就是華文世界的「現代認同」的基礎，也是華文文學主體性的主要根據，「作為方法的民國」需要在這樣共同的文化經驗的基礎上加以提煉。

這裡具有中華文化的共同傳統與民族記憶，又都在不同的條件下融入了全球現代化的過程。文學發展的背景同樣經歷了農業文明到工業文明、後工業文明的歷史過程，同樣遭遇了從威權專制到現代民主的轉變。

就文學本身而言，同樣具備了中國古典文學的修養和基礎的積澱，同樣進入到現代白話文學的時代，雖然因為政治意識形態的介入，中國新文學傳統的理解和繼承方式有別，彼此有過對新文學傳統的不同的認識——大陸以左翼文學為正統，臺灣等區域可能更認同以胡適為代表的自由主義，但是作為大的現代文學經驗依然具有相當的同一性。〔註8〕

對主體性的任何形式的尋找最終都不是為了將自身的族群從周遭的世界中分裂出來，而是為了更深刻地認識自我，發現自我的價值，最終也可以與「他者」更好地溝通與共存。大陸「中國中心」意識值得警惕和批判，但是與其徑直將大陸中國的華文文化視作對立的「他者」，毋寧將其當作既挑戰自我又激發自我的「他者」，而且這樣的「他者」也不能取代我們從歐美強勢文化的「他者」中承受的壓力，換句話說，大陸中國的華文世界並不是包括臺灣在內的華文世界的唯一的壓力，各區域華文文學的成長同時也不斷感受著來自其他文化力量的持續不斷的擠壓和挑戰。如果我們能夠面對這樣的事實，那麼，就會發現，華文文學世界的「共同經驗」的分享依然有效，依然重要，依然值得進一步挖掘和發揚，而在民國——這樣一個由華人所建立的現代意義的文化形態中，存在著值得我們共同珍惜的精神遺產。正如王德威

〔註 8〕 參見李怡：《命運共同體的文學表述——兩岸華文文學視野中的「民國文學」》，《社會科學研究》2013 年 6 期。

所意識到的那樣：「在我看來，將海外與中國內地相對立，是另一種劃地自限的做法……如果只強調海外的聲音這一面，就跟大陸海外華文文學各種各樣的做法沒有什麼兩樣，只不過站在反面而已。」「對於分離主義者來說，我覺得華語語系文學這個概念也適用……如果你不知道中國是什麼樣子的話，你有什麼樣的能量和自信來聲明你自己的一個獨立自主的自為的狀態（不論是政治或是文學的狀態呢）？〔註9〕

〔註 9〕 李鳳亮：《「華語語系文學」的概念及其操作──王德威教授訪談錄》，載《花城》2008 年第 5 期。

目

次

第二冊

專題二・戰時中國的世變與文運

第三冊

專題三・現代學術的展開

第四冊

專題四・重審周氏兄弟

專題五・詞章與說部

第五冊

代序：彈性的「經典」與流動的「讀者」

陳平原

（北京大學中文系）

今天的演講，就從這「鐵打的營盤流水的兵」說起。去年五月七日，爲紀念王瑤先生誕辰一百週年，我們在北大召開了「精神的魅力——王瑤與二十世紀中國學術」研討會；昨天下午，爲祝賀孫玉石先生八十華誕，我們舉辦了「中國現代文學研究的傳統」研討會。再加上此前錢理群教授高調宣佈「告別學界」，所有這些都促使我思考，在中國的大學、中文系、現當代文學專業這個營盤裏，老兵不斷離去，大批新兵正意氣風發地走過來了。我不會有「斷檔」之類自作多情的憂慮，但關心是什麼東西維繫著這個營盤的存在價值——武器、技能還是修養？

在「文學教育」這個營盤裏，有很多耀眼的新式武器，但最值得誇耀的、可承傳的「武功」，很可能就是選擇、闡釋、承傳「文學經典」的志趣與能力。那麼，什麼叫「經典」，這概念現在是否還有效，以及如何因應時勢變化而自我更新，是我想討論的話題。所謂「經典」，不只因自身具有長久的閱讀或研究價值，可作爲同類書籍的標準與典範，而且，往往代表一時代的精神價值與文化取向。十五年前，我寫過一篇長文〈「經典是怎樣形成的——周氏兄弟等爲胡適刪詩考〉，後收入《觸摸歷史與進入五四》（北京大學出版社，2005年）。先摘引兩段話，再做進一步闡釋。「兩千年前的『經典』，也會面臨陰晴圓缺，但有朝一日完全被遺忘的可能性不大；反過來，二十年前的『經典』，則隨時可能因時勢遷移而遭淘汰出局」。「一部作品之成爲『經典』，除了自身的資質，還需要歷史機遇，需要時間淘洗，需要闡釋者的高瞻遠矚，更需要廣大讀者的積極參與。」

　　上面說的，主要是時過境遷，各種力量的對比發生變化，各文化因素交互作用，導致經典的興衰起伏。可我越來越深刻地體會到，即便同一時期，不同民族、不同階層、不同政治信仰、不同文化立場，不同性別取向的人，各自心目中的經典（包括所謂的「文學經典」），已經高度分化了，很難再有「一統天下」的閱讀趣味。

　　二十五年前，我撰寫了《千古文人俠客夢》，此書人民文學出版社 1992 年初版，日後有各種版本及譯文，我從司馬遷談到了金庸，但那屬於類型研究，不涉及經典確認，也沒讓〈聶隱娘〉與李杜詩篇比高低。書出版兩年後，那時的北師大教授王一川等編輯《二十世紀中國文學大師文庫》（海口：海南出版社，1994 年），將金庸列爲小說家第四，位在魯迅、沈從文、巴金之後，老舍等之前；至於茅盾，則名落孫山。此舉引起激烈爭辯，不斷有人誘惑我參戰，問我到底是《笑傲江湖》好，還是《紅樓夢》更偉大，還有，金庸排名到底該提前還是推後，我眞的哭笑不得，只能高掛免戰牌。

　　十五年前，學生送我聖埃克蘇佩里的《小王子》中譯本，還題上「希望老師 每一個日子都能開出花來」。我讀了，也很感動。但對於這部「哲理童話」算不算文學經典，在法國文學史上地位如何，我沒想過。近日因電影上映而鋪天蓋地的文宣，有說不讀《小王子》的，就不是地球上的正常人，這讓我很驚訝。即便眞像媒體所說的，該書在全世界銷售 1.45 億冊，也沒必要如此霸道。連最個人化的「閱讀」，也都被綁架了──政治的、道德的、宗教的、文化的，如今再加上商業的──這可不是好兆頭。

　　前兩年，在國外講學，被問及中國當代「生態文學」的「經典」，我眞的不知道怎麼回答。以前不好回答的，往往是政治性提問，如西藏問題、計劃生育、八九風波等，現在答不出來的，則因知識繁複、話題紛紜，眞的不懂。我知道最近十幾年中國學界熱衷生態文學、生態美學，如山東大學曾繁仁教授就有《生態美學導論》（北京：商務印書館，2010 年）。可中國生態文學有哪些代表作，我確實不清楚。梭羅 1854 年初版的《瓦爾登湖》，以及蕾切爾・卡森 1962 年刊行的《寂靜的春天》，這些書對人類的生活態度與精神世界影響極爲深遠，但到底是放在文學史，還是在文明史、思想史、科學史上談論更合適，我有點困惑。

　　今年是新疆維吾爾自治區成立六十週年，六月間，我應邀參加「中華文化四海行」活動，在新疆大學演講，得到自治區政府贈送的精美圖書《福樂

智慧》。此書乃十一世紀維吾爾族詩人、思想家、政治活動家玉素甫・哈斯・哈吉甫所撰，共 85 章，13290 行。如此結構完整、文辭優美的鴻篇巨製，在維吾爾文學史上乃「頂天立地」之作。可我作爲中國文學教授，竟然沒讀過，實在慚愧之至。接到書的當天晚上，除了趕緊補讀，再就是反省我作爲一個文學教授的知識體系。

前兩天看「騰訊文化」，知道 1995 年在巴黎自殺身亡、年僅 26 歲的臺灣女作家邱妙津的《蒙馬特遺書》譯成英文出版了。報導稱此舉「將她的作家身份置於一個新的高度：在《紐約書評》的『經典系列』之中，除她以外，只有一位漢語作者，便是中國二十世紀最具盛名的作家張愛玲。」我知道《蒙馬特遺書》是「一部女同志的聖經」，在臺灣影響很大，但這是「文學經典」嗎？我不敢開口。

上述挑戰，終於讓我逐漸明白，在一個價值多元的時代談論「文學經典」，而且希望別人大致接受，是何等困難的事。有的是立場問題，有的是趣味問題，有的是學養問題，各有各的一套，憑什麼聽你的。比起數學、物理或法學、經濟學來，很不幸，「文學經典」的彈性是最大的——只要讀書識字的，不管學什麼專業，都敢跟你爭。

某種意義上，在今天這個時代談論「文學經典」，而且還想將其作爲教學或研究的重鎮，會被扣上「保守主義」乃至「冥頑不化」的帽子。比如美國著名批評家哈羅德・布魯姆的《西方正典：偉大作家和不朽作品》（江寧康譯，南京：譯林出版社，2005 年；此書英文本初版於 1994 年），在很多追求「政治正確」的激進學者看來，不說反動，也是老朽。此書以莎士比亞爲標尺，來選擇並建構西方文學正典。對這 26 位大師作品的精細解讀——但丁、喬叟、莎士比亞、塞萬提斯、蒙田、莫里哀、彌爾頓、約翰遜、歌德、華茲華斯、奧斯汀、惠特曼、狄金森、狄更斯、艾略特、托爾斯泰、易卜生、弗洛伊德、普魯斯特、喬伊斯、伍爾芙、卡夫卡、博爾赫斯、聶魯達、佩索阿和貝克特，在布魯姆是全身心地投入，但並非所有人都領情。不是技術問題，而是立場，在布魯姆看來，學術界追求「無休止的文化多元主義」，「已經變得走火入魔了」，這使得西方文學經典的閱讀、教學與承傳分崩離析。

面對如此「經典悲歌」，我的態度頗爲騎牆：既承認「文學經典」具有彈性，並非只有你認可的這十幾或幾十家，作爲文學教授，閱讀趣味不能太狹隘；但也不主張拆掉所有藩籬，任由讀者自由裁斷，說什麼好壞全憑嘴一張。

據說曾有大師誇口，他掌握先進的理論武器，即便給他一張賬單，也能寫成很好的文學論文。若眞到這個地步，不要說「經典解讀」，就連「文學批評」是否值得存在，也都讓人懷疑。「文學是什麼」、「何爲好作品」、「如何閱讀經典」，此乃最基礎的問題，作爲文學教授，你必須回答。若我們這些文學教授，整天擺弄各種莫測高深的理論，面對「經典閱讀」這麼急迫的社會話題，不敢發言，或沒辦法說出個子丑寅卯來，怎能讓讀者信任呢？

在這方面，古典文學與現代文學的困境恰好相反。前者是太凝固，後者又太疏鬆。記得陳西瀅曾嘲笑英國人開口就是莎士比亞多麼偉大，但很多人其實沒認眞讀過其劇作（〈聽琴〉，《淩叔華、陳西瀅散文》第 257 頁，北京：中國廣播電視出版社，1992 年）。中國人也一樣，不敢承認自己不喜歡那些大名鼎鼎的文學經典。記得我在鄉下插隊時，周圍不太識字的老農都說《紅樓夢》好。因爲，1973 年的某一天，在接見即將互換崗位的八大軍區司令員時，毛主席問許世友讀了《紅樓夢》沒有，許回答「讀了」；毛問讀「幾遍」，許答「一遍」；毛說「一遍不夠，最少要五遍！」最高指示傳達下來，我們積極響應。大隊書記要我春節期間給鄉親們說書，就講《紅樓夢》。我準備了好幾天，最後落荒而逃。除了斷定自己講不好，還有就是深刻懷疑貧下中農愛不愛聽。《紅樓夢》確實偉大，但不是山村曬穀場上說書的本子。再說了，不喜歡《紅樓夢》又怎麼樣？爲什麼一說是「經典」，就非讀不可，還要讀五遍？作爲文學教授，面對古今中外諸多文學經典，有的我很喜歡，有的則一點感覺也沒有，怎麼辦？公開場合不說，免得露怯；若需要講課，那就照本宣科吧。

至於現當代文學，潮起潮落，花開無期，這裡的故事太多了，大家都很熟悉，我就不說了。其實，還應該關心經典的確立、演進、推廣、衰落過程中各種政治、社會、文化、心理的因素。「興」是重大話題，「衰」也值得認眞對待。

回過頭來，再說這閱讀的自主性。作爲讀者，你學養再好，讀書再認眞，也都有盲點。所謂「不帶偏見」，很可能就是隨大流。以前，因外界壓力大，很多人不敢公開表達自己的閱讀感受，面對如雷貫耳的「經典」，不好說自己不喜歡，最多說是「讀不懂」。現在不一樣了，我們承認階級、種族、性別、教養等政治立場對於「文學閱讀」的深刻制約，那麼，原先設定的「經典」，就不再是天經地義、非讀不可的了。

　　理解並同情不同政治及文化立場的讀者對具體文本天差地別的感受，會不會導致「文學經典」的土崩瓦解呢？這就看「教育」的功效了。單從大眾傳媒看，今天影響讀者趣味的，主要是明星，而不是教授。粉絲製造了如此的閱讀及收視奇蹟，在我看來，是對「經典」這個詞的絕大嘲諷。今天中國的閱讀市場，若想引起關注，除了粉絲，就是話題或廣告。書評已經基本不起作用了，因為，借用導演馮小剛的話：「這年頭，誰還聽專家的？」再說，專家很可能也已經墮落，成了作者或書商十分優雅的「託」。

　　影響「文學經典」的形成與轉移的，在我看來，有三大力量。一是政治的力量（如中宣部的表彰或懲罰），二是資本的力量（互聯網在傳播信息的同時，有效地影響讀者趣味），三是學術的力量。具體到中國現當代文學的生產與傳播，最大的制約因素，此前是政治，目前是資本。專家唯一還能起作用的，那就是校園裏的閱讀了。經由制度化的課堂教學，中學的語文老師及大學裏的文學教授，還能潛移默化地影響社會的閱讀趣味。每年將近 2800 萬大學生及研究生（2014 年）在校園裏讀書，不說那些專攻中國文學或外國文學的，借助大學語文、通識課程以及課外閱讀，多少都會接觸一些「文學經典」的。那麼，在此過程中，文學教授到底起多大作用呢？

　　不管是大學裏的文學教授，還是中小學的語文老師，首先自己必須是好讀者。在我設想的「一般讀者」、「優秀讀者」、「理想讀者」三層級中，肩負著闡釋與推廣重任的語文教師及文學教授，毫無疑問屬於最高等級。那麼，我們如何確立自己的閱讀趣味，並將其傳遞給學生們，進而影響「文學經典」的形成、修正與重構呢？

　　不說遠的，就說「中國現當代文學」這個學科吧。九十年來，從「新文學」到「現代文學」到「當代文學」，再到「現當代文學」或「二十世紀中國文學」，已經發展成一個龐大的學問體系。但很遺憾，那個早已被學者們拋棄的「魯郭茅巴老曹」，依舊糾纏著我們——某大學教師上課時沒有照此排名講述，居然受到了批評。雖說是茶杯裏的風波，可印證了我的直覺：改革開放以後，我們這一代及上一代學者通力合作，左衝右突，拆解了原來的「英雄譜」，但並沒有建立起一套被廣泛認可的新的「文學經典」。

　　若深入到大學中文系課堂，共同形塑我們的「文學經典」的，主要是以下三種教學手段：文學史、文學讀本、必讀書目。

　　幾年前，我在《作爲學科的文學史》（北京大學出版社，2011 年）中，認眞辨析作爲知識生產的「文學史」，深刻體會其中體制與權力的合謀，意識形態與技術能力的縫隙，還有個體學者與時代氛圍的關係。而在眾多努力中，教授與課堂依舊是關鍵性因素，這也是我對「文學教育」依舊抱有信心的緣故。

　　「文學史」是個常說常新的話題，去年就發生一件趣事——怎麼看待錢穆 1955 年在新亞書院講授的《中國文學史》。《深圳商報》將此系列訪談集結成書，題爲《再提「重寫文學史」》，囑我寫序，我說：「談論文學史的前世今生、得失利弊，商量到底是繼續前行，還是盡早脫身，在一旁『看熱鬧』的讀者，欣賞的或許不是精彩的結論，而是受訪者的姿態與神情、自信與反省。而所有這些，只有將受訪者的學術簡歷考慮在內，才能顯示一代人的學術姿態，也才能理解他們的窘迫、惶惑與掙扎。」

　　爲何強調文學史家的「窘迫、惶惑與掙扎」，有興趣的朋友，可參閱我 2011 年在三聯書店出版的《假如沒有文學史……》，還可參閱我初刊《河北學刊》2013 年第 2 期的〈文學史、文學教育與文學讀本〉。後者談及：「對於生活在網絡時代的中文系學生來說，知識爆炸，檢索便捷，記憶的重要性在下降，如何培養閱讀、品鑒、闡發的能力，成了教學的關鍵。以精心挑選的『讀本』爲中心來展開課堂教學，捨棄大量不著邊際的『宏論』以及很可能唾手可得的『史料』，將主要精力放在學術視野的拓展、理論思維的養成以及分析能力的提升——退而求其次，也會多少養成認眞、細膩的閱讀習慣。」

　　至於如何促成「批判性、聯想性、拓展性、個人性」的「文學閱讀」，除了「重建文學課堂」，還有就是思考專業教育中的「必讀書目」。爲何關注需不需要「必讀書目」這樣瑣碎的問題？因我在研究生入學口試以及論文答辯時，發現學生普遍不怎麼讀作品，但又都說得頭頭是道，而且，頗有以此爲榮的。有些是偷懶，有些則是趨新——對於今天中國各文學專業的研究生來說，讀理論而不讀作品，成了新的時尚。

　　大概二十年前，我接手北大中文系現代文學教研室主任，錢理群教授給了我他們那一屆研究生的「必讀書目」。我一看實在太多了，刪節後發給了研究生。此書目使用了十幾年，輪到我的學生輩吳曉東、王風他們來權衡，據說又大爲刪減。但到了學生手中，估計還會三折九扣。學科範圍的拓展以及學術熱點的轉移，促使新一代學者需要讀很多新書；但即便如此，若干本專業的基本書籍，我以爲還是非讀不可的。

「必讀書目」遠比「文學經典」的範圍大，可以伸縮，但不宜完全拋棄。承認社會閱歷、生活體驗、文化修養、審美趣味的巨大差異，導致學生們對不同的文學作品，有的極為癡迷，有的毫無興趣。作為一般讀者，「好看不如愛看」，你願意讀什麼都可以。但專業訓練不一樣，有些書是無論如何繞不過去的。單從寫論文的角度，選冷門、讀僻書，是比較容易出成果的。可太在意發表，容易劍走偏鋒，不去碰大家或難題。長此以往，很可能趣味偏狹且低下。讀書的人都明白，長期跟一流人物、一流文章打交道，是能提升自己的精神境界的。用老話說，這就叫「尚友古人」。

這就說到文學教育的目的，到底是培養有技藝、善操作、能吃苦的專門家，還是造就有眼界、有趣味、有才華的讀書人。以目前的發展趨勢，後者幾成絕響。我常感歎，老一輩學者的見識遠遠超過其論著，而新一代學者則相反。這一點，聊天時看得最清楚。今天的學術界，不是「為賦新詞強說愁」，而是「為寫論文強讀書」，基本上不讀與論文寫作無關的書籍，這實在太可惜了。圍繞學位論文來閱讀，從不走彎路，全都直奔主題，這不是「讀書」，應該叫「查書」。多年前我說過，我喜歡陶淵明的「好讀書，不求甚解」，而不太欣賞眼下流行的「不讀書，好求甚解」。

當然，這裡談的是專業訓練，而不是通識課程。而且，與「文學史」、「文學讀本」並行的「必讀書目」，須仔細斟酌。若漫山遍野、大而無當，學生肯定不幹，而且會追問：老師，你自己讀過了嗎？說到這，我必須提醒，「必讀書目」不是要求你每本都認真閱讀。有興趣的朋友，不妨看看魯迅的〈隨便翻翻〉。

借助於不斷更新的史家眼光與閱讀趣味，將「經典閱讀」與「隨便翻翻」結合起來，或許可以更好地達成教學目標。

最後，請允許我回到「營盤」的意象。三十年前，具體說是 1985 年 5 月 6 日至 11 日，在北京萬壽寺的中國現代文學館舉辦了「中國現代文學研究創新座談會」，我代表錢理群和黃子平在會上提出「20 世紀中國文學」的設想。此影響深遠的論述，主要構思者是錢理群，我和黃子平起的是羽翼作用。但老錢說，這個會是專門為年輕人組織的，應該你發言。我們這一輩學者，好多人借助這次會議登上學術舞臺，因此很珍惜此記憶。三十年後，又一次營盤交接，盡可能為年輕人提供更好的學術環境與精神氛圍，是我們義不容辭的責任。

（此乃作者 2015 年 11 月 15 日在北京大學召開的「時代重構與經典再造（1872～1976）——博士生與青年學者國際學術研討會」上的主旨演說）

專題一・啓蒙與革命

馬君武《自由原理》譯本中的「中國問題」

邊明江

（北京大學中文系）

引 言

英國著名學者密爾（John Stuart Mill）的名著《論自由》（*On Liberty*）出版於 1859 年，此書的核心論題是如何劃定社會權威與個人權利之間的界限。密爾的回答是：文明群體中的成員只有在自我防衛（他人侵犯我的合法權利）的情況下才可以干涉其他成員的自由；密爾還著重強調了思想自由和討論自由的重要性，因爲一方面我們無法徹底確認某一觀點爲絕對錯誤，再者，只有公平自由的討論才能促進人類眞正的進步；密爾繼而指出個性（包括獨創性）是人類社會進化的關鍵要素，凡是壓制個性的都可謂「專制」等等。

《論自由》不僅是西方自由主義的經典著述，在近代中國也產生了較大的影響，嚴復翻譯的《群己權界論》（1903）正是重要的媒介之一，相關研究的數量與質量也都頗爲引人注目。然而出版於同年的另一個譯本，即馬君武的《自由原理》卻似乎並不那麼廣爲人知，雖然近年來學界也開始逐漸加以關注。〔註1〕

關於馬君武的個人經歷以及著述和翻譯概況等，限於篇幅，本文暫不詳細介紹，這裡僅簡要說明《自由原理》的翻譯背景與過程。馬君武於 1901 年

〔註1〕 比如陳帥鋒〈「自由」如何舶來？──論 1903 年密爾 On Liberty 的兩個中譯本及其影響〉，《北京大學研究生學志》2010 年第 2 期，以及夏炎的碩士論文《一個清末留日學生視野中的自由主義──以馬君武對密爾 On Liberty 的翻譯爲中心》（北京：中國社會科學院研究生院，2011 年）等。

冬天東渡日本，生活艱苦，協助梁啓超編輯《新民叢報》的同時勤於譯書，在短短兩年左右的時間內譯出了《法蘭西今世史》、達爾文《物競篇》《天擇篇》和斯賓塞《女權篇》《社會學原理》等著作，《自由原理》亦完成於這一時期。根據馬君武的自序，我們可以獲知他翻譯此書的大致情況：馬君武先根據英文原文譯出總論，後來到達日本後參照了法文譯本，以及日本思想家與翻譯家中村正直（敬宇）的日文譯本〔註2〕繼續翻譯，不到二十天就全部譯完。〔註3〕

　　馬君武的翻譯速度著實驚人，所以也難免存在一些訛誤。關於馬君武譯本的不足，已經有一些研究涉及，比如夏炎認爲馬君武多數情況下無法理解原著中嚴密的推理邏輯和「幽暗意識」，對於宗教神學內容也有不少誤解。〔註4〕其他一些相關研究也或多或少有所涉及，但關於這個問題似乎仍有值得討論之處。本文指出的馬君武的翻譯「問題」，一方面是指翻譯中的缺陷不足（誤譯等），但更主要的是關涉它們反映出的現象以及由此引出的思考。

一、時代背景的淡化等問題

　　《論自由》原作固然緊緊圍繞著「自由」這一核心概念展開，但是密爾對於當時維多利亞社會的「時評」也是不容忽視的重要部分，這實際上與密爾爲何關注「自由」等關鍵問題密切相關。但是在馬君武的譯本中，密爾對於維多利亞社會的批判或被忽略或遭改動，密爾尖銳的批評意識似乎並未在譯文中得到充分的體現。

　　《論自由》第三章比較集中地體現了作者關注「自由」這一主題的原因。實際上，密爾之所以特意闡述自由的意義與原則，主要針對的是維多利亞時期英國社會中缺乏個性、自甘平庸、媚俗、原創精神的喪失等弊病。密爾指

〔註2〕中村正直翻譯的《自由之理》出版於明治五年（1872），在此之前，他剛剛翻譯出版了影響巨大的《西國立志編》（又名《自助論》）。據筆者觀察，馬君武從中村氏譯本中得助甚多。

〔註3〕本文所引馬君武譯《自由原理》的文字，全部出於譯書彙編社藏版《彌勒約翰自由原理》（少年中國新叢書第四種，1903年出版），上海圖書館藏本。爲避繁瑣，以下不再一一標注版本信息及頁碼。

〔註4〕《一個清末留日學生視野中的自由主義》，第17～26頁。另外，夏炎總結的這幾點明顯受到黃克武《自由的所以然：嚴復對約翰彌爾自由主義思想的認識與批判》（上海：上海書店出版社，2000年）一書中對於嚴復譯本不足的總結的影響。

出，「在我們的時代裏，從社會的最高級到最低級，每個人都象生活在一個有敵意的目光的可怕的檢查之下……除了趨向合乎習俗的事情外便別無任何意向……」。〔註5〕密爾所謂「有敵意的目光的可怕檢查」，主要指根深蒂固的社會習俗以及眾人的評判眼光——「有些人，其意見假公眾意見之名以行……在英國，主要是中等階級……集體的平凡的人們」，這種威勢逼迫個體趨向流俗而拒絕自己的思考。維多利亞時期的另一位詩人和思想家馬修・阿諾德在《文化與無政府狀態》中極力贊賞法國人的「好奇」精神，實際上也是試圖以此刺激一味遵從流俗而無所創新的英國人（即阿諾德所謂「非利士人」），與密爾的著眼點基本一致。但是，在馬君武的譯本中，這種社會批判被轉化為對整個人類的慨歎——「至於今日，人民已由最高之級，降至最低，日懷畏懼之心，其關繫於他人者無論矣……馴致自己茫無目的，惟風俗習慣之是從。夫人而至於茫無目的，徒茫茫然從風俗習慣，其心性之受戕已甚矣……嗚呼！其何使我人類之喪失其天性，至於此極也。」我們可以發現，密爾原本主要指涉當時英國的情況，但是馬君武似乎並未意識到這一點，倒是緣此生發出整個人類受制於風俗而心性遭戕的感歎。值得注意的是，作為馬君武譯本的重要參考，中村正直的譯本雖然並未出現人類如何如何的文字，但同時也未特別指出原文主要是針對維多利亞時期的英國社會。

　　仍是《論自由》第三章，密爾指出在一般群眾的意見成為主導勢力的今天，需要一些在思想方面處於較高程度的人們來發揮他們的個性，應該鼓勵他們做出與眾議不同的選擇，而當今時代的危險之一正在於敢於特立獨行之人極少。其中，「在思想方面處於較高程度的人們」，原文為「those who stand on the higher eminences of thought」〔註6〕，重點落在「thought」一詞。此處的「thought」主要指與眾人之流行觀點不同的獨特而有道理的想法（並非一味標新立異），既有堅實的知識又有不惑於眾的洞見和判斷，以及良好的文化品味等等。只有具備這種「thought」的人，才能夠對抗俗見並引導人們繼續前進。馬君武譯為「英雄，即英才獨優之人」。雖然「英才獨優」並非誤譯，但是似乎更加側重才華智力方面，而較少涉及與眾不同的思考和趣味等意義。馬君武的譯詞或許是受到中村氏譯本的影響，中村氏譯為「天資聰明、學問

〔註5〕密爾：《論自由》，許寶騤譯（北京：商務印書館，1959年），第72頁。
〔註6〕John Gray and G.W.Smith eds., *J.S.Mill On Liberty in Focus*, London: Routledge, 1991, p.82.

超卓」〔註7〕。此外，嚴復譯爲「蚤知之士」〔註8〕，強調的是某種先見之明，與原文語境也有一些差距。不管哪種譯法，那種與群眾意見抗衡的意味都有所損失，或者不夠凸顯，這一方面是字面的翻譯問題，但同時也能夠反映出譯者對於原文背景的某種輕忽。

密爾在第三章中指出，在人類追求完善的工作當中居於首位的無疑是人本身，假設有一種人形的自動機器能夠代替人類完成工作，那實際上是人類的巨大損失，所以人性不像機器而更似樹木，需要的是內在力量的生發。密爾在此處批評的是工業文明導致的對於機械的依賴和崇拜，以及由此引起的心靈萎縮，強調人性需要一種內在的培育，而非機械式的鑄造。阿諾德也對機器文明的巨大影響深感憂慮，他指出「整個現代文明在很大的程度上是機器文明，是外部文明……關於完美是心智和精神的內在狀況的理念與我們尊崇的機械和物質文明相牴牾……」〔註9〕，所以他才嘗試用「文化」挽救其弊端。馬君武在譯文中倒是比較準確地傳達出了「人不可如機器當如樹」的意思，只是馬君武對於機器文明彷彿抱有一絲好感，他譯到——「人之作工也，誠完全而美妙矣。然不惟人能作工，機器亦能之，如造屋……皆可以機器爲之，代人作工。今天下最文明之國之男女，其作工或有不能及一機器之善者。然機器者死物也……」。按照譯文，我們會以爲作者試圖表明的是，機器雖有缺陷但亦有勝於人類之處。但是如果根據原文——「it would be a considerable loss to exchange for these automatons」〔註10〕——我們卻發現，密爾的原意與譯文倒是相反的，即機器的工作使得人類蒙受損失。參照中村氏的譯文我們可以發現，「今天下最文明之國之男女，其作工或有不能及一機器之善者」一段確乎是馬君武自己的發揮。那麼，馬君武爲何顛倒了原文的重點呢？我們可以想到，馬君武所處的時代是中國向西方學習的時代，尤其西方的先進機械等「器物」一直讓中國的學者們驚歎佩服〔註11〕，而這種近似於「機器人」

〔註 7〕中村正直：《自由之理》，明治文化研究會編《明治文化全集》第二卷（東京：日本評論新社，1955 年），第 52 頁。

〔註 8〕約翰・彌勒：《群己權界論》，嚴復譯（北京：商務印書館，1981 年），第 73 頁。

〔註 9〕馬修・阿諾德：《文化與無政府狀態：政治與社會批評》，韓敏中譯，（北京：三聯書店，2012 年），第 12 頁。

〔註 10〕*J.S.Mill On Liberty in Focus*, p.75.

〔註 11〕當然，除了讚歎之外，也有不少士人對西方「器物」敬而遠之，甚至大加撻伐。比如俞樾《告西士》（1896）一詩中有「嗟爾西土人，奇巧猶未盡。但知爲火器，流毒何其忍。電線與火輪，能以遠爲近。究之何所益，徒爲識者哂」等判斷，參見《春在堂全書》第五冊（南京：鳳凰出版社，2010 年），第 220 頁。

的設想對於初涉西洋技藝的東方人來說無疑是比較新鮮驚奇的東西，所以馬君武的誤譯並非完全是空穴來風。相較之下，嚴復的譯文則更貼近原文：「使如是之事，而皆可以機為之……而議者得此，以易吾國中之男女，雖所易者民質惟其下下，吾恐文明所喪猶不訾也……」〔註12〕。

總之，馬君武對於原著時代背景的認識不夠充分，導致了一些誤譯。其實，這類誤譯在當時的翻譯界十分普遍，尤其譯者個人的背景與動機等等往往會導致不同程度和特點的誤譯。比如關於「機器」的翻譯，馬君武的譯文流露出一些時代的氣息，而中村正直與嚴復則基本「循規蹈矩」，其中的差異可能主要取決於譯者個人的翻譯風格以及翻譯動機等。

如果將密爾原著、中村氏日譯本與馬君武中譯本對照一下，兩個譯本各自的特徵也就比較明顯了。密爾的原意似乎更側重思想與道德上的自由，而非政治上的自由：1858 年 12 月，《論自由》即將上梓，他在寫給 Theodor Gomperz 的一封信中極為簡要地將這部小著（my small volume）的主題總結為「在社會的專制（來自於政府或公眾意見）中堅持道德、社會與智識的自由」（its subject is moral, social, and intellectual liberty, asserted against the despotism of society whether exercised by governments or by public opinion）〔註13〕，也就是說，密爾最在意的是道德與知識等方面的自由，政治自由其實並非中心議題。而從英國歸來不久的中村正直逐漸放棄了他之前對於西方社會與思想的偏見，通過自己的獨特觀察，他將基督教精神視為歐洲文明開化的根源，所以他在《西國立志編》與《自由之理》以及其他著述中都特別強調基督教的精神力量，甚至在譯文中直接反駁密爾對基督教的批評。〔註14〕與此相對，馬君武的「自由」則帶有比較明顯的政治性與反古傾向（詳參下文），這也反映了當時的思想風潮。〔註15〕這些與原文的差異，實際上摺射出近代中國與日本在不同的發展時期所呈現出的不同思想特徵之側面。

〔註12〕《群己權界論》，嚴復譯，第 64 頁。
〔註13〕 F.E. Mineka and D.N. Lindley eds., *The Later Letters of John Stuart Mill, 1849～1873*, Vol. 2, University of Toronto Press, 1972, p.581.
〔註14〕 松沢弘陽.『近代日本の形成と西洋経験』（岩波書店、1993 年），第 267 頁。
〔註15〕 比如梁啟超在 1900 年 4 月致康有為信中討論「自由」之義時指出，「要之，言自由者無他，不過使之得全其為人之資格而已，質而論之，即不受三綱之壓制而已，不受古人之束縛而已。」梁氏還認為「自由」（梁氏以為「自治」之名似乎更妥帖）實為「今日救時之良藥，不二之法門耳」。參閱丁文江、趙豐田編，歐陽哲生整理：《梁任公先生年譜長編（初稿）》（北京：中華書局，2010 年），第 116～118 頁。

二、「中國問題」之一：論述前提的忽略以及譯文的反駁

　　除去對於原著時代背景的某種輕忽，馬君武對於原作中的一個重要論述前提似乎亦有忽視之嫌。密爾長期供職於英國東印度公司且任要職，甚至爲陷入危機的公司起草文章，向英國議會申辯。密爾生涯中的大部分時間都在一個殖民機構工作，使得研究者們關注他的著述與大英帝國殖民事實之間的關係。有的學者從密爾的印度觀入手，指出密爾對於印度的看法往往帶有偏見，尤其是他在《代議制政府》、《論自由》等著作中認爲印度野蠻落後，不適合施用代議制這一密爾認爲最優秀的政治形式。〔註16〕密爾對於印度的負面評價不禁使人想起《論自由》中關於中國的論述。相似的是，中國得到的評價也不高，中國也被視爲被習俗禁錮而停滯不前的國家；但不同的是，密爾承認中國至少曾經輝煌過，在這一點上，密爾與其父詹姆斯‧密爾的看法略有差異。〔註17〕

　　密爾在《論自由》的第一章引論中明確地指出，他提出的自由原則僅僅適用於能力已達成熟的人類，同理，對於那些尚未成熟的種族中的落後狀態同樣無需提及（we may leave out of consideration those backward states of society in which the race itself may be considered as in its nonage〔註18〕），自由原則「在人類還未達到能夠借自由的和對等的討論而獲得改善的階段以前的任何狀態中，是無所適用的」（Liberty, as a principle, has no application to any state of things anterior to the time when mankind have become capable of being improved by free and equal discussion）〔註19〕。密爾此處雖未明言，但主要應該是針對印度而言，隨後，密爾在第三章中直接將中國視爲反例，認爲中國曾經擁有先進文明，但逐漸被習俗束縛，幾千年中不曾進步，終至落敗，足爲歐洲諸國之鑒。如果將這兩處合在一起來看，我們或許可以推測，中國因謹遵習俗而滯後的情況或許也屬於所謂「尚未成熟的種族中的落後狀態」，那麼照此推斷，自由的原則也許並不適用於密爾言說的中國。〔註20〕

〔註16〕比如薩義德：《東方學》，王宇根譯（北京：三聯書店，2007年），第19頁。
〔註17〕耿兆銳：《文明的悖論：約翰‧密爾與印度》（杭州：浙江大學出版社，2014年），第8～9頁。
〔註18〕*J.S.Mill On Liberty in Focus*, p.31.
〔註19〕*J.S.Mill On Liberty in Focus*, p.31. 許寶騤中譯本，第11～12頁。
〔註20〕密爾在1859年致一位德國友人的信中表示，《論自由》一書在德國的必要性不如在英國（as little needed in Germany as it is much here），參閱 F.E. Mineka and D.N. Lindley eds., *The Later Letters of John Stuart Mill, 1849～1873*, Vol. 2, p.598. 這說明密爾自己清楚地意識到，《論自由》並非普遍地適用於所有國度。

與此相關，我們可以看看馬君武是如何翻譯全書主旨句的——

原文：The object of this Essay is to assert one very simple principle, as entitled to govern absolutely the dealings of society with the individual in the way of compulsion and control......That the only purpose for which power can be rightfully exercised over any member of a civilized community, against his will, is to prevent harm to others.〔註21〕

馬譯：此書所論之理，單簡言之，即闡明政府對個人不能用強力壓制之理。……政府管理人群之權無他，保人民平等之自由，而防止其有害於他人之行爲而已。

暫且不論馬君武將「社會」譯爲「政府」的誤譯（這一點已經有許多研究者指出並進行了深入的解讀），密爾在這裡其實明確地限定了「文明社會」中的成員（member of a civilized community），而根據密爾對中國的認識與批評，中國大概很難算作密爾所謂「文明社會」的成員吧。

但是，馬君武等譯者卻似乎並未注意到這一關鍵的前提，馬君武只是譯爲「人群」，嚴復則譯爲「凡國家所可禁制其民者，將必使之不得傷人而已」〔註22〕，也沒有特別強調「civilized community」。這提醒我們，或許在馬君武等看來，是否限定文明社會並不那麼重要，或許根本就是可有可無的。實際上他們的觀點恰恰是國人應該立刻瞭解何爲自由，而且自由的觀念應該迅速普及並施行於中國社會。馬君武在《自由原理》的譯序中如此自述翻譯動機——「近日自由之新名詞已渡入中國，而其原理未明，遂多有鰓鰓然慮其有流弊者，歐文書善闡自由之原理者，莫如此書，故急譯行之。」言下之意，馬君武希望借由此書的翻譯促進世人對於自由概念的理解，去其弊端而發揮其優益之處。與此相近，嚴復在《群己權界論》的譯序中也表示，「十稔之間……自繇之說常聞於士大夫。顧竺舊者既驚怖其言，目爲洪水猛獸之邪說；喜新者又恣肆泛濫，蕩然不得其義之所歸……學者必明乎己與群之權界，而後自繇之說乃可用耳」，最後的「自繇之說乃可用」清楚地揭示出「自由」在近代中國不僅僅是一個純粹的概念，更與社會實踐（甚至革命）之「用」緊密關聯。

〔註21〕 *J.S.Mill On Liberty in Focus*, p.30.
〔註22〕 《群己權界論》，嚴復譯，第 11 頁。

　　總而言之，馬君武與嚴復的意圖與密爾的觀點幾乎是相反的，或許是有「問題」的翻譯，但同時也可以說，二者的譯文對於密爾做了一個有力的反駁（雖然譯者本人不一定完全意識到自己的譯文的反駁意義），即追求自由的精神以及自由之原則本來就不應該有所限制（暫且不論其具體實踐的結局等），甚至尤其對於那些在密爾看來不適合施用自由原則的國家和民族而言，自由反而可能是更加值得追求的。總之，通過馬君武和嚴復不那麼準確的譯文，我們卻可以反觀密爾思想的某些局限性，原作的缺陷在譯本中變得澄明，甚至譯文本身構成了對於原作的反駁，這一點正體現了翻譯文本的重要價值。

　　其實，我們從譯作的標題中也能夠發現，譯者強調的是「自由」的普適性。密爾原著題為 *On Liberty*，其中「on」主要是「關於」「論述」之意，而且單從全書內容來看，結構稍顯鬆散，涉及的論題也不限於「自由」一點，所以標題中的「on」其實涵括了豐富的內容而不僅僅單指「自由」的概念解釋。中村正直將標題譯為《自由之理》，重點落在「理」上，即強調自由的某種「道理」。〔註 23〕或許受此影響，馬君武進一步譯為《自由原理》，「原理」一詞十分明顯地表示馬君武認為此書討論的是「自由」的一般性的、具有普遍意義的內涵，「原理」一詞在精鍊了全書內容（同時也是縮減，相對於 on 的範圍）的同時，也暗示自由可以廣泛適用於任何情況。梁啓超在為《自由原理》所寫的序言中就指出，「《自由原理》一書，為彌氏中年之作，專發明政治上宗教上自由眞理……以君之文藻，譯此書，吾知彌勒如在，必自賀其學理之得一新殖民地也」。梁啓超接觸《論自由》（主要是日譯本），早在馬君武譯本出現之前，梁氏先於馬君武將此書大要歸結為某種「眞理」「學理」，他的認識可以說頗具代表性，馬君武的觀點與之實有一脈相承之處。此外，嚴復譯本的標題，最初為《自繇釋義》，後更名為《群己權界論》，體現出的特點亦是如此：「釋義」令人想起自《爾雅》以來的傳統，但是「釋

〔註 23〕被稱為日本自由民權運動三大家之一的植木枝盛在其演說草稿《世無良政府說》（『世に良政府なる者なき説』，1877 年）中就宣稱應該確定君主管治人民的權力的界限，而這一界限的意義即自由之理，植木枝盛明顯受到中村正直譯本的影響，認為「自由」具有普遍性，應該施用於日本。參閱家永三郎編《植木枝盛選集》（東京：岩波書店，1974 年），第 10 頁。與此相對，田口卯吉則認為《自由之理》的書名有問題，即「自由」稱不上是一種「理」，而且這本書也只是密爾的個人見解而已，遠遠達不到某種「理」（《橫濱每日新聞》，1877 年 8 月 22 日）。

義」也是一個「專注」的詞語，解釋某詞語的意義幾乎佔據了一切；後來的《群己權界論》的標題呈現出的其實也是一個普遍性的論題，雖然十分切要地將全書的關鍵總結出來，但是關於個性之重要性等部分則沒有呈現出來，所以也略有「標題黨」之嫌。但是，不管怎樣，譯文標題也體現出譯者對於原著內容的某種「理論化」，似乎將「自由」視爲沒有任何限定的、具有普世性的東西。

其實這種將原作豐富內容抽繹爲某種理論，並進一步與中國傳統思想互相參照的情況在近現代中國的翻譯界是頗爲常見的現象。比如盧梭《社會契約論》曾經引起中國社會的巨大震動，而此書第一個中譯本實際上是日本近代思想家中江兆民的《民約譯解》的翻刻本（因中江兆民是用漢文翻譯的），由上海同文書局於 1898 年出版（泰東書局於 1914 年復刻），但是書名被改爲《民約通義》，「通義」之名恰如其分地表示出，民約之精要是可以「通」的，而隨後劉師培作《中國民約精義》，正是基於被這一類「提純」的譯本〔註 24〕而生發出自己的闡釋。當劉師培撰寫《中國民約精義》時，他面對的實際上是一個幾乎面目全非的盧梭，通過「民約」，盧梭著作的時代意識和論辯對象被逐漸忽略和剔除，只剩下缺乏特定背景和前提的某種「理論」，然後，中國的學者們面對著這個被抽剝的純粹精緻的西洋新物，在全新的中國的語境下剖析它，有意無意地誤讀它，將其融解在當時的語境中。

三、「中國問題」之二：「中國」的「變形記」

在中國近代以來的諸多翻譯經典之中，無論原作爲文學作品或是思想著作，譯者總是有意識地在原文基礎上加以增刪修整，將自己的某些觀點（以及譯者本人沒有意識到的時代精神）融入譯文中，《天演論》和林譯小說等大抵如是。其實不拘於時代，翻譯總是內含著變動，而近現代的翻譯作品的特別之處就在於它們經常有意識地主動選擇忽略原文的權威而融入譯者的個人思想因素，這些翻譯文本中的誤譯和增刪情況大多不是出於翻譯技巧的運用

〔註24〕劉師培在寫作《中國民約精義》時的重要參考譯本之一爲楊廷棟翻譯的《路索民約論》（原載《譯書彙編》），楊廷棟主要是根據原田潛的日譯本《民約論覆義》（1883）轉譯的。而原田潛在譯序中也將本書內容總結爲「建國之定理」等，參閱《日本立法資料全集》別卷第 687 冊（東京：信山社，2011 年）所收復刻本。

問題，他們的翻譯似乎總有一種與原文討論和爭辯的態度，尤其當外文原著中談及中國時，首先作爲中國人的譯者往往不能等閒視之，輕輕譯過，而總要附上自己的評論，或者曲爲解說，甚至在原文並未提及中國處，譯者往往也根據原意加以申說等等。

馬君武在《自由原理》中處理密爾的中國論述時，基本上也是這種情況。

密爾在《論自由》中幾次涉及到中國，其中較爲集中論述中國的部分出現在第三章中。第三章的核心思想是，個體的個性是至關重要的，一切壓毀個性的都是專制，眞正的自由精神正繫於個性的充分發揮以及對抗習俗的壓制。密爾由此提出中國這個反例：在密爾看來，中國的情況充分顯現出習俗的專制的特點，即一切事情最後都取決於習俗，習俗是判斷萬事的標準，雖然中國曾經發達過，但是現今的中國卻淪爲「另一些民族的臣民或依附者」，而其衰落的原因正在於習俗鉗制了人心，阻礙了社會的發展，所以密爾提醒國人「我們要以中國爲前車之鑒」。簡言之，中國以因專制而導致文明停滯不前的負面形象出現。那麼，密爾爲何偏偏選中了中國作爲他的「反面教材」呢？以中國爲反例，原因當然在於中國符合密爾的論述需要，質言之，密爾認知的中國與他的論述對象（即英國社會）具有某種相似性，中國的命運可以警示或許正在經歷相似情形的英國，甚至整個西方文明社會——中國這樣一個曾經輝煌的國家（對應正處於高度發展階段的大不列顛），因爲過於壓制必要的個性和自由（對應於維多利亞社會的壓抑氣氛），最終從文明走向了衰落（如果英國社會中對於自由的壓制繼續下去，英國或許將與中國一樣滑入敗落境地），也就是說，中國是英國的一個遙遠的他者，是密爾論述邏輯中一個恰當的例證，而印度固然也受制於習俗的禁錮，但在密爾看來印度大概根本不曾有過文明，所以自然不適合作爲例證。而且，密爾出版《論自由》時，英國已經在第一次鴉片戰爭中擊敗了曾經看似強盛的中國，正在第二次鴉片戰爭中高奏凱歌，這一發生在當下的事例可以給英國人一個鮮活而直接的刺激——看啊，曾經高度文明的中國，如今不堪一擊，而這一切的罪魁禍首正在於習俗的專制以及個性和自由的束縛。此外，在密爾的時代，盛行於歐洲的中國觀的關鍵詞就是「停滯」「專制」等，中國文明被認爲處於比較低的水平，中國人受到傳統習俗的嚴密壓制導致科學和社會發展停滯不前的觀點十分常見，而未

曾踏上中國土地的密爾實際上只是分享了一些當時流傳於歐洲的關於中國的「套話」，並將其融入自己的論述之中而已。〔註25〕

接下來，我們看看馬君武在面對這樣一種中國論述時，他在譯文中具體是如何處理的？

密爾在第三章中提醒諸國要以中國爲戒，中國曾經是進步發達的國度，但由於壓制個性的教育和政治制度，中國走向了衰落，所以一定不要壓制個性的伸張，否則歐洲將淪爲當今之中國。馬君武的譯文基本忠實地復述了如上內容——「支那之國民，天才甚優，智識甚高……支那之在古昔，固矯然能進步之國哉，何以不能爲今世界進步國之魁首，反止息孱弱，爲將亡之國，其國中一切政教藝術，與其數千前之形狀無少異，是其故何也？曰是風俗之爲害也。」隨後馬君武附加了一段自己的理解，他指出「支那之人，莫不崇拜其國中之古聖賢，而謹守其遺言。一切思想行爲，皆以古聖賢之格言爲大法，而莫敢稍異，此其受病之大源也。」這一小段本爲原文所無，但是馬君武在密爾的論點上繼續發揮，將中國「受病之源」（馬君武爲此段所加小標題）歸結爲中國人墨守聖賢遺訓。其實在第二章中，密爾強調學術與眞理需要不同的意見，馬君武就已經在譯文後評論〔註26〕到，「中國戰國時代，諸子並興，孔子集其大成，誠智識進步一大關鍵。然自是遂戛然而止者，因更無非難孔說者出也。」總之，馬君武將批判的對象從較寬泛的密爾所說的社會習俗聚焦於相對具體的聖人聖言，可視爲後來新文化運動中批判「孔教」的先聲之一。但是，馬君武並沒有否定孔子本人的思想，他極力批判的是孔子的思想在後代被經典化和神聖化，在佔據了絕對統治地位之後壓制其他思想發展的

〔註25〕其實在《論自由》之前，密爾也曾簡略論述過中國的「停滯」，參閱盛文沁：〈「停滯」與 19 世紀歐洲政治思想：約翰・密爾論中國〉，《社會科學》2015 年第 5 期（2015 年 5 月），第 150～158 頁。此外，密爾曾在 1869 年回覆美國經濟學家 Henry George 的信中，就中國人移民美國的話題發表了自己的看法，密爾認爲中國移民中的年輕一代如果能夠在美國受教育，並且回到中國，這將促進中國的文明進步，也就是說，密爾仍然認爲其時中國的文明開化程度較低，參見 F.E. Mineka and D.N. Lindley eds., *The Later Letters of John Stuart Mill, 1849～1873*, Vol. 4, University of Toronto Press, 1972, p.1654.

〔註26〕筆者之所以說是「評論」，主要是因爲在譯書彙編社藏版《彌勒約翰自由原理》原文中，此句是單列的，譯文與評論判然有別，但在莫世祥主編的《馬君武集：1900～1919》（上海：華中師範大學出版社，1991 年）一書中，標點本《自由原理》中此處未加分別，爲避免其他研究者受標點本誤導，特此說明。

歷史狀態〔註 27〕，馬君武批判的重點在於後人不思變革，一味因襲古人思想而導致萬馬齊喑的局面。馬君武將自己的引申與闡發注入譯文中，是在密爾的啓發和刺激下宣揚自己的主張，從根本上說，乃是通過西方思想的視域重新反思中國傳統文化。〔註 28〕

還是第三章，密爾批判了公眾意見對於個性的壓制，並以中國婦女的纏足爲喻說明這種狀況──

原文：Its ideal of character is to be without any marked character; to maim by compression, like a Chinese lady's foot, every part of human nature which stands out prominently, and tends to make the person markedly dissimilar in outline to commonplace humanity.〔註 29〕

馬譯：若猶立規矩以強人之順從，是猶支那纏足之俗，凡是婦人，莫不小其足焉。傷天理，戕人性，誠世間最野蠻之修也。

比較二者，我們可以發現，在密爾那裏，纏足只是一個例證、一個比喻而已，他更強調的其實是社會對個人的壓制，但馬君武卻將其坐實爲對現實的批判，抨擊纏足是「世間最野蠻之修」。密爾對於纏足的態度至多只是抱有憤慨罷了，他畢竟沒有眞切的痛苦經驗，纏足的事實離密爾和歐洲很遙遠，他只是一個局外人；但是，馬君武生長在這片土地上，他是當事人，他不可能只將其視爲一個比喻或一種修辭而已，對於他來說，這就是沉重的現實。其實，馬君武一直頗爲留心婦女問題，他在 1902 年翻譯斯賓塞的《女權篇》（早於《自由原理》一年），借斯賓塞之口喊出男女平等的口號，這在當時中國無疑屬於振聾發聵之論，同時也可知《自由原理》中表現出的對於女權的關注並非譯者一時心血來潮。馬君武在 1903 年 4 月的《新民叢報》上發表文章《彌

〔註 27〕 後來陳獨秀猛烈攻擊「孔教」，實際上更多也是針對孔子的影響而非孔子本人，陳獨秀在《孔教研究》一文中指出，「我們反對孔教，並不是反對孔子個人，也不是說他在古代社會無價值。不過因爲他不能支配現代人心，適合現代潮流，還有一班人硬要拿他出來壓迫現代人心，抵抗現代潮流，成了我們社會進化的最大障礙。」《獨秀文存》卷一（上海：上海亞東圖書館，1922 年），第 626 頁。

〔註 28〕 當然我們也必須認識到，密爾等西方學者的論述本身是值得質疑和探討的問題，比如中國的社會發展眞的「停滯」了嗎，確實是千百年來未有巨變嗎，遵從習俗難道就眞的意味著封閉與衰落嗎？1926 年 11 月 11 日，胡適曾在劍橋大學演講《中國近一千年是停滯不進步嗎？》，針對此種論調加以反駁。

〔註 29〕 *J.S.Mill On Liberty in Focus* , p.85.

勒約翰之學說》，首列「自由說」，次即列「女權說」，對密爾夫婦《論婦女的屈從地位》（*The Subjection of Women*）的主要內容進行了提煉，誇讚「彌勒氏誠女權革命之偉人」。馬君武對於婦女問題的關注，與當時其他一些著作共同匯成歷史洪流，上承清末西方傳教士的宣傳〔註 30〕，下啓新文化運動中勃發的倡導女權活動。此外，馬君武譯文對於纏足的憤慨與批判，也可視爲對這一時期蓬勃展開的不纏足運動的呼應。

　　綜上所述，馬君武在面對密爾的中國論述時，他有自己的誤解、引申和改動，但更爲重要的是，某種意義上，馬君武是借助密爾來表達自我的，在密爾論述的基礎上生發出自己的議論，也就是說，密爾的中國論述觸發了譯者馬君武的闡述，無論這種闡述的前提是承認、引申還是質疑原文。

　　因此，馬君武的譯文實際上恰好成爲一個文化交流鏈的末端。在此之前的鏈條大致如下：傳教士們將他們在中國的親身經歷體驗以及掌握的各種典籍（包括經書和小說戲曲等）傳回歐洲，而歐洲的學者們對這些材料加以整理和敘述（比如杜赫德《中華帝國全志》），進而影響歐洲的一些思想家（洛克《政府論》第二篇中論及漢人爲捍衛辮子而反抗統治，或取材於衛匡國的《韃靼戰記》等等），歐洲學者們以西方思想的視域關照這些幾經變遷的中國材料，形成自己的獨特論述（所以盧梭與伏爾泰之間關於中國的不同認知，其實並不完全關乎中國本身〔註 31〕），中國的形象至此已經融入每一本不同的著作，同時也形成了某些關於中國的「套話」（諸如中國的象形文字證明中國尚處於文明的初級階段一類）。以往的研究大多止於此，比如比較文學形象學或海外漢學研究。但是，這一鏈條實未終結，當這些提及中國的歐洲學者們的著作在近現代中國被翻譯時，其中關於中國的論述再次成爲刺激議論的原點〔註 32〕，一些陳腐甚至錯誤的說法反而又生發出新的力量，甚至一變成爲某種具有指導意義的「眞理」。只有加上近代的翻譯，這才是一個更加完整的文化交流之鏈。

〔註30〕例如在由瑪高溫創立於 1854 年的《中外新報》第三期中，《夫婦說》一文就猛烈抨擊了中國一夫多妻制的弊端，而其倡導的則是基督教的一夫一妻制。

〔註31〕參見錢林森：〈盧梭筆下的中國想像與描述〉，《中國比較文學》2014 年第 3 期（2014 年 7 月），第 75～83 頁。

〔註32〕比如嚴復譯《法意》，在翻譯孟德斯鳩關於中國的論述之後，常加案語予以評述。

如前所述，密爾的中國觀淵源於流行於當時歐洲的一些中國論述，這些論述基本上是以傳教士們的著作和書信爲基礎的，而當密爾的中國論述傳至東方，馬君武卻在這些「陳詞濫調」中看見了現實批判的鋒利筆觸，發現了可以藉此針砭時弊的、似乎頗有幾分道理的洞見，原本「過時」的評論文字卻又鮮活起來，似乎與中國的現實那麼貼切，但追索這些歐洲學者的「指導意見」，我們能夠看見的，卻可能只是一個中國的「虛像」。今天的學者往往很容易發現傳教士的著述中的種種謬誤，但也正是淵源於這些訛誤的歐洲學者的某些論說，竟然又渡回近代中國，並且成爲不少學人信奉（無論是眞的相信，還是爲了論說而假裝認可）的金言。

總　結

如果以今天通行的翻譯標準來看馬君武的譯文，確實存在明顯的誤譯和增刪等問題，但是，與其指謫譯者的失誤和粗率，倒不如將譯文視爲一個敞開的文本，接受這些問題並通過它們導向或許更重要的一些「問題」，這是本文嘗試做的工作。

馬君武對於原作中時代背景以及論述前提的忽略，或許表明譯者更看重的是「自由」概念的一種普適性，闡明其「原理」並施用於當下的中國，而這種觀念雖然可能背離了作者之意，卻也直刺原作的不足之處，譯文通過自身的偏誤完成了對於原作的某種「超越」。

當密爾論述中國因習俗的鉗制而沒落衰敗時，他的「中國」大概只是一種已然經過多重「變形」的比較固定僵化的「話語」，密爾的中國論述與現實英國的聯繫程度甚至超過了對現實中國的關切。但是當馬君武面對這樣的文字時，他看到了其中深切時弊的部分，他藉此引申、重述，在密爾的面具下完成了自我的張揚，原作的「陳舊」躍然一變而成爲新的價值與活的意義。如果我們從傳教士們算起，經由在歐洲的輾轉變遷，再回到近代中國，那麼馬君武等譯者的翻譯正好構成了一個比較完整的文化交流的鏈條的末端。

最後，對於許多近代的翻譯文本來說，其中涉及中國的部分，實際上是理解整個譯本的關鍵，這些圍繞著中國論述而生發出的種種問題（可以稱爲「中國問題」？），有助於我們更清晰地見出譯者本人的態度立場和翻譯動機等等，這或許是之前可能相對較少爲人關注的論題，但確實也是能夠深入翻譯文本的一條有效途徑。

主要參引文獻

1. 馬君武:《彌勒約翰自由原理》,譯書彙編社藏版,少年中國新叢書第四種,1903 年。

2. 馬修‧阿諾德:《文化與無政府狀態:政治與社會批評》,韓敏中譯,北京:三聯書店,2012 年。

3. 中村正直:《自由之理》,明治文化研究會編《明治文化全集》第二卷,東京:日本評論新社,1955 年。

4. 約翰‧彌勒:《群己權界論》,嚴復譯,北京:商務印書館,1981 年。

5. 莫世祥主編:《馬君武集:1900～1919》,上海:華中師範大學出版社,1991 年。

6. 耿兆銳:《文明的悖論:約翰‧密爾與印度》,杭州:浙江大學出版社,2014 年。

7. 密爾:《論自由》,許寶騤譯,北京:商務印書館,1959 年。

8. John Gray and G.W.Smith eds., *J.S.Mill On Liberty in Focus*, London: Routledge, 1991.

9. F.E. Mineka and D.N. Lindley eds., *The Later Letters of John Stuart Mill, 1849～1873*, Vol. 2, University of Toronto Press, 1972.

「勞工神聖」的思想溫床
——以蔡元培的社會關懷和教育理念爲核心

馮 慶

（中國人民大學哲學院）

在當代工人問題研究者筆下，「勞工神聖」這一誕生於非常時期的經典口號時常得到引用，以凸顯底層勞動者的尊嚴。但在「勞動」依然構成一個社會問題的今天，這一口號所表述的是「應然」而非「實然」。早在這一口號剛剛登上歷史舞臺後沒多久，就有人因爲勞動者的悲慘現狀而質疑「勞工神聖」的呼籲是否有實際意義，〔註1〕這與今天的情況並沒有太大差別。無論如何，就如汪暉在討論當代新窮人問題時強調的：「對這一口號的拒斥和重申，都包含著我們對於 20 世紀的歷史評價，以及有關我們各自與這一歷史之關係的判斷。」〔註2〕又如陳平原教授所言，「五四」可以作爲思想的「磨刀石」：回顧「五四」中的思想進程與具體歷史背景，意味著一種面向當代問題的「思想操練」。〔註3〕如果「勞工神聖」代表著一種政治可能——無論它是已經過去還是即將來臨的，那麼，回到 1918 年 11 月 16 日——亦即「五四」運動的前夕，重新梳理蔡元培在天安門廣場上發表「勞工神聖」演講的語境，也就是必要的。

〔註 1〕見吳嘯天以一個人力車夫的事跡爲證據寫出的〈勞工神聖的反面觀〉，《禮拜六》1921 年總第 136 期；又見周夢熊的〈勞工神聖〉，《禮拜六》1921 年總第 122 期。值得注意的是他們都以人力車夫作爲勞工的典型代表，這不禁使人想要與魯迅 1919 年的〈一件小事〉進行對照：「滿身灰塵的後影，剎時高大了，而且愈走愈大，須仰視才見。」——這樣的文學經驗，似乎沒有持續太久。

〔註 2〕汪暉，〈兩種新窮人及其未來——階級政治的衰落、再形成與新窮人的尊嚴政治〉，《開放時代》2014 年第 6 期。

〔註 3〕陳平原，〈作爲一種「思想操練」的「五四」〉，《探索與爭鳴》2015 年第 7 期。

作爲現代史上最爲響亮的話語之一，「勞工神聖」強烈的動員效果來自其奇妙的構詞法。相對於長期處於社會底層的「勞工」，「神聖」的謂詞化用法打破了定性思維，開闢出了「朝向神聖」的生命氣息。「神聖」在古漢語中通常用來修飾帝王，如「王甚神聖，無惡於諸侯」（〈左傳‧昭公二十六年〉），又如「麗哉神聖，處於玄宮」（揚雄〈羽獵賦〉）。在傳統與現代交匯的民初語境中，「勞工神聖」的出場，暗示的是勞動者不需任何中介而躍升成爲至高政治主權者的可能性。「勞工神聖」的出場首先預示著「五四」的狂飆突進，然而也可能預示著理論與實踐上「人民主權」政治格局的來臨。

「勞工神聖」是「五四」的先聲，和新文化運動整飭「文化」、改造「社會」的大背景無法分開。如楊念群所言，對「五四」的研究，首先要關注「社會」作爲一個論域的產生以及如何替代其他主題的歷史，〔註4〕惟其如此，才能不至於無視幾代知識人針對歷史現狀的具體關懷，進而避免將「五四」乃至整場新文化運動定性爲「淺薄的啓蒙」。〔註5〕對「勞工神聖」的研究，也就要重視「五四」前後的知識人逐漸發現「社會」的心路歷程。觀念史之父洛夫喬伊（Arthur O. Lovejoy）認爲，我們首先應該重視思想史中一些足以作爲整個時代基本觀念的「共同溫床」（common seedplot），關注思想觀念的背景與發展歷程；在這一基礎之上，我們要細緻地考察具體人物與具體文本中的思想進路；最後，我們得採取跨學科合作的方式，嘗試展現更爲豐富的歷史場景。〔註6〕這與中國古典史學強調的「知人論世」不無相通之處。考察普遍的知識話語或者說「共識」的生成語境，分析思想家文本與觀念中的內在邏輯，並把握住當時知識人的核心問題意識，是本文考察蔡元培「勞工神聖」思想淵源的具體步驟。

一、基本問題：遊民社會與勞工啓蒙

由堅持學術獨立的蔡元培、而非更加激進的知識人在天安門廣場上最早喊出「勞工神聖」，這並非歷史的巧合。蔡元培針對中國社會宏觀現狀而萌發

〔註4〕楊念群，《「五四」九十週年祭——一個「問題史」的回溯與反思》，北京：世界圖書出版公司，2009年，第15頁。

〔註5〕方維規，〈何爲啓蒙？哪一種文化？——爲紀念新文化運動百年而作〉，《探索與爭鳴》2015年第6期。

〔註6〕Arthur O. Lovejoy, 「The Historiography of Ideas,」 *Proceedings of the American Philosophical Society 4（1938）*, pp. 534～541.

的問題意識，是「勞工神聖」發生的根本原因。根據胡適的表述，隨著中國因派出勞工而在一戰中獲得戰勝國的資格，1918 年冬天的蔡元培一度違背其學術獨立於政治的姿態，陷入了狂熱的愛國激情當中，進而反常地發表了這次演說：

> （蔡先生）向教育部借了天安門的露天講臺，約我們一班教授做了一天的對民眾的「演說大會」……這是他第一次借機會把北京大學的使命擴大到研究學術的範圍以外。他老人家忍了兩年，此時他真忍不住了！……北京大學就走上了干涉政治的路子，蔡先生帶著我們都不能脫離政治的努力了。〔註7〕

蔡元培顯然因中國在國際舞臺上的揚眉吐氣而歡喜若狂。作為一位典型的老派愛國者，這使蔡元培一度主動承擔起革命和建立共和國的使命。但他「愛國」的具體方案在民國建立後發生過很大轉變：

> ……至民國成立，改革之目的已達，如病已醫愈，不再有死亡之憂。則欲副愛國之名稱，其精神不在提倡革命，而在養成完全之人格。〔註8〕

在 1918 年秋天的歷史關口到來之前，蔡元培嘗試尋覓政治鬥爭之外的改革路徑，在主張大學教育要與政治劃清界限的同時，將心思放在一個相對「傳統」的主題——「養成完全之人格」，即「新民」——之上，這也未嘗不是一種以退為進的「愛國」或革命策略。對於梁啓超、蔡元培乃至於李大釗的一代人來說，「新民」的任務一直是重中之重。這一任務一度表現為面向全社會的「普及教育」。需要格外注意的就是，蔡元培主張普及基層職業教育，主要是為了改善中國勞動者的生計問題，使之脫離「遊民」的生存狀態：

> ……今吾中國至重要至困難問題，尚有過於生計者乎！興學二十餘年，全國學校亦既有十萬八千餘所，何以教育較盛之區，餓莩載途如故，匪盜充斥如故？……其十之六七，乃並一啖飯地而不可得。實業學校畢業者且然，其他則又何說？然則教育幸而未發達未普及耳，苟一旦普及，幾何不盡驅國人為高等遊民，以坐待淘汰於

〔註7〕胡適，〈紀念五四〉，載《胡適文集》第 11 卷，歐陽哲生編，北京：北京大學出版社，1998 年，第 576～578 頁。
〔註8〕蔡元培，〈在愛國女學校之演說〉（1917 年 1 月 15 日），載《蔡元培全集》第 3 卷，高平叔編，北京：中華書局，1984 年，第 7、8 頁。

天演耶？……今吾中國至重要至困難問題，厥惟生計。日求根本上
解決生計問題，厥惟教育。〔註9〕

如何通過普及教育提高勞動者素質，改善勞動者的生活，這是蔡元培在擔任
北大校長期間思考的問題之一。這一問題已經超出了具體學術和政治的維
度，投眼於中國社會問題的基層維度。對於舊中國來說，貧窮與飢饉是常態，
隨著生產結構的異變，大量勞動力被迫遠離土地，這些人口未能獲得穩定的
工作或社會安置，進而變成流民、盜匪；其中少數人即便受過教育，但在不
穩定的政局之下，無論其「勞力」還是「勞心」，都可能淪為「高等遊民」，
在道德上腐敗的同時，對現代民族國家的建設產生負面作用。

　　一旦注意到近代中國劇烈的經濟社會結構變動及其帶來的生活經驗轉
型，就能理解蔡元培這一關懷的現實針對性。清中期的人口猛增導致了大規
模、持續不斷的人口流動，「闖關東」、「走西口」、「填四川」、「下南洋」隨
之出現。江南、邊疆和沿海的遷入人口大漲，契約華工大規模出國，1801～
1900 年間總共出國的華工人數多達 235 萬人。〔註10〕同時，與華工出國的原
因類似，大量鄉村人口向城市遷移，轉型為近代工業勞動力。1933 年左右，
中國主流工人數量近兩百萬人，其中大部分由破產農民和手工業者轉化而
來。〔註11〕

　　在這種時代大環境之下，許多地區開始因勞動崗位不足或勞動環境惡劣
而滋生出一種遊民文化，這些「遊民」天然缺少良俗秩序感，進而亟待教養
上的規約。〔註12〕20 世紀初期，遊民問題變得比古代更為複雜：農村日益凋
敝，加之戰亂頻繁，城市遊民人口大幅度增長，勞動力供過於求，資本家樂
於雇傭大量廉價勞動力，盡可能壓低工資，而不願在技術更新方面下工夫。（譬
如，上海碼頭長期使用大量苦力，而不採用已經開發出來的先進器械。）這
一切現狀共同造成了中國早期產業工人惡劣的勞動生活環境。無論是海外華

〔註 9〕 蔡元培，〈中華職業教育社宣言書〉（1917 年 1 月），載《蔡元培全集》第 3 卷，
　　　　同上，第 12、13 頁。
〔註10〕 姜濤，《人口史話》，北京：社會科學文獻出版社，2011 年，第 101～104 頁。
〔註11〕 劉佛丁、王玉如，《中國近代的市場發育與經濟增長》，北京：高等教育出版
　　　　社，1996 年，第 245～246 頁。
〔註12〕 形成「文化」的遊民往往是職業性的，「他們脫離了正常的勞動，完全以不正
　　　　當的手段牟取衣食，坑蒙拐騙，欺壓百姓……50 年代最初設置『勞動教養』
　　　　制度，主要是針對這些分子的。」——王學泰，《遊民文化與中國社會》，北
　　　　京：同心出版社，2007 年，第 14、15 頁。

工還是國內工人，都長期遭受著資本主義與遊民文化的各層勢力的盤剝，承受著過度勞動帶來的辛勞和由失業造成的飢饉；與此同時，城市中勞動力的過剩又會導致農村勞動力的流失，使得農村陷入生產凋蔽和秩序破壞的狀況。〔註13〕這就恰好符合馬克思表述的規律：

> 工人階級的一部分從事過度勞動迫使它的另一部分無事可做，反過來，它的一部分無事可做迫使它的另一部分從事過度勞動，這成了各個資本家致富的手段。〔註14〕

在第一次世界大戰前，西方工人階級地位逐漸上升；戰爭之後，由於工會的權力擴大，大規模的罷工運動和抗爭隨之而來。兩次世界大戰之後的數年總是勞工抗爭的高峰期。〔註15〕戰爭結束總會引起勞工運動，原因在於大量的勞工戰後無處安置，進而失業、淪爲遊民。遊民一旦受到恰當的組織，形成革命團體和政黨，就能成爲穩定的抗爭政治力量。這樣的邏輯，或許也可以用來分析中國在一戰後興起的以「勞工神聖」爲口號的工人運動高潮。「勞工神聖」的深入人心，其實反映了整個社會對勞工淪爲遊民、無法落實生計的現狀的直接感受——底層勞動者迫切需要生計上的安頓和尊嚴上的承認。正如1920年一個社評所指出的那樣：

> 難道是認蔡元培作偶像，才把「勞工神聖」深入人心？——想來蔡元培一個人，哪裏能夠憑空造出「勞工神聖」這句話，他不過將眾人腦筋裏深深地藏著的「勞工神聖」一聲叫破了出來，於是眾人都被他喊著，就回答一聲「勞工神聖」。〔註16〕

以上對蔡元培「勞工神聖」基本思路的推論，源於對西方現代社會學思維在近代中國日益普及之現實的認識。緣起於西方語境的馬爾薩斯主義認爲，高生育率和由此帶來的勞動力過剩會抑制節約勞動力的技術的發展，相較於近代西方，18～19世紀的中國就陷入了這樣的「馬爾薩斯陷阱」（Malthusian

---

〔註13〕池子華，《中國近代流民》，北京：社會科學文獻出版社，2007年，第176～186頁。

〔註14〕馬克思，《資本論》第一卷，中共中央馬克思、恩格斯、列寧、斯大林著作編譯局譯，北京：人民出版社，2004年，第732頁。

〔註15〕西爾弗，《勞工的力量：1870年以來的工人運動與全球化》，張璐譯，北京：社會科學文獻出版社，2012年，第157、158頁，第172～175頁。

〔註16〕佚名，〈「勞工神聖」的意義〉，上海《國民日報》副刊《覺悟》1920年10月26日。

trap），農業隨之衰退，貧困和死亡率隨之上升。〔註17〕儘管這種理論視角在如今的人口社會學領域內已經成爲了一個「神話」，但在辛亥革命前後，馬爾薩斯人口學一度構成了當時的普遍關注焦點，對於各種思潮有極大影響。〔註18〕

　　陳長蘅是當時著名的人口學家，他出版於1918年初的《中國人口論》是體現馬爾薩斯主義的經典之作。這本書的作序人正是蔡元培。可見蔡元培在「勞工神聖」的前夕，已經瞭解人口學的社會觀察角度。到1926年，陳長蘅的著作已經發行了七版之多，在其中，他主張「節育」和「優生」，反對孫中山、廖仲愷等人以「人力即國力」爲理由提倡多生養的見解。在他那裏，存在著將當時種種社會問題統統歸結爲人口壓力問題的傾向。但他和孫中山也有共同看法，那就是通過提升人民的「品質」以振興國家。〔註19〕在「勞工神聖」事件的前夕，蔡元培的大量學術注意力都集中在如何「新民」、亦即提升民眾「品質」的問題上，所以，在對待勞動人力的態度方面，不妨認爲他的思路綜合的正是孫中山和陳長蘅的結論，那就是通過文化教育提升因經濟社會結構失調而日益「遊民化」的中國民眾的各方面素養，進而提升勞動生產力，改善人民生活質量。

　　人口困境及其帶來的社會矛盾，直接導致了對中國當權者的激烈批判。與蔡元培同時代的知名記者黃遠生曾著有《遊民政治》，針砭當時上至袁世凱、下至各類「買辦」、「官僚」和「政客」組成的北洋政府乃是古代「遊民政治」——以能夠促進階級流動的科舉制爲代表——的延續，這種政治局面導致人人追名逐利而缺少責任感與自尊心。進而，要處理遊民問題，保證全國民眾的「生計」，必須有以下的覺悟：

> 然生計之道，在勤儉而寡欲，故夫哲人有言，寡欲者改革家之要素。今之社會，第一當去奢存樸，第二在獨立生計，第三益以必要之道德，第四獨立自尊。〔註20〕

〔註17〕 李中清、王豐，《人類的四分之一：馬爾薩斯的神話與中國的現實》，陳衛、姚遠譯，北京：生活‧讀書‧新知三聯書店，2000年，第26頁。

〔註18〕 蔡元培也或多或少受到這一思潮影響。1922年，胡適曾經代蔡元培擬就一則「校長啓事」，其中便有「西洋自馬爾圖斯以來，學者多有提倡『生育制裁』之論者，但社會習於成見，往往認爲此事爲不道德，實則與其生而不能養，與其生而殺之以貧病，何如預爲制裁而不生理之爲愈乎」的表述。——見胡適，《胡適日記全編3（1919～1922）》，曹伯言整理，合肥：安徽教育出版社，2001年，第629頁。

〔註19〕 詳見張慶軍，〈民國時期人口思想初探〉，《中國人口科學》1993年第1期。

〔註20〕 黃遠生，《遊民政治》，西安：陝西人民出版社，2013年，第25、26頁。

黃遠生的看法與蔡元培提出的教育方案非常類似，除了認可要「獨立生計」，還強調要有道德與自尊心方面的人格啓蒙，這是因爲他們有著共同的社會政治觀察視角和問題意識。儘管黃遠生貶斥的「遊民」並非前述社會學意義上的底層遊動人口，而是高層的「遊士」，但其發生的邏輯是一致的。從上層來說，自甘「遊士」的意識必然會導致政治統治者與知識分子失去責任心，走向官僚主義與貪腐風氣；從下層來說，「遊民」的問題則體現爲勞動力素養的低下。從整體上說，全國國民的精神氣質，由於這種「遊民」的社會氛圍而變得頹敗。

黃遠生的表述呈現了知識人對北洋政府的普遍不滿。蔡元培對此也有著完全相同的反應，並且指出這種趨名逐利的官場氛圍可能導致社會不公：

> 北京自袁政府時代，收買議員，運動帝制，攫全國之公款，用之如泥沙，無所顧惜，則狂賭狂嫖，一方面驅於僥倖之心，一方面且用爲鑽營之術。……江、浙各省，見夫教育、實業各界，凡嶄然現頭角者，幾無不以嫖、賭爲應酬之具……比抵北京，此風尤甚。〔註21〕

> 至於猛獸，恰好作軍閥的寫照……現在軍閥的要人，都有幾百萬、幾千萬的家產，奢侈的了不得；別種好好作工的人，窮的餓死，這不是率獸食人的樣子麼？〔註22〕

陳獨秀曾言，「蔡先生自任校務以來，竭力擴充，而各方面之阻力亦日大，如安福俱樂部當權時，即無日不思與北大反對，蔡先生之精神力用於對付反對者三分之二，用之於整理校務者，僅三分之一耳。」〔註23〕蔡元培離職北大校長時，怒斥北京是「臭蟲窠」，也是出於對北方政治氛圍的不滿。他的批判直接針對保留腐敗官僚作風的政治高層，其解決方案也與黃遠生一致，那就是通過崇尚進德修業的儉樸生活來提高民眾素養，改善生計。作爲北大校長的蔡元培，之所以喊出「勞工神聖」，可能就是要解決人口增長導致的遊民社會問題，把不務正業的傳統遊民教育爲有專業勞動能力的現代公民。這進一步促使蔡元培提出了「學」與「工」互動的教育方案。

〔註21〕 蔡元培，〈北大進德會旨趣書〉（1918 年 1 月 19 日），載《蔡元培全集》第 3 卷，同上，第 126 頁。

〔註22〕 蔡元培，〈洪水與猛獸〉（1920 年 4 月 1 日），載《蔡元培全集》第 3 卷，同上，第 392 頁。

〔註23〕 高平叔編，《蔡元培年譜長編》（中），北京：人民教育出版社，1998 年，第 354 頁。

在 1920 年面向少年中國學會的講話當中，蔡元培強調「學是工的預備」，人類通過學習而使得工業進步，最終走向勞工的聯合；在進步的歷史作用下，教育的平等可以推動資本家與勞工之間逐步實現平等；通過教育平等來實現勞動互助，最後會通向世界範圍內的幸福實現。〔註 24〕更早的時候，蔡元培就意識到，中國當時的職業教育未嘗不盛行，但依然無法滿足就業問題，關鍵在於教育中重理論而輕視實習的方法導致學生缺少動手做事的勞動意識；然後，學生大多沒有從事地位低下工作的覺悟和能力，卻又有太多的待遇需求。相較之下，西方人則通過勞動實踐與知識教育的綜合率先走向了安寧的國家秩序：

> 倘獲睹夫歐美今日之盛，學校無不用之成材，社會無不學之執
> 業，國無不救之民，民無不樂之生，乃至野無曠土，肆無窳器，市
> 無遊民，因之而社會國家秩序於以大寧，基礎於以確立……〔註 25〕

在這個意義上，打破舊有的教育秩序，提倡「知行合一」與奉獻精神是有必要的。而其最終意旨是要讓勞動者獲取更多的知識，又讓知識人能更多地參與勞動，最終解決雙方的生計問題，甚至使得「勞心」與「勞力」的溝壑不復存在，使得所有人都成為「正當的工人」，在資源佔有方面不再有過度與不足的現象，進而生活在平等自由的社會當中，過上「新生活」：

> 我們理想的世界，就是全世界的人都能合於「各盡所能、各取
> 所需」的公則。盡所能，便是工；不管他是勞力，是勞心，凡是有
> 益於人類的生存、文化的進步的，都是。……正當的工人，要取所
> 需，常恐不足，就是體魄上的需要勉強得到了，精神上的需要，或
> 者一點都沒有。這不是文化的大障礙麼？我們要除去這個障礙，就
> 要先來實行工學並進的生活。〔註 26〕

蔡元培從西方國家的成功經驗中總結出了智識啟蒙與勞動實踐並行的教育方針，為「五四」拉開了帷幕。「勞工神聖」正是在這一啟蒙進程當中湧出的一次話語實踐的高潮。在明確了蔡元培的基本訴求之後，我們還得找尋他的主張背後的思想傳統根基之所在。

〔註 24〕蔡元培，〈工學互助團的大希望〉，載《蔡元培全集》第 3 卷，同上，第 378、
379 頁。
〔註 25〕蔡元培，〈中華職業教育社宣言書〉（1917 年 1 月），載《蔡元培全集》第 3
卷，同上，第 15、16 頁。
〔註 26〕蔡元培，〈國外勤工儉學會和國內工學互助團〉（1920 年 1 月 1 日），載《蔡元
培全集》第 3 卷，同上，第 374 頁。

二、思想源流：墨學復興與無政府主義

「勞工神聖」講話中有極強的政治批判意識：

> 我們不要羨慕那憑藉遺產的紈絝兒！不要羨慕那賣國營私的官吏！不要羨慕那剋扣軍餉的軍官！不要羨慕那操縱票價的商人！不要羨慕那領幹修的顧問諮議！不要羨慕那出售選舉票的議員！他們雖然奢侈點，但是良心上不及我們的平安多了。我們要認清我們的價值！勞工神聖！〔註27〕

從講話本身可以看出，蔡元培這一系列譴責主要是在針對「奢侈」的作風。在人口過剩、生產力低下的社會環境中，作爲統治者的少數人過著奢侈的生活，這不啻是以浪費資源的方式扼殺大多數人的生命。如果統治者自身就有「遊民」特質，時刻以謀取私利爲最終目的，政治局勢自然會江河日下，社會風氣自然也就污濁敗壞。

針對北洋政府統治時期崇尚奢侈而導致社會風氣敗壞的現狀，1917年以降，教育家蔡元培的工作重心之一，是與吳稚暉、李石曾建立中國勞工的勤工儉學機制。1918年，吳稚暉、梁冰鉉等人在上海創辦了《勞動》月刊，是中國第一個明確以「勞動」命名的無政府主義刊物，其宗旨是「尊重勞動；提倡勞動主義；維持正當之勞動，排除不正當之勞動；培植勞動者之道德；灌輸勞動者以世界智識普通學術；記述世界勞動者之行動」等，最終要促進中國與世界勞動者聯合起來解決社會問題。〔註28〕是他們率先「接受了以蒲魯東（Pierre-Joseph Proudhon）以體力勞動爲自豪的思想，將體力勞動推上了至高無上的聖壇」。〔註29〕正是蔡、吳、李的勤工儉學路線造就了旅歐華工在戰爭中的貢獻，進而帶來了戰勝國的榮譽，引出了「勞工神聖」作爲國家事件的正當性。這批國民黨「元老」認爲，要在社會上展開職業教育和「新民」的事業，首先就要戒除貪奢，崇尚勤儉，培育出新時代的新勞工人格。

對蔡元培在這些年間的思路進行考察，不難發現，通過構建儉學會來普及法國的現代勞動意識，進而普及啓蒙主義的民主、科學與平等意識，是他的核心訴求：

〔註27〕 蔡元培，〈勞工神聖——在北京天安門舉行慶祝協約國勝利大會上的演說詞〉（1918年11月16日），載《蔡元培全集》第3卷，同上，第219頁。

〔註28〕 勞動，〈勞動者言〉，《勞動》第1卷第1號（1918年3月20日）。

〔註29〕 左玉河，〈論五四時期的民粹主義〉，載丁耘等編：《思想史研究・第七輯：五四運動與現代中國》，上海人民出版社，2009年，第31、32頁。

> 至於道德要義，曰自由，曰平等，曰博愛……由儉入奢易，
> 由奢入儉難。即自由與不自由之別也。……物產之數，與人類之
> 樹有比例，此有所贏，則彼必有所絀，知平等之義者，其忍奢乎？
> 博愛者，由平等而推暨之者也。不承認平等之義者，即不能再望
> 以博愛。

沿著這一訴求，蔡元培道出了他這種思想的兩個傳統源頭：

> ……墨翟尚儉而兼愛，近世如俄之陶斯道，屏貴族之奉，而躬
> 耕隴畝，欲毀家以濟其埰地之農人。爲儉故能博愛，亦惟博愛，則
> 不能不儉也。〔註30〕

「陶斯道」者，托爾斯泰也。據說是托爾斯泰主義與無政府主義一併推動了
五四時期思想界對「勞動」和勞工的重視，〔註31〕而托爾斯泰屬於由盧梭開
啓的平民主義思想譜系。蔡元培提到的墨子，與這種平民主義的聯繫是什麼？
又和民國知識人的啓蒙意圖有何種關係？

中國歷史上長期幾乎無人關注的墨子在近代的復興，與實業救國與科學
啓蒙的思潮緊密相連。從晚清黃遵憲重申墨學的科學意義以來，孫詒讓、陳
澧、鄒伯奇、俞樾、梁啓超、譚嗣同、胡適等數代學人紛紛強調墨學的意義，
梁啓超甚至在《歐遊心影錄》中將孔、老、墨並稱爲「三聖」。直到新文化
運動時期，墨學最終取得了與儒學平等的地位。〔註32〕蔡元培本人也深受墨
家思想影響，曾親筆批註《墨子》，「密密麻麻，一點空隙也沒有」。〔註33〕
在許多場合，蔡元培往往將孔墨並稱，這是晚清以降墨學復興思潮在他那裏
的延續。

在勞工教育方面，蔡元培的這種墨家情懷顯然有所體現。首先，蔡元培
把墨子視爲科學思維的代表，而墨學的斷絕是中國不能發展出現代科學的原
因。〔註34〕在討論培養科學修養時，蔡元培提到的「誠」、「勤」、「勇」、「愛」

〔註30〕 蔡元培，〈說儉學會〉（1917 年 7 月 15 日），載《蔡元培全集》第 3 卷，同上，
第 63 頁。

〔註31〕 左玉河，〈論五四時期的民粹主義〉，同上，第 33 頁。

〔註32〕 鄭傑文、王繼學等著：《墨學對中國社會發展的影響》，濟南：山東人民出版
社，2011 年，第 233 頁。

〔註33〕 林文錚，〈蔡孑民先生二三事〉，載陳平原、鄭勇編，《追憶蔡元培》，北京：
生活・讀書・新知三聯書店，2009 年，第 40 頁。

〔註34〕 蔡元培，〈哲學與科學〉（1919 年 1 月），載《蔡元培全集》第 3 卷，同上，第
249 頁。

基本上源自墨家思想。〔註35〕要促進勞動者素質的提升，首先得強調科學修養，墨子的學說可以爲這一任務提供傳統權威性。從另一個角度說，在《中國倫理學史》裏，蔡元培對墨家的評價甚高，原因大致在於墨傢具有「生勤而死薄」的底層勞動者姿態。墨子關於艱苦工作的禁欲主義主張實際上有助於緩解近代中國底層勞工對自己生活處境的不滿，敦促他們更努力投入生產，而不是渴望融入遊民政治的污濁氛圍。

墨家成了儉學會反抗遊民政治的核心思想來源，並且還爲動員中國知識人與勞工通向西方的無政府主義提供了思想準備。梁啓超很早就在比附無政府主義、基督教、俄農主義和馬克思主義的相通之處，〔註36〕認爲「墨子之生計學，以勞力爲生產獨一無二之要素，其根本概念，與今世社會主義派所持殆全合」〔註37〕。蔡元培顯然深受梁啓超及同時代其他宣揚墨家思想的人的影響。所以不難看出，晚清以降墨學復興的思潮，正是「勞工神聖」這一隨後激發出各式各樣社會主義思潮的觀念得以孕育而出的思想溫床之一，其背後數代知識人的意圖，則是通過對西方學說的本土比附，更好地促進中國底層遊民朝向現代勞工的現代化。

晚清以來，進入中國後很快與復興的墨學合流，並共同構成民主革命合法性來源的西方理論，是盧梭的自由民主學說。1905 年，同盟會機關報《民報》創刊號上刊登了人類歷史上的「四大偉人」的圖像，分別是黃帝、盧梭、華盛頓和墨翟。作爲革命黨的中流砥柱，作爲讓光復會與同盟會實現友好往來的功臣，曾經親自參與無政府主義式暗殺行動的蔡元培自然會將盧梭和墨翟的學說混合式地運用到自己的勞動教育理論當中，其最終的目標，當是「爲平民爭氣」，也就是服務於民國政治。〔註38〕在〈論科學與藝術的復興是否有助於使風俗日趨淳樸〉一文中，盧梭曾經訴諸古典德性，批判啓蒙時代的法國窮奢極欲。這與蔡元培擔任北大校長時面臨「奢侈」社會風氣進而倡導勤儉的思路非常相似。我們尤其應當注意到，歐洲各式各樣的民粹主義與社會

〔註35〕蔡元培，〈科學之修養——在北京高等師範學校修養會演說詞〉（1919 年 4 月 24 日），載《蔡元培全集》第 3 卷，同上，第 290～292 頁。

〔註36〕見任繼愈主編，《墨子大全》第 26 冊，北京：北京圖書館出版社，2004 年，第 24～51 頁。

〔註37〕見任繼愈主編，《墨子大全》第 26 冊，同上，第 448 頁。

〔註38〕蔡元培，〈大戰與哲學——在北大「國際研究」演講會上的演說詞〉（1918 年 10 月 18 日），載《蔡元培全集》第 3 卷，同上，第 200 頁。

主義者們大多受到盧梭關於原始自然狀態的學說的影響，深信存在著一個人類由最初的自由逐漸走向他人奴役的歷史進程；進而，通過摒除各種既有政治設計的干擾，回到以勞動爲唯一根基的平等狀態，是當時的啓蒙主義者深信的歷史進步之路。

事實上，這種思路的最早的現代理論奠基人是洛克，在他的《政府論》中，勞動是一切參與社會生活的公民的私有財產之源泉，人有天賦的權利通過勞動佔有自然中的共有事物，這種勞動權的結論就是私有財產權的神聖不可侵犯。因與民眾締結契約而上臺的統治者利用其權力攫取私人財富的行動，總要受到每一個勞動個體的監控。現代資產階級革命政治的合法性由此而來。〔註39〕這就是「勤工儉學」作爲一種政治訴求而針對統治者之「奢侈」的內在理路：財富應當屬於勤勞工作的個體，而不應當被不勞動的政治階層揮霍。

洛克基於財產權推導出的人民平等政治的根基，是新教「上帝面前人人平等」的主張：

> 既然人們都是全能和無限智慧的創世主的創造物……從事於他的義務，他們就是他的財產……我們既賦有同樣的能力，在同一自然社會内共享一切，就不能設想我們之間有任何從屬關係……人人基於他所享有的保障一般人類的權利，就有權制止或在必要時毀滅所有對他們有害的東西……人人都享有懲罰罪犯和充當自然法的執行人的權利。〔註40〕

把洛克的邏輯往前再推一步，就會走向晚清以降無政府主義革命者們所秉持的革命正義觀。由於個人的私有財產權與其天賦的平等權是相互綁定的，那麼一旦有人企圖通過政治暴力的手段佔有他人的勞動成果，就注定要遭到反抗，這樣的反抗或革命都合乎與基督教有親緣關係的近代政治哲學的正義觀。這正是西方無政府主義倡導針對政治人物的刺殺與恐怖活動的根本邏輯。我們今天僅僅將無政府主義視爲當時各種以「社會主義」或「重農主義」爲標誌的思想中的一種，忽視了其在觀念上的激進性和徹底性，也沒有注意到其在當時中國的流傳範圍之廣。主張「勞工神聖」的蔡元培在組織光復會

〔註39〕 李猛，《自然社會——自然法與現代道德世界的形成》，北京：生活·讀書·新知三聯書店，2015 年，第 452～478 頁。

〔註40〕 洛克，《政府論》下卷，葉啓芳等譯，北京：商務印書館，1996 年，第 6 頁。

期間就極大地受到無政府主義的影響，一度熱衷於暗殺行動；1904 年他在主編《警鐘》時，就曾連載譯稿〈俄國虛無黨源流考〉。正如在儉學會的歷史與主張中所看到的那樣，蔡元培的許多革命與啓蒙思想都源於無政府主義，進而，他之後提出的「勞工神聖」，其實也是洛克勞動理論及其衍生思想的產物。

當然，晚清的無政府主義與民國的無政府主義其中內在的理論資源各有不同。但他們總體上都追求對當時居統治地位的政權的抵抗乃至於全面否棄。這與無政府主義的西方代表巴枯寧與克魯泡特金的思想是一致的。巴枯寧對「自由、平等、博愛」的訴求旨在將現存的政治世界完全消滅，就西方思想傳統而言，這是一種基督教「終末論」與行動派神秘主義的綜合：神聖拯救史的進行與完成都需要一個有力的革命代言人，這個代言人就是超出一切傳統制度、全然抹平一切差異之後的「人民群衆」。相較之下，克魯泡特金更多地吸收了盧梭對文明的批判，認爲人類的善的本性應當擺脫一切外在的政治強制，獲得自由舒展的機會，進而「制度就是墮落，如果把制度消除了，沒有罪性的生命就可得到恢復」。〔註41〕根據巴枯寧、克魯泡特金的主張，當代學者德里克歸納出了無政府主義的一般訴求：

> 只要消除了阻礙自由聯合的機構，就能實現一個眞正的人類共同體，這樣的機構包括家庭和資本主義經濟；但國家作爲最強大的機構，爲了維護自己的政治秩序而保護一切局部利益，因而是人類社會最大的敵人。〔註42〕

「國家——政治——制度」就此與「自由聯合——人類共同體」構成了你死我活的對立。在晚清到民國初年的政治思想史上，無政府主義思潮中一直貫穿著這一拒絕制度化、國家化的強大訴求，並擁有廣大的市場。活躍一時的沙淦、師復等無政府主義者都認爲，一切「政治」的活動都是骯髒醜惡的，參與政權角逐就等同於墮落。在這個意義上，發動「二次革命」的孫中山也被他們開除出「社會主義」的陣營。〔註43〕

〔註41〕沃格林，《政治觀念史稿‧卷八：危機和人的啓示》，劉景聯譯，上海：華東師範大學出版社，2011 年，第 240～245 頁，第 264～265 頁。

〔註42〕德里克，《中國革命中的無政府主義》，孫宜學譯，桂林：廣西師範大學出版社，2006 年，第 81 頁。

〔註43〕湯庭芬，《無政府主義思潮史話》，北京：社會科學文獻出版社，2011 年，第 69～78 頁。

　　值得注意的是，師復所推崇的無政府主義非常注重個人的禁欲主義修養，尤其是強調要「寡嗜欲，薄榮利，以身作則，兢兢而行。」這非常類似墨家的做派。更重要的是，他還區分了「富人的潮流——強權的潮流」和「窮人的潮流——人民的潮流」：前者是「不勞動而亦能生活的階級」，包括地主、商業家、官吏、政客等等；後者是「靠勞動為生的勞動階級」，包括農民、手工業者、工人、苦力等等；而教師、醫生、工程師等知識人階層也被囊括在勞動者陣營當中。隨之即來的「平民大革命」將推翻一切代表強權的國家機器，建立新的社會公有制，人人都參與生產勞動，自食其力。〔註44〕在無政府主義者那裏，「勞動」是逃離遊民政治、走向「大同」的唯一合法手段。但這一邏輯也暗示，如果勞動得不到穩定保障，隨之來到的自然就是針對當前政治統治者的暴力革命。

　　在蔡元培的「勞工神聖」演說裏，通過全民勞動消除固有階級與分工的無政府主義教育方針已經十分顯著：

　　　　凡用自己的勞力作成有益他人的事業，不管他用的是體力、是腦力，都是勞工。所以農是種植的工，商是轉運的工，學校職員、著述家、發明家，是教育的工，我們都是勞工。我們要自己認識勞工的價值。勞工神聖！〔註45〕

洛克之後數百年，關於勞動與私有財產權之間同一關係的主張日益成為了西方不言自明的公理，其背後的神學立場淡化或融入到世俗政治規範當中。「勞工神聖」背後站立著「財產神聖」這個基督教神學色彩濃厚的概念，只是在盧梭之後，這一神學的基礎開始讓渡於人的自然屬性。這在卡萊爾（Thomas Carlyle）那裏體現得尤為明顯。〔註46〕雖然無法考證蔡元培是否曾經讀到卡萊爾的著作，但若是沿著恩格斯的思路，明確了卡萊爾當時的英雄主義訴求是以勞動崇拜作為一種世俗化新宗教的核心，就會看懂蔡元培的「勞工神聖」口號背後也或多或少繼承著資產階級國民經濟學的特質。〔註47〕

〔註44〕見湯庭芬，《無政府主義思潮史話》，同上，第80～89頁。

〔註45〕蔡元培，〈勞工神聖——在北京天安門舉行慶祝協約國勝利大會上的演說詞〉（1918年11月16日），載《蔡元培全集》第3卷，同上，第219頁。

〔註46〕卡萊爾在1843年出版的《過去與現在》（Past and Present）的第三卷「現代工人」當中明確提出了「勞工神聖」的說法，其中最為核心的第11節還曾在1942年被譯成中文。見Thomas Carlyle，〈勞工神聖〉，君山譯，載《中國婦女》第二卷第五期（1942年4月25日），第5～6頁。

〔註47〕見劉森林，〈「上帝」之死與不死：以恩格斯評卡萊爾為中心〉，《山東社會科學》2014年第8期。

如羅家倫所言，蔡元培由墨家和西方繼承而來的無政府主義對官僚軍閥政治的實質性衝擊是帶動「五四」學生運動的眞實動因之一。〔註48〕這也進而說明了「勞工神聖」作爲政治事件的歷史地位。墨家的節儉主義與和平主義，顯然是從傳統中找到的權變途徑，根本意圖是要規訓軍閥政治和遊民文化。而對基於西方基督教邏輯的無政府主義的過度引入，則直接將「權」變成了「經」，把消解集權治理、僅保留個人勞動-財產權合法地位的自由主義烏托邦視爲現代民族行動的根本目的。儘管這一切都是爲了應對讓中國「遊民」轉化爲現代工人的現實問題，但卻顯得過於理想，未能觸及最核心的生產關係要素。

三、心志的朝向：精英教養與人民主權

僅從社會現實和勞動者狀況的視角理解蔡元培的思路，是遠遠不夠的。我們還必須意識到與他同樣有著「新民」志願的幾代精英知識人對傳統和西方資源加以「權變」以解決現實問題的心路歷程。在同時代的陳獨秀、李大釗的筆下，與蔡元培類似的思路比比皆是。知識人面對日益龐大的中國社會時的治理意圖和策略，是理解「勞工神聖」不可或缺的考察方向。

前述的「遊民政治」，是傳統「德政」理想破滅的結果：唯有對既有的一切政治方案都不再抱有希望時，廣義上的「無政府主義」才會成爲唯一的選擇。「遊民」之爲政治問題，恰恰說明的是「政治」的「社會化」。由於民國初年自由民權思想的普及，對於政治中央的權威認可度降到空前的低點，各色人等對政治的參與也就隨之成爲了私欲至上的投資。對於許多有志於救國圖強的知識人來說，這種風氣必須盡快加以矯正，他們的思路漸漸由參與革命，轉向思索在社會層面建立穩定的共和國根基。而將「遊民」的素養提升爲現代民族國家的產業化工人，使之能夠有機地服務於新社會的生產與生活，則是一個決定性的策略。

光復會時期，有流氓以「社會主義」爲藉口遊手好閒，蔡元培對此發出感慨：「必有一介不取之義，而後可以言共產；必有坐懷不亂之操，而後可以言廢婚姻。」〔註49〕「五四」之後，他洞察到人們對示威運動的興奮無法持

〔註48〕 羅家倫，〈蔡元培時期的北京大學與五四運動〉，載陳平原、鄭勇編，《追憶蔡元培》，同上，第182頁。
〔註49〕 夏敬觀，《蔡元培傳》，載陳平原、鄭勇編，《追憶蔡元培》，同上，第4頁。

久，並表示接下來無論從事平民教育還是改造社會，還是要盡可能做「腳踏實地的工夫」。〔註 50〕可見，蔡元培並非完全陷入到無政府主義的迷狂氣氛中，而是非常清醒地意識到後者盲目反對國家治理的缺陷。蔡元培能夠清晰地對墨學和無政府主義當中不切實際的部分進行批判。作為民國的建國元勳之一，他尤其反對徹底的民眾革命路線。哪怕在成立民盟以保障民權和民眾運動的議題中，蔡元培也一貫捍衛作為黨國核心思想的三民主義，也說明他並不打算放任社會運動的開展而使其偏離中央政治立場。〔註 51〕

蔡元培試圖給予勞動教育以無政府主義和墨學以外的傳統闡釋，尤其是儒家的闡釋。在 1920 年的《社會主義史》序言中，蔡元培明確地把無政府主義的兩大基本訴求「均貧富」和「反對黷武主義與殖民政策」與孔子「不患寡而患不均，不患貧而患不安」的思想結合起來；通過把這種意義上的「社會主義」描述為一種人類共同的美好願景，蔡元培進一步提出對工人進行德性修養教育的必要性。在這個文本裏，與其說蔡元培認同的是舶來的烏托邦理想，不如說他依然是想要通過訴諸一種相對保守、傳統的方案來「新民」。〔註 52〕由於北大校長蔡元培極強的號召力與影響力，這種教育觀在之後的幾代中國知識人那裏一直貫徹著。

如果僅從墨家或者無政府主義的思潮來理解「勞工神聖」，就會單純把「神聖」歸因於對勞動者的無差別的愛，這種「兼愛」或「博愛」試圖通過個體勤儉勞作以縮小貧富差距、逐漸實現社會經濟平等。問題在於，「兼愛」或「博愛」一旦擴大為社會運動主張，就容易造就一種「認信」的非理性邏輯，認定只要艱苦樸素地勞動，就一定能夠獲得幸福；宏觀的經濟與歷史規律卻遭到了忽視。與後來切實改變了中國的馬克思主義學說相比，這種「認信」邏輯缺少社會經濟維度的批判性反思。李大釗在當時就清楚地看到這點：

> 物質改造的運動，就是本著勤工主義的精神，創造一種「勞工神聖」的組織，改造現代遊惰本位、掠奪主義的經濟制度，把那勞工的生活，從這種制度下解放出來……因為經濟組織沒有改變，精

〔註 50〕 蔡元培，〈在北大話別會演說詞〉（1920 年 10 月 20 日），載《蔡元培全集》第 3 卷，同上，第 452 頁。

〔註 51〕 曹建，〈蔡孑民先生的風骨〉，載陳平原、鄭勇編，《追憶蔡元培》，同上，第 16 頁。

〔註 52〕 蔡元培，《《社會主義史》序〉（1920 年 7 月 23 日），載《蔡元培全集》第 3 卷，同上，第 436～438 頁。

> 神的改造很難成功。在從前的經濟組織裏，何嘗沒有人講過「博愛」、
> 「互助」的道理……你只管講你的道理，他時時從根本上破壞你的
> 道理，使他永遠不能實現。〔註53〕

片面追求儉樸和博愛式的平等幻想，其最根本的問題，在於對人的類本質缺少明確的認識。用馬克思的話說，這樣的學說關心的不是現實的人，而是觀念中的「人」，進而會走向「宣揚普遍的人類之愛」的誤區，求助於「小資產階級及其博愛幻想」。〔註54〕這樣的「勞動」即便獲得了「神聖」的讚譽，也擺脫不了「異化」的危機。這種異化的典型特徵在於，「憂心忡忡的、貧窮的人對最美麗的景色都沒有什麼感覺」。要跳出這種局面，回歸到對工業史中人類本質力量的全面把握，就得以豐富調動起來且全面發展的感性作爲一切人類科學精神的基礎。社會主義的人是歷史中的實踐的人，是擁有積極的、充滿激情的自我意識的人。這種大寫的人與國民經濟學這一「奴才的藝術」所塑造的人徹底相反，後者的「基本教條」在於：

> 自我剋制，剋制生活和剋制人的一切需要。你越少吃，少喝，
> 少買書，少去劇院，少赴舞會，少上餐館，越少想，少愛，少談理
> 論，少唱，少畫，少擊劍，等等，你積攢的就越多……你的存在越
> 微不足道，你表現自己的生命越少，你擁有的就越多，你的外化的
> 生命就越大，你的異化本質也積累得越多。〔註55〕

如陳柱所云：「蓋墨子近於宗教家，而孔子則近於哲學家。」墨家試圖站在生活品質最低的群體的立場上思考問題，進而精緻的、審美的生活方式將遭到宗教禁欲主義式的否定。〔註56〕這一旦與現代勞工問題結合而付諸實踐，很容易流爲資產階級異化邏輯。這顯然是蔡元培所反對的。早在《中國倫理學史》中，蔡元培就意識到墨家反對禮樂的局限性。〔註57〕或許，在蔡元培與

〔註53〕李大釗，〈「少年中國」的「少年運動」〉（1919 年 9 月 15 日），載《李大釗全集》第 3 卷，中國李大釗研究會編注，北京：人民出版社，2006 年，第 12 頁。

〔註54〕馬克思、恩格斯，《德意志意識形態》（節選本），中共中央馬克思、恩格斯、列寧、斯大林著作編譯局譯，北京：人民出版社，2003 年，第 86 頁。

〔註55〕馬克思，《1844 年經濟學哲學手稿》，中共中央馬克思、恩格斯、列寧、斯大林著作編譯局譯，北京：人民出版社，2000 年，第 87～124 頁。

〔註56〕陳柱，《墨學十論》，張峰校注，上海：華東師範大學出版社，2015 年，第 88 頁、115～117 頁。

〔註57〕蔡元培，《中國倫理學史》（1910 年 4 月 25 日），載《蔡元培全集》第 2 卷，同上，第 40 頁。

傳統禮樂精神最有親和力的「以美育代宗教」理念當中，也有著糾偏「唯勞動論」民粹主義的意圖，其真正目標則是促使現代國民精神由受人剝削的「勞工」狀態向德智體美勞全面發展的「自由民」過渡。在某種意義上，青年馬克思呼籲人的本質解放的憂患意識，也是蔡元培倡導國民教育的憂患意識。至少對於當時的精英知識人群體來說，比起呼籲無政府主義式的全民勞動，更有意義的做法就是開展解放式而非奴役式的人格素養啓蒙。在這一啓蒙當中，除了勞動的、實利的能力傳授之外，還必將包含德育、智育、體育和美育。這就是蔡元培一貫主張的「五育」的教育理念的最終訴求。

在〈文化運動不要忘了美育〉中，蔡元培強調，搞新文化運動要切實貫徹科學與美術教育，其根本目的在於讓實踐者通過「提起一種超越利害的興趣」來「保持一種永久平和的心境」，擯棄自私自利的欲望，更好地爲「主義」、爲國家貢獻精力。諸如美術學校、藝術研究所、美術館、博物館、音樂廳乃至於城市街道的建設，都是爲了達成這一目標，以摒除惡俗與無聊，引起「活潑高尚的感情」。〔註58〕蔡元培素來以把「美育」視爲禮樂的現代替代物：「我國舊教育，禮樂並重；新教育科學、美術並重。」〔註59〕他看到文藝和美育的意義和儒家禮樂一樣，在於讓群眾和平相處，並激發他們各自的才能，造就完備的倫理人格：

> 我國人本信教自由，今何必特別提倡一教，而抹殺他教。……就我國言之，周之禮樂，實爲美術之見端，嗣是，如理學家之詞章，科舉時代之詞章書畫，皆屬美術之一種。……至實業教育，亦宜與美感教育調和，若農業與自然之美，工業與美術之美，在在注重美育發達，人格完備，而道德亦因之高尚矣。〔註60〕

由此可見，蔡元培與青年馬克思一樣延續著德國審美教育論關於完整的人的追索，他們不約而同地意識到，勞動的意義在於長期漸進式地促進作爲類的人的充分發展，在於促進勞動者在改造自然過程中掌握智性與德性能力，進而逐步修正屬人的社會秩序，實現個體與群體真正的在世幸福。如果說「勞工神聖」有其現實意義，也是在這個維度上而言的。

〔註58〕蔡元培，〈文化運動不要忘了美育〉（1919年12月1日），載《蔡元培全集》第3卷，同上，第361、362頁。

〔註59〕高平叔編，《蔡元培年譜長編》（中），同上，第339頁。

〔註60〕蔡元培，〈教育界之恐慌及救濟方法──在江蘇省教育會演說詞〉（1916年12月11日），載《蔡元培全集》第2卷，同上，第489頁。

　　蔡元培將康德和席勒關於無功利審美的學說與中國禮樂精神融合，改造爲通向新自由人的關鍵法門，其目標也是試圖勾連趨利避害的理性人格與克己奉公的道德人格之間的邏輯縫隙，進而打通上層精英治理邏輯與下層民眾生計邏輯之間的關節。與無政府主義在表面上類似的地方在於，蔡元培相信勞動和儉樸作風在原始積累和提升民氣方面的巨大意義；但同時，蔡元培更注意到，就中國當時的局面來說，訴諸於精英階層的文化教養以提升民眾的審美和道德品位，會在靈魂心智層面更加徹底地奠定現代民族國家的基礎。如果說蔡元培與其他無政府主義者有不同之處，那麼就在於他相對更加穩健現實，明白中國的當務之急不是迅速打造烏托邦社會，而是應當強調對每一社會人在心志、品位和德性的精雕細琢。勞動、作工造就的物質豐富固然重要，但關鍵在於要更好地切近人之爲人的「幸福」：

> 什麼叫新生活？是豐富的，是進步的。……新生活是每一個人，每日有一定所作工，又有一定的時候求學，所以製品日日增加。……有一種學問，雖然與工作沒有直接的關係，但是學了以後，眼光一日一日的遠大起來，心地一日一日的平和起來，生活上無形中增進許多幸福。這還不是進步的嗎？〔註61〕

正如陳平原所看到的，蔡元培崇尚「以美育代宗教」，很大程度上針對的是西方傳入的基督教及其衍生的各種社會思潮。〔註62〕社會的宗教化意味著一種對現代世俗化生活的暗中否定，儘管這一宗教化背後有著極強的革命動員力，但在民國的基本國體得到奠定的局勢之下，過度的激進宗教情緒反而會導致社會的不安定。這份警惕促使作爲自由主義者的蔡元培採取教育獨立的策略，其實際效果則是以符合傳統禮樂精神的美育策略，暗中對這一可能浮現的危機進行調和。這正是北大博雅傳統的濫觴。比起讓國家繼續沉浸在各種舶來「救世良方」的眾聲喧嘩之中，蔡元培更加堅信打通傳統與現代教育、從靈魂深處陶冶人民志氣的意義。如果現代民主國家的「公意」基礎不以人民的基本德性與素質作爲保障，政治治理也就成了空口白話。唯有經歷過德智體美勞五方面全面發展的人民，才有可能進一步組織爲現代文明國家中的

〔註61〕 蔡元培，〈我的新生活觀〉（1920 年 10 月），載《蔡元培全集》第 3 卷，同上，第 454 頁。
〔註62〕 陳平原，《觸摸歷史與進入五四》，北京：北京大學出版社，2010 年，第 149～152 頁，第 167 頁。

主權者。在這個意義上，蔡元培延續著盧梭對作為「公意」提供者的人民進行立法教育的立場，也有著法國大革命之後的席勒設計審美教育的政治構想的問題意識。

梁漱溟坦言，沒有蔡元培，就沒有「五四」，進而不會有在「五四」社會思想潮流中成長起來的國共兩黨。〔註 63〕這就指出了蔡元培多年來教育理念帶來的實際政治功效。德里克曾經認為，民國前期的無政府主義中既延伸出了「理想社會」的一派和毛澤東主義，又延伸出了借助勞動中的心智教育使中國人民文明化的自由主義和保守主義——這兩派對應著新中國前三十年和後三十年的社會實踐路徑。〔註 64〕以蔡元培的個案來看，他顯然屬於後者。但若對照「勞工神聖」和「五育」，可以發現，在蔡元培那裏，這兩種路線其實同時存在並且交纏在一起，構成獨特的話語旨趣。在其中，對西方資本主義邏輯的橫向挪用和縱向反思是同時發生的；與之並行的，則是對本土問題與學理資源的縱向發現和橫向變通。蔡元培身上的多重可能，當然也就意味著近現代中國史的多重可能，這些可能性都直接左右著當下的思想朝向和對作為主權者的「人民」的重新理解。

不能清晰意識到蔡元培和「五四」前後知識人精英所面對的時代困局，就無法將其與勞動者、與社會之間的真實關係有效地反映出來，也就看不明白近代史上文化的自覺與政治的自覺總是同時發生的。〔註 65〕同樣，無法從思想史淵源上澄清每一思潮的真實訴求及其後果，那也就容易在當下的研究當中繼續抱定「主義」或「情懷」，丟失引導社會進步的機遇。對蔡元培思想的歷史考察，實際上也是對當下中國知識精英展開各式各樣人民想像的一次輔助性的資料參考。在對待「新窮人」、「遊民化」等當代現實問題時，蔡元培所呼籲的「神聖」一定不可或缺。如何讓勞動者的內德與外位都在良好的文教秩序中穩步上升，最終實現一個有效、高尚、公正、平和的現代國家與社會結構，這正是接下來需要思考的。

〔註63〕梁漱溟，〈五四運動前後的北京大學〉，載陳平原、鄭勇編，《追憶蔡元培》，同上，第 124 頁。

〔註64〕德里克，《中國革命中的無政府主義》，同上，第 99 頁。

〔註65〕張旭東，〈啟蒙主義「倫理自覺」與當代中國文化政治——反思《新青年》早期論述中的文化與國家概念〉，《中國現代文學研究叢刊》2015 年第 7 期。

主要參考文獻

1. 任繼愈主編，《墨子大全》第 26 冊，北京：北京圖書館出版社，2004 年。

2. 池子華，《中國近代流民》，北京：社會科學文獻出版社，2007 年。

3. 湯庭芬，《無政府主義思潮史話》，北京：社會科學文獻出版社，2011 年。

4. 陳平原、鄭勇編，《追憶蔡元培》，北京：生活・讀書・新知三聯書店，2009 年。

5. 陳平原，《觸摸歷史與進入五四》，北京：北京大學出版社，2010 年。

6. 楊念群，《「五四」九十週年祭——一個「問題史」的回溯與反思》，北京：世界圖書出版公司，2009 年。

7. 高平叔編，《蔡元培年譜長編》，北京：人民教育出版社，1998 年。

8. 黃遠生，《遊民政治》，西安：陝西人民出版社，2013 年。

9. 蔡元培，《蔡元培全集》，高平叔編，北京：中華書局，1984 年。

10. 德里克，《中國革命中的無政府主義》，孫宜學譯，桂林：廣西師範大學出版社，2006 年。

11. 馬克思，《資本論》，中共中央馬克思、恩格斯、列寧、斯大林著作編譯局譯，北京：人民出版社，2004 年。

12. 西爾弗，《勞工的力量：1870 年以來的工人運動與全球化》，張璐譯，北京：社會科學文獻出版社，2012 年。

（原刊《探索與爭鳴》2016 年第 12 期）

「第二維新之聲」
——論《新青年》的「啓蒙」與文化場域的轉型

張春田

（華東師範大學中文系）

一、前言

　　最近二十年來，學界關於「晚清」與「五四」何者更「現代」，或者說何者才更有資格被視作中國「現代性」的起源，多有爭論。本文無意於直接介入這一爭論，但確實也是在「晚清」與「五四」的「參差」、對照之中，對相關的文化雜誌和社團進行考察的。胡適曾經有過一個較爲奇怪的說法：「中國的新文化運動起於戊戌維新運動。」〔註1〕這當然是一種建構連續性的努力，雖然不爲此後居於主導的斷裂式歷史敘述所接受，但胡適提法確實值得認眞對待。因爲他關於新文化運動是晚清「維新」的繼續的說法恰好引入了一個重要的問題，就是應該如何理解和闡釋中國的「維新」與「第二維新」，或者說「共和」與「第二共和」。落實在文學/文化層面，即應該如何重新理解和闡釋《新青年》及「新文化運動」所代表的革新努力，與此前的晚清民初的革新努力的關係。更直接地說，我們需要重新回答：晚清民初的那些文人/文化群體（比如最突出的，南社），爲何在 1910 年代後期逐漸失去在文化場域的顯赫位置，而爲新起的一代文人/文化群體（所謂「新文化運動」一代）所取代？

〔註 1〕 胡適：〈新文化運動與國民黨〉，收於歐陽哲生編，《胡適文集》5（北京：北京大學出版社，2013 年），第 528 頁。

　　當一百年前，《青年雜誌》的創刊號在上海問世之時，主編陳獨秀所面對
的，是新生民國不斷的政治動盪與憲政危機，是他為之奮鬥的共和理想和建
國大業（founding）的未完成狀態。要說陳獨秀從一開始就對這本每期印數僅
1000 本的刊物有非常大的自信，這個刊物一出來就有多麼轟動，也許確實摻
雜了過多「後見之明」，把很多後來歷史過程中的因素提前加載到了創辦伊始
的刊物之上，〔註2〕但若簡單將之視作「普通刊物」，則小看了陳獨秀的敏銳、
抱負和歷史感，也小看了這本刊物在當時的某種「新奇性」和創造性。根據汪
孟鄒回憶，1917 年前後，《新青年》銷量最高達到一萬五六千份之多。〔註3〕當
時一份雜誌往往是十幾人甚至幾十人閱讀，那麼，它的讀者群就是十幾萬甚至
幾十萬人。這就可見《新青年》的廣泛影響。如果《新青年》本身沒有強烈的
魅力，很難想像這麼快就會吸引這麼多讀者，還有那麼多讀者會踴躍來信。

　　就像創刊號封面上那幅一列青年橫排著站在高臺上，邊交談邊注視前
方，似在等待某種召喚，躍躍欲試地想要參與其中的畫面所暗示的，《青年雜
誌》顯然有它特殊的目標受眾——那就是青年學生群體（青年們的上方標著
法文 LA JEUNESSE），更有它明確的文化意圖——那就是引領和召喚讀者參
與到與雜誌的互動之中，創造一種集體性運動的生成。所以，儘管《青年雜
誌》的出現有一些偶然因素，但對雜誌的受眾和使命的自覺（特別是改名《新
青年》之後），確是陳獨秀在新的歷史狀況下一種有意的實踐。這種實踐既是
在回應民國建立後的亂局及共和的蛻變，是在回應歐戰對中國人「文明理想」
的刺激，更普遍地，也是在反思和總結晚清以來各種競爭性的救國方案的困
境，進而尋找新的可能性。

二、「新」的文化政治

　　或許引入章士釗創辦、陳獨秀協助的《甲寅》月刊，會讓我們對《新青
年》的創造性有更好地把握。《甲寅》是章士釗在「二次革命」失敗後，於 1914
年在東京創辦的。《甲寅》作為政論雜誌的代表，在當時影響是比較大的。據
孟慶澍的研究，《甲寅》不僅在人事、經濟等方面淵源頗深，〔註4〕而且，「甲

〔註2〕參見王奇生：《革命與反革命：社會文化視野下的民國政治》（北京：社會科學文
　　　　獻出版社，2010 年），第一章「新文化是如何『運動』起來的」，第 1～38 頁。
〔註3〕參見汪原放：《回憶亞東圖書館》（上海：學林出版社，1983 年），第 32 頁。
〔註4〕孟慶澍：〈甲寅與《新青年》淵源新論〉，《中國現代文學研究叢刊》，2010 年
　　　　第 5 期，第 1～9 頁。

寅文體承擔了文學媒介發生變化後文言散文的新功能」,「它與新文學雖立場
不同,卻有深刻的歷史聯繫」。〔註5〕那麼,一個有意思的問題就是,《青年雜
誌》/《新青年》(以下除具體涉及第一卷外,概以《新青年》稱)究竟在何種
意義上,與《甲寅》產生了質的差異,而成爲「新文化」的代表?

最簡單的回答是《新青年》提倡白話文,倡導文學革命。但這還不能解
釋它與《甲寅》在文化政治上的一種根本區別。兩種雜誌同樣重視對於政治
的討論,但《新青年》的自我理解已經不是簡單地要成爲一本「政論雜誌」,
或者說,《新青年》所理解和期待的「政論」乃至「政治」本身已經晚清以後
流行的「政論」乃至「政治」本身有了一些差異。這是意味深長的,表明知
識分子對於政治的理解以及討論和介入政治的方式發生了一種轉變。相對於
直接地就事論事,針對當下各個具體的政治事件來發表看法或引發輿論,陳
獨秀以及後來參與編輯的同人們顯然深刻意識到這種直接反應式的批評的有
限性,他們更傾向於一種透過紛繁的政治現象,重新理解當時中國的總體性
結構和時代精神狀況,尋找解釋和解決的方案。以 1 卷 1 號爲例,其中雖然
還有多篇署名「記者」的即時性報導和評論,如〈大隈內閣之改造〉、〈葡國
政變〉、〈倭爾斯特(Worcester)之今昔〉、〈華沙之役〉、〈青島稅官交涉之結
果〉、〈憲法起草之進行〉;但刊於雜誌前半部分,更爲重頭的,是那些從宏觀
的角度討論「文明」、「國家」、「新舊」等根本性問題的文章。比如,陳獨秀
的〈法蘭西人與近代文明〉一文,就體現出一種整體性視野和論述風格。開
篇即提出「文明」及其含義,並且特別注明法語原詞:「文明云者,異於蒙昧
未開化者之稱也。La Civilisation,漢譯爲文明、開化、教化諸義。」接下來密
集地引入「古代文明」、「近世文明」、「東洋文明」、「西洋文明」等概念。他
把「近世文明」與「西洋文明」相等同,認爲代表「東洋文明」的印度和中
國,都還不算真正進入了「近代」。而在解釋「近代文明」的特徵時,歸納爲
三條:「一曰人權說。一曰生物進化論。一曰社會主義。」以下三段,分別論
述這三種思潮和運動的具體情況,及法國人在其中扮演的積極角色。從拉飛
耶特(Lafayette)談到聖西蒙(Saint-Simon),知識密度非常大,但又要言不
煩。文章最後說,法蘭西現在正與德意志交戰,勝負未分。但法蘭西在世界
文明進程中的貢獻,卻不會因爲一時的戰爭勝負而有所改變。「即戰而敗,其

〔註5〕孟慶澍:〈歐化的古文與文言的彈性──論「甲寅文體」兼及與新文學的關
　　　係〉,《文藝理論研究》,2012 年第 6 期,第 125～133 頁。

創造文明之大恩，吾人亦不可因之忘卻。昔法敗於德，德之大哲尼采曰：『吾德國人勿勝而驕，彼法蘭西人歷世創造之天才，實視汝因襲之文明而戰勝也。』吾人當三復斯言。」陳獨秀所要強調的，是要超越短期的、著眼於戰爭結果的簡單功利標準，而從文明的推進、傳播、自我表述和相互鬥爭的角度，認識法蘭西的重要貢獻。他特別引用尼采的話，在價值上更爲推崇「創造」之文明而非「因襲之文明」，並提醒國人深思此言。這在一個普遍性地焦慮於國家存亡、期求速效藥方的時代環境中，顯然有著特殊的意義。在陳獨秀看來，創造出有凝聚力的價值和認同，培植更爲深厚的文明根基，遠比一時的政治路線選擇和武力競逐更重要。所以我們不奇怪，陳獨秀對屢被膜拜的「德意志之科學」，也不是那麼稱頌，因爲其「仍屬近代文明之產物」，「（德意志）表示其特別之文明有功人類者，吾人未之知也。」「特別之文明」是陳獨秀在整篇文章再三致意的。因此，雖然陳獨秀高度推崇法蘭西人和法國思想，但他並不是在帝國主義世界大戰中成王敗寇的意義上推崇法國，也沒有把法國對中國的啓示性簡單化爲中國應該直接照搬法國道路，相反，他的論述似乎是有意迂遠，有意懸置「愛國強種之心」，而要讀者從根底上去思考「文明」的當代狀況及其根源，要讀者意識到思想和文化才是改變現實世界的基本動力，進而促進中國的「特別之文明」之創造。對「文明」的高度關注，使得陳獨秀在這一期中還特別加入了一篇法人薛紐伯（Ch. Seignobos）所著《現代文明史》的節譯，並且是他自己所譯，更爲詳盡地介紹「十八世紀歐羅巴之革新運動」，幫助讀者瞭解十八世紀法國的經濟學、哲學的新思想對「法蘭西精神」的影響。陳獨秀在知識上孜孜不倦地介紹「文明」，也許正是因爲在他的意識裏，只有建立起對於世界「文明」發展的歷史理解，形成創造新「文明」的高度自覺，中國民族國家的建構（nation-building）才能眼光長遠，基礎紮實，並且避免重複西方爭戰的彎路。

「國家」也是《青年雜誌》所關注的核心問題之一。這一期上有高一涵的〈共和國家和青年之自覺〉。這篇長文在雜誌上連載三期，顯示出分量之重。它不像一般的政論文章直接評論當時混亂的政局和共和危機，而是把民國作爲「共和國家」的困境化爲了一種深刻的問題意識：如果說「共和」必須建立在「民權」基礎之上，那麼中國「民權」的發揚，則有賴於「國民之德知」。高一涵此文就是爲了喚起青年對國家之自覺。文章在陳述「共和國家爲何物」、「共和之精神」時，高特別強調「人民創造國家，國家創造政府。政府

者立於國家之下，同與全體人民受制於國家憲法規條者也。執行國家意思，乃政府之責；而發表國家意思，則爲人民之任。」這番話顯然是對盧梭的人民主權說的發揮。事實上，在此段之前他已經直接點出了盧梭觀點的核心：「Free Will 造成國民總意，General Will 爲引導國政之先馳。」這裡再次呼應前面，突出人民的公共意志，說明高一涵非常在意「共和」的根本精神，而非表面形式。而民初政治局面的動盪不安，與在議會、選舉的表面形式之下，公共意志的隱沒不彰正有密切關係，共和並沒有帶來人民的出場和平等的實現。所以，他在文章中特別指出：「共和國家，畢竟平等，一切自由，無上下貴賤之分，無束縛馳驟之力。……就政治言，使各方之情感思慮相劑相調，互底於相得相安之域，而無屈此申彼之弊，致國家意思爲一黨一派一流一系所壟斷。」這番話顯然有所針對，是對當時「共和」已變成「一黨一派一流一系」的政黨政治現狀的深刻批判。不過，高一涵的文章並非對某黨某派的直接批判，而是通過從根底上解釋「共和」的含義來釐清誤解，以召喚起對「共和國家」的拯救。這種從根本的問題上正本清源、引發思考的論述方式，與前述陳獨秀之論「文明」，是很有相似性的。

　　無論是要終結「古代文明」，創造自己的「近代文明」，還是在君主專制和政黨政治、議會民主的幻象之外，打造直接依託「全體人民」的「共和國家」，這些都牽涉到「新舊」之爭，以及什麼才是眞正的「新」的問題。這當然也是《青年雜誌》的一個核心議題（到第 2 卷改名《新青年》更加直白地把這種「新」的欲求表達了出來）。緊接著高一涵之文的，是汪叔潛的〈新舊問題〉，可見陳獨秀在編排上確實是花了一番心思的。把「新舊問題」專門提出看似奇怪，因爲它比「文明」和「國家」的關切更爲抽象。汪叔潛首先解釋自己爲何要討論「新舊問題」，因爲這成了當時社會諸多問題的癥結以及人們心中的普遍焦慮：「夫國中現象，變幻離奇，蓋無在不由新舊之說淘演而成，吾又見夫全國之人心，無所歸宿，又無不緣新舊之說熒惑而致。……上自國家，下及社會，無事無物不呈新舊之二象。」在他看來，中國正處於「新舊混雜之時代」，「新」往往被挪用爲一種符號，各種「假託新義」的「舊」大肆上演。如果不能眞正辨別新舊，「吾不知國果何所立也」。所以，整篇文章都在試圖透過表象化的「新舊」話語，廓清「新」與「舊」的眞實差異何在。汪把「新舊混雜」的狀況歸咎於三類人：僞降派，盲從派，折衷派，認爲新舊之爭的本質是非之爭，無法調和。他說：「維新固有維新之精神，守舊亦有

守舊之精神，人人各本其自信鍥而不捨，精神之角鬥無時或息，終必有正當解決之一日。」只有通過建立在真信之上的價值鬥爭，才能為國家的建立奠定穩定的基礎。依違其間，只能喪失國家元氣。汪接著進一步明確了「新舊」在當時各自的歷史對應：「所謂新者，無他，即外來之西洋文化也。所謂舊者，無他，即中國固有之文化也。……二者根本相違，絕無調和折衷之餘地。」他還反省了中國三十多年的改革維新之所以失敗，很大程度就在於「新舊」往往只是作為比較，作為局部的標準，沒有在根本觀念上進行選擇取捨。「根本觀念倘未明瞭，僅斷斷於一事一物之新舊，則所謂為新舊者，乃時間的而非空間的，乃主觀的而非客觀的，乃比較的而非絕對的。人人得各新其所新而舊其所舊。新舊之說愈繁，而新舊之界愈晦。新舊之界愈晦，而新舊之爭乃愈不可收拾。」由此可見，汪文之談論新舊，不是局限在具體的「一事一物之新舊」，相反，是上升到抽象的同時也是普遍性的層面，讓不同價值的鬥爭在現實生活中得以真實展開，這樣才能不致為各種潮流所淹沒，個人得以安身立命，而國家也得以確立立國基礎。

　　從以上三篇文章中，我們不難看出《青年雜誌》在思想討論風格上與晚清的諸多報刊乃至民初的《甲寅》的區別。同樣都關心當下中國的命運，思考「中國向何處去」的問題，《新青年》更傾向於擺脫短期的功利主義思路，不糾纏於具體的政治事件和「一事一物」之是非。編者已經清醒認識到，眼光必須從狹義的「政治」功利和制度迷信中移開，以便導向一些更為根本的「地層」，以更大的氣力去推動對於這些問題的思考和論辯。編作者還在關心政治和議論政治，但他們所理解的「政治」含義和領域已經發生了變化。在他們看來，政治首先是公共性的打造，是把政治空間開放給人民，推動人民的參與和介入，是在文明、國家、文化認同等問題上的思考、取捨和選擇。可以說，《青年雜誌》／《新青年》在努力培養一種把思想探索作為政治解決的根本的意識。可以這麼認為，它確實開啟了「五四」「籍思想文化以解決問題的途徑」。〔註6〕但是同時必須意識到，這種「思想文化」邏輯又不是一種簡單的文化決定論。陳獨秀他們並沒有把文化和政治截然割裂（如現代性的合理化分化那樣），相反，他們始終在兩者之間建立起內在的轉化、互動關係。《青年雜誌》這幾篇文章通過對「文明」、「國家」以及「新舊」等問題的闡

〔註6〕參見林毓生著、穆善培譯，《中國意識的危機：「五四」時期激烈的反傳統主義》（貴州：貴州人民出版社，1986年），第43～49頁。

述，一方面把政治問題轉化爲了思想、文化和倫理的討論；另一方面，這些思想、文化和倫理討論又不是空泛或者孤立的，而是最終指向一種能夠終結治亂循環「新政治」的建構。

正是出於這種對於「政治」的理解，《新青年》把社會生活的諸多方面乃至語言文字本身都作爲了具有「政治性」的問題納入自己的話語系統，或者說從它們與政治變革的內在關係上來處理這些問題。如此可以解釋，諸如女性解放、家庭改造、儒學重評、白話文以及新文學等議題，雖然並不都是《新青年》首先提出來的，許多是承晚清思想潮流而來，但在《新青年》的語境中，它們被賦予了全新的問題性和歷史感，彼此之間也產生了新的結構性關係，從而與晚清的討論區別開來。當《青年雜誌》/《新青年》廣泛引介大量關於女性問題的域外著作和學說（如 1 卷 1 號上陳獨秀翻譯了 Max O'Rell 所著〈婦人觀〉，並在譯文後附錄了英文以供對照，1 卷 4 號上孟明翻譯了日本醫學士小酒井光次所著〈女性與科學〉，3 卷 5 號上震瀛〔即袁振英〕翻譯了美國高曼（Emma Goldman）女士的〈結婚與戀愛〉，4 卷 5 號上周作人翻譯了日本與謝野晶子的〈貞操論〉），同時，鼓勵對於中國女性問題的公開討論（從 2 卷 6 號開始連續數期專門設立「女子問題」欄目）時，雜誌顯然已經將女性問題納入到整體性結構中來對待，不再是簡單地塑造女性楷模形象，而是試圖尋求女子問題「根本之大解決」（高素素，〈女子問題之大解決〉，《新青年》3 卷 3 號）。談論女子追求「有意識之平權」的背後，是對革命二字「惟政治與種族上可言，家庭與道德上則不可言」的狀況的不滿（吳曾蘭，〈女權平議〉，《新青年》3 卷 4 號）。這即是說，女性解放不是孤立的社會問題，而是整體性的中國改造的一部分，女性解放的討論因之帶有追求普遍平等的「政治性」的內涵。同樣，《新青年》之提倡戀愛婚姻的自由，批判宗法制和父權制，也都是把家庭和社會關係重新政治化之後的一種選擇，因爲在他們看來，「家族制度爲專制主義之根據論」，〔註 7〕自由平等的個人關係才是自由平等的政治社會得以成立的基礎。而他們談論儒學和孔子時，也多是從儒學和孔子的意識形態功能上著眼。「打倒孔家店」與其說是要清理儒學本身的思想，毋寧說是要斬斷君主專制政體的意識形態基礎。如果聯繫到孔教會、讀經等組織和活動與復辟帝制之間的關聯，那麼《新青年》這種「政治化」的取向並非無的放矢。所以，陳獨秀說：「主張尊孔，勢必立君，主張立君，勢必復辟。理

〔註 7〕吳虞：〈家族制度爲專制主義之根據論〉，《新青年》，2 卷 6 號。

之自然，無足怪者。」（〈復辟與尊孔〉，《新青年》，3 卷 6 號）白話文的問題也是如此。晚清當然已經有各種各樣的推動白話文的嘗試（從《聖經》漢譯到傳教士小說，從裘廷梁的倡議、梁啓超的「新文體」到一些翻譯家的實踐），但是當胡適、陳獨秀以及魯迅提倡白話文寫作、催生新文學時，他們是把文言文看作是體制化的、缺乏內在生命的、爲士大夫階級壟斷並且把更廣大人民拒斥於外的一種語言系統，套用魯迅〈破惡聲論〉中的詞語，文言文已經無法傳達「心聲」，也不能激蕩起各自的「心聲」。這時，提倡白話文已經不僅是一種書寫語言的選擇，更擔當著一種表達自我、推動主體的內在革命的功能。而最終，白話文是要爲「共和」的國家提供文化支持，通過成爲「國語」來凝定民族認同。換言之，提倡白話文這一行動，不僅是要通過「言」與「文」的合一推動「名」與「實」的合一，而且也是現代民族國家的建構的內在要求。《新青年》對這種文化政治的把握，是白話文運動中至關重要的一步。

　　一方面是淡化或者迴避即時性的政論，另一方面是廣泛地把語言、文學和社會議題納入到政治結構中去「政治地」對待，這正是《新青年》最主要的創造性所在，也是它超越《新民叢報》、《民報》乃至《甲寅》等雜誌的地方。我們看陳獨秀對「文學革命」的論述，就很好地示範了這種「反政治的政治」的辯證法。雖然胡適用的還是「文學改良芻議」這樣相對溫和的標題，所列「八事」也僅是一種商議性的看法（《新青年》，2 卷 5 號），但到了陳獨秀那裏，他徑直以「文學革命」爲題，毫不忌諱「革命」這個詞在民初已經色彩斑斕。〔註8〕在〈文學革命論〉中，陳獨秀一反「吾人疾視革命」的態度，要「高張『文學革命軍』大旗」，這自然是他目睹民國蛻變的憤懣的政治情感的表露。但他更爲深刻地意識到了單純的「政治革命」本身容易遇到挫折的原因：「政治界雖經三次革命，而黑暗未嘗稍減。……其（原因之）大部分，則爲盤踞吾人精神界根深柢固之倫理道德文學藝術諸端，莫不黑幕層張、垢污深積，並此虎頭蛇尾之革命而未有焉。此單獨政治革命所以於吾之社會不生若何變化，不收若何效果也。」（《新青年》，2 卷 6 號）這是陳獨秀對於晚清到民初的一系列政治運動的一種徹底反省，以現代化爲方向制度試驗並沒

〔註 8〕參見陳建華：〈「革命」話語的轉型與「話語」的革命轉型——從清末到 1920 年代末〉，《從革命到共和——清末至民國時期文學、電影與文化的轉型》（桂林：廣西師範大學出版社，2009 年），第 3～20 頁。

有眞正改變中國的黑暗狀況。陳獨秀繼而談到文學與政治的共生關係：「此種文學（指貴族文學、古典文學、山林文學——引者），蓋與吾阿諛誇張虛僞迂闊之國民性互爲因果。今欲革新政治，勢不得不革新盤踞於運用此政治者精神界之文學。使吾人不張目以觀世界社會文學之趨勢及時代之精神，……以此而求革新文學革新政治，是縛手足而敵孟賁也。」陳獨秀不僅把文學／文化上的內容和形式的變革，看作了政治革命的前提；更終結了把一切寄託在各種政治制度的想像與實踐之上的革命方式。可以說，他否定了（既有的）政治，但是這種否定本身恰恰同時召喚著政治的更新，一種通過文化革命和國民性改造來催生的政治的更新。更重要的是，他暗示說當時世界歷史正處於一個新舊交替的關鍵時刻，格外有必要追蹤和把握「時代之精神」，因爲這裡預示了朝向未來的新的可能性。

《新青年》始終沒有放棄政治關切，但它相對淡化現實政治，而在文明和文化領導權問題上用力，在當時是很有獨特性的。以至於 1918 年時陳獨秀竟要爲自己的談論政治而辯解：「本志同人及讀者，往往不以我談政治爲然。有人說，我輩青年，重在修養學識，從根本上改造社會，何必談什麼政治？有人說本志曾宣言志在指導青年，不議時政，現在何必談什麼政治惹出事來呢？呀呀！這些話卻都說錯了。」（〈今日中國之政治問題〉，《新青年》，5 卷 1 號）這反過來說明《新青年》開始的介入方式已經讓人印象深刻。這裡確實存在一種「文化轉向」，用汪暉的說法是：「『文化轉向』的核心在於重新界定政治的內涵、邊界和議題，其潛在含義是對既往政治的拒絕。在這一文化運動中，政治對立和政治鬥爭直接地呈現爲文化對立和文化鬥爭，換言之，政治的中心是文化、價值、倫理、道德及其呈現形式（語言、文體和藝術表現，等等）。」〔註 9〕《新青年》的議題設置和論述風格，深深打下了這樣的「文化轉向」的印記，在這個意義上開創了「五四」的新範式。

三、「啓蒙」的內在複雜性

從一開始，《青年雜誌》／《新青年》就把青年學生群體作爲受眾，同時又把他們作爲中國改造的新的主體力量。在相當於發刊詞的〈敬告青年〉中，陳獨秀把青年比喻爲社會「新鮮活潑細胞」，「惟矚望於新鮮活潑之青年，有

〔註 9〕汪暉：〈文化與政治的變奏——戰爭、革命與 1910 年代的「思想戰」〉，《中國社會科學》，2009 年第 4 期，第 119 頁。

以自覺而奮鬥耳。」（《青年雜誌》，1 卷 1 號）「自覺」是這裡的一個關鍵詞。陳獨秀解釋說：「自覺者何？自覺其新鮮活潑之價值與責任，而自視不可卑也。」他認爲挽救中國的希望，正在於「一二敏於自覺勇於奮鬥之青年，發揮人間固有之智慧，抉擇人間種種之思想……自度度人，社會庶幾其有清寧之日也。」對「自覺」的強調，是《新青年》另一個特別值得重視的特點，由此構成了中國式現代「啓蒙」的內在複雜性。研究「五四」的學者通常會強調新文化運動本質上是一場中國的「啓蒙運動」，而《新青年》在其中扮演了重要角色，〔註 10〕後來也由此引發了關於「啓蒙」與「救亡」，「激進」與「保守」，以及基於後現代立場對於「啓蒙」的質疑等一系列問題的爭論。用「啓蒙」來描述《新青年》的主導文化傾向並沒有錯。不過，對這種「啓蒙」本身我們又必須做開放性的理解，它與晚清以來的「啓蒙」有著顯著的不同。事實上，《新青年》在啓蒙的主客體關係、啓蒙與革命的關係上，都是持一種更爲徹底和激進的姿態。套用前引〈敬告青年〉中的詞，就是《新青年》已經把「啓蒙」牢牢安置在了「自覺」的根基之上。

表現之一，是始終堅持啓蒙中的主體性狀態。在《敬告青年》中陳獨秀「謹陳六義」的第一條就是「自主的而非奴隸的」：「蓋自認爲獨立自主之人格以上，一切操行，一切權利，一切信仰，唯有聽命各自固有之智慧，斷無盲從隸屬他人之理。」在〈一九一六年〉中他也呼籲青年「各有其獨立自主之權」（《青年雜誌》，1 卷 5 號）高一涵在〈共和國家與青年之自覺〉中作出這樣的古今對比：「古之人，首貴取法先儒。今之人，首貴自我作聖。古之人，在守和光同塵之訓。今之人，在衝同風一道之藩。」鼓勵當今青年「沛然長往，浩然孤行」。這些當然符合康德意義上「有勇氣公開運用自己的理性」的「啓蒙」定義。不過，這種「自主」一方面是從「忠孝節義」、三綱五常等「奴隸之道德」中獲得解放，另一方面也要求被啓蒙者「自從所信，絕不認他人之越俎」（〈敬告青年〉），拒絕成爲他人，從而也就拒絕了永遠追隨啓蒙者引領的另一種「奴隸」狀態。這在中國現代的開端時期是有極大意義的，使得直接照搬西方「十九世紀文明」的「優等生文化」（如明治後的日本）在中國沒有多大市場。無論《新青年》同人們如何在價值上熱烈稱頌西洋文明，但

〔註 10〕如周策縱著、周子平等譯，《五四運動：現代中國的思想革命》（南京：江蘇人民出版社，2005 年）；舒衡哲〔Vera Schwarcz〕著、劉京建譯，《中國啓蒙運動：知識分子與五四遺產》（北京：新星出版社，2007 年）。

他們都不會跳過文明轉型中的艱難和掙扎，放棄差異性，更不會放棄對於主體的艱苦改造。1916 年，陳獨秀斷言世界歷史即將發生重大變化，他說：「生斯世者，必昂頭自負爲二十世紀之人，創造二十世紀之新文明，不可因襲十九世紀以上之文明爲止境。」（〈一九一六年〉，《青年雜誌》，1 卷 5 號）這更加表明，一戰發生後，中國知識人對「十九世紀文明」本身的弊端有了更多深切的認識，反而堅定了民族文化重建中的主體性立場。依託這種主體性的態度，《新青年》在介紹和引進西方資源時，才能不爲特定的主義教條或同質化的經驗所束縛，更主動地選擇和取捨。從最初以法國革命爲師到後來以俄國革命爲師的轉變，正是爲我所用的態度的一種體現。

《新青年》中宣揚的主體性，不是原子化的、排斥了集體和國家的孤立個人，個人的「自主之權」與國家的「主權」在更高的層面統一了起來。所以，一方面，陳獨秀要青年抱持「世界的而非鎖國的」態度（〈敬告青年〉），高一涵聲言「國家非人生之歸宿」（〈國家非人生之歸宿論〉，《青年雜誌》，1 卷 4 號），但另一方面陳獨秀也要談「持續的治本的愛國主義」（〈我之愛國主義〉，《青年雜誌》，2 卷 2 號），高語罕則期許：「內以刷新政治，鞏固邦基，外以雪恥禦侮，振威鄰國，則舍我青年誰屬」，青年要盡「國民之責任」（〈青年與國家之前途〉，《青年雜誌》，1 卷 5 期）。個人從依附性的狀態中解放出來後，不是要成爲遊魂，而是要把內在性煥發爲一種積極的生命狀態、政治意志和勇氣，捍衛和改造所屬共同體及其生活世界。《新青年》眾多討論「青年」的使命和未來的文章都對此再三強調。儘管在現實中青年知識者未必都能克服「自我」的危機，實現他們的政治和生活圖景，反而有可能像魯迅〈傷逝〉所刻畫的那樣，走上頹唐和虛空之路；但是《新青年》始終沒有放棄對充盈的、能動的主體性的各種實現可能的探索。後期號召青年「到民間去」，與勞工群眾結合，也是在此一脈絡之下的延續。

並且，在這個探索過程中，《新青年》從來不僅沒有忽視、反而高度重視和調動起情感的力量。借用張灝關於「五四」的說法，《新青年》的確也是「理性主義與浪漫主義」並存的。〔註11〕我們應該把這種「浪漫主義」看作是一種高強度情感的動員和參與。無論是陳獨秀的「有不顧迂儒之毀譽，明目張膽以與十八妖魔宣戰者乎？予願拖四十二生之大炮，爲之前驅」（〈文學革命

〔註11〕張灝：〈重訪五四——論五四思想的兩歧性〉，《開放時代》，1999 年 3、4 月號，第 5～19 頁。

論〉，《新青年》，2 卷 6 號），還是李大釗的「由今以後，到處所見的，都是 Bolshevism 戰勝的旗。到處所聞的，都是 Bolshevism 凱歌的聲。人道的警鐘響了！自由的曙光現了！試看將來的環球，必是赤旗的世界！」（〈BOLSHEVISM 的勝利〉，《新青年》，5 卷 5 號）都充滿了強烈的情感色彩，是一種「詩性正義」的籲求。魯迅在《新青年》上發表的那些小說——〈狂人日記〉（載 4 卷 5 號）、〈孔乙己〉（6 卷 4 號）、〈藥〉（6 卷 5 號）、〈風波〉（8 卷 1 號）、〈故鄉〉（9 卷 1 號）等，對「舊中國」刻畫在認知和批判的意義上自有作用，但更重要的是，小說中內蘊的深層情感——「救救孩子」的呼喊，「我也吃過人」的罪疚，〈孔乙己〉中看客的冷漠，〈藥〉結尾革命者徹底的孤寂，——打動也震驚了青年的心靈，激起了他們靈魂深處的回響。魯迅雖然「聽將令」而為「啟蒙」「吶喊」，但他對主流的「啟蒙」又保持著疏離。他是帶著強烈的生命感受和對理想的忠誠來投入寫作的，當他從記憶、生命政治的角度觀察現實時，他對簡單樂觀的「理性」很難不產生懷疑。正是陳獨秀、李大釗和魯迅等人的充滿主體性的表達，讓被「啟蒙理性」遮蔽了的那些本能、情感和訴求，在《新青年》中仍然可以找到位置，並獲得更多的共鳴、共振。從這個意義上說，《新青年》在很大程度上彌合了晚清以來「知」和「情」分裂的局面。

表現之二，啟蒙的主體與對象不是固定的，也不是靜態的，而是呈現一種互相學習、互相交換位置、互為主體的結構關係，並且始終保持啟蒙的運動過程。《新青年》對「我新時代新人物之青年」（次山，〈青年之生死關頭〉，《新青年》，3 卷 1 號）寄以厚望，期待他們能「自度度人」。關於青年責任、道德和精神的養成的內容在雜誌前期佔據了相當重要的位置。僅第一卷中，就有高一涵的〈共和國家與青年之自覺〉（《青年雜誌》，1 卷 1 號）、陳獨秀的〈抵抗力〉（《青年雜誌》，1 卷 3 號）、高語罕的〈青年與國家之前途〉（《青年雜誌》，1 卷 5 號）、易白沙〈戰雲中之青年〉（1 卷 6 號）等多篇文章等。特別值得注意的是，這些文章大多沒有高高在上、灌輸真理的教導姿態，作者通常是以與青年共同討論、共勉的姿態和語氣來撰文的。也就是說，作者不是以啟蒙者自居，而是作為青年的朋友，與青年一起坦誠交流，共同尋找中國的出路，並在這個過程中完成共同的改造和蛻變，而並非僅僅把青年當成啟蒙和改造對象。《新青年》從一開始就不是精英主義的，編者在自己（及前輩知識分子）與青年的關係上比較謹慎，非

常警惕不要把啓蒙變成了對對象的壓迫。陳獨秀說自己對「國中老者壯者」多抱悲觀，「即自身亦在詛咒之列」（〈新青年〉，《新青年》，2 卷 1 號）可見他內心深處也如魯迅一樣把自己當成是「歷史的中間物」的。高一涵在〈共和國家與青年之自覺〉中縱論道德、自由、輿論，不過接著卻說：「以上所陳，乃國法所不能幹，觀摩所不能得，師友所不能教，父兄所不能責。」接著用了輪扁斫輪的典故，聲明「不佞所言糟粕而已，至於精神，則仍在吾青年自覺耳。」（《青年雜誌》，1 卷 1 號）可見他認爲最重要的不是給青年一些教條，而是引導他們在思考和實踐中形成「自覺」。《新青年》很重視青年學生自己的意見和看法，也努力把一些青年學生發展爲雜誌的作者，讓他們發出聲音。4 卷 1 號上，刊登了傅斯年的〈文學革新申義〉和羅家倫的〈青年學生〉。傅文聲援「文學革命論者」，同時又提出文學革命不能停留在口號上，而要「製作規範，發爲新文」；羅文討論主義、結婚和學風這三個緊要困擾青年的問題，羅並說自己是讀了《新青年》之後，由讀者而變爲作者：「今讀《新青年》，每爲神往。及見學生之置《新青年》者多，是知《新青年》且大有影響於學生界也。爰就記憶及理想所及者，拉雜爲我青年輩陳之。」傅、羅二人當時都是北大的學生，他們之參與討論，作爲青年同輩人發表意見，這正是《新青年》所希望促成的自我和對象的雙重主體性的一種實現。

更有說服力的，是雜誌設立的「通信」欄目。從「通信」欄目設立伊始（第 2 卷開始又設「讀者論壇」），就成爲了雜誌與青年直接互動的平臺。《新青年》上刊登了大量讀者來信以及編者回覆，就各種問題展開討論，議題之廣，交流之深，在當時是引起了很大轟動的。其中很多投書就是青年在「質析疑難」，而編者回覆時也多態度平等而認眞。從效果上說，「通信」不僅使編者或某一讀者單方面的思想觀點（話語）成爲眾多讀者共同參與討論的話題，造成了公共輿論，[註12] 更重要的是，「通信」上的眾生喧嘩和互相辯論，使得固定的啓蒙結構轉化爲一種更具流動性的狀態，啓蒙對象和啓蒙者之間的地位是平等的、可以互換的。知識生產不再是一種自上而下的過程，而是通過深入參與、互相學習、互相教育來推動。

〔註12〕參見楊琥，〈《新青年》「通信」欄與五四時期社會、文化的互動〉，收李金銓編，《文人論政──知識分子與報刊》（桂林：廣西師範大學出版社，2008 年），第 43～67 頁。

　　《新青年》固然呈現出青年崇拜的面貌，但編者也強調「青年」的資格不是天然具備的。當雜誌第 2 卷改名《新青年》時，陳獨秀特別提醒青年道：「慎勿以年齡在青年時代遂妄自以為取得青年之資格也。」只有達到一系列生理和心理的條件，才算是真正有希望的「新青年」，倘若頭腦中還是「做官發財享幸福」的舊思想，「則新青年之資格喪失無餘」。所以，在精神上經歷「除舊布新之大革命」，「別構真實新鮮之信仰，始得謂為新青年」（〈新青年〉，《新青年》，2 卷 1 號）。李大釗也說，「青春之進程」不會恒久不變，只有以「宇宙之青春為自我之青春」，才會有「無盡之青春」。（李大釗，〈青春〉，《新青年》，2 卷 1 號）所以，青年在《新青年》中是作為充滿可能性的「新人」而存在的，但《新青年》同時也提出新人的自我成長是需要道德改造和信仰引導的，青年通過把「新」、「青春」內在化為一種驅力來激發和維持自己的積極性和創造性。「新青年」不是本質化的某個社會群體，而是一種開放性的、理想化的集體主體的象徵。這種集體主體在不斷變化的社會歷史關係中必然會吐故納新，並向其他社會階層敞開。昨日的啟蒙者，今日會變為被啟蒙者；昨日的啟蒙議程，今日會有所補充、調整或者改變。啟蒙將因為始終處於動態化的自我更新、自我轉化的狀態而保持它的生命力。

　　俄國革命後，《新青年》對於世界變動的判斷和對於新的主體力量讚頌，正是這種啟蒙的進化的直接反映。當李大釗提出「歐戰」的勝利，「是社會主義的勝利」，「是世界勞工階級的勝利」，「是廿世紀新潮流的勝利」（〈BOLSHEVISM 的勝利〉，《新青年》，5 卷 5 號），表明《新青年》的啟蒙資源已經因應時代變化而發生了轉變。在文章結尾，李大釗敏銳地覺察到了俄國革命的普遍意義：「『一七八九年法蘭西的革命，不獨是法蘭西人心變動的表徵，實是十九世紀全世界人類普遍心理變動的表徵。一九一七年俄羅斯的革命，不獨是俄羅斯人心變動的顯兆，實是廿世紀全世界人類普遍心理變動的顯兆。』……Bolshevism 的勝利，就是廿世紀世界人類人人心中共同覺悟的新精神的勝利！」如果還記得《青年雜誌》創刊號上陳獨秀對法蘭西革命的禮贊，那麼，三年多之後，《新青年》已經認為「近代文明」的高峰現在當屬俄羅斯了，俄國革命開啟了具有更廣泛普遍性（「人人心中共同覺悟」）的「廿世紀」的「新精神」。與這種世界文明領頭羊的變化相伴生的，是新的主體力量登上了世界歷史舞臺。在《新青年》同一期上，李大釗還發表了〈庶民的勝利〉，認為「大戰」造成了兩個結果，從政治上說是民主主義的勝利，從社

會上說是勞工主義的勝利。無論民主主義，還是勞工主義，都代表了新的庶民階層的力量：「世間資本家佔最少數，從事勞工的人佔最多數。因爲資本家的資產，不是靠著家族制度的繼襲，就是靠著資本主義經濟組織的壟斷，才能據有。這勞工的能力是人人都有，勞工的事情是人人都可以作的，所以勞工主義的戰勝，也是庶民的勝利。」（《新青年》，5 卷 5 號）他進一步說：「須知今後的世界，變成勞工的世界，我們應該用此潮流爲使一切人人變成工人的機會，不該用此潮流爲使一切人人變成強盜的機會。……我們想要在世界上當一個庶民，應該在世界上當一個工人。諸位呀！快去作工呵！」李大釗此文之後，緊隨的是蔡元培的〈勞工神聖〉，標題特別明確地推崇勞工的價值。蔡元培說：「此後的世界，全是勞工的世界。」他以「勞力」作爲衡量「勞工」的首要標準：「凡用自己的勞力作成有益他人的事業，不管他用的是體力，是腦子，都是勞工。所以，農是種植的工，商是轉運的工，學校職員、著述家、發明家是教育的工，我們都是勞工，我們要自己認識勞工的價值。勞工神聖！」（《新青年》，5 卷 5 號）通過使用廣義的「勞工」概念這樣一種概念的建構來促生新的身份認同。此後，「勞工」、「庶民」、「勞動平民」等詞在《新青年》上越來越頻繁地出現。比如，李大釗的〈我的馬克思主義觀〉（6 卷 5 號，6 卷 6 號）、〈由經濟上解釋中國近代思想變動的原因〉（7 卷 2 號）、〈「五一」May Day 運動史〉（7 卷 6 號），Olive Schreiner 著、周作人譯的〈沙漠間的三個夢〉（6 卷 6 號），Angelo S. Rapport 著、起明譯的〈俄國革命之哲學基礎（下）〉（6 卷 5 號），張慰慈的〈美國勞動運動及組織〉（7 卷 6 號），蔡元培〈社會主義史序〉（8 卷 1 號），等等，還特別出版了一期「勞動節紀念專號」（7 卷 6 號）。至 1923 年《新青年》改版後，在「新宣言」中直接宣稱「《新青年》乃不得不成爲中國無產階級革命的羅針」（《新青年》，1923 年 A 卷 1 期）。《新青年》後期的衍變不是這裡要分析的。我想提醒注意的是，大致從 1918 年底開始，《新青年》已經有意識地引導讀者眼光向下重視勞工，推動並刊登了很多各種社會調查和社會實踐的文章。逐漸把早期《新青年》投注給青年學生的那份榮光轉移給了勞工，承認勞工才是建立新的中國所最需要依靠的力量。不僅青年需要向勞工接近，向勞工學習，「工讀互助」，甚至編作者也需要從勞工那裏獲得養分。這個過程與其看作是「救亡」壓倒了「啟蒙」，〔註13〕不

〔註13〕李澤厚：〈啟蒙與救亡的雙重變奏〉，《中國現代思想史論》（北京：東方出版社，1987 年）。

如說仍然是包含在《新青年》特殊的「啓蒙」結構和動態特徵之中，只不過對「啓蒙」做了一種顛倒，核心標准由「理性」變爲了「勞動/勞力」，勞動成爲了創造世界、價值和主體性的根本源泉，也成爲了評判「神聖」與否的最終標準。

概括起來說，《新青年》的「啓蒙」內在地具有雙重性：一方面是知識分子和青年一起通過對「近代文明」、對「共和」的經驗學習和價值肯定，來告別「舊中國」的制度、文化和倫理（但這種斷裂又不簡單等同於對文明根基的拒絕，當時的「整理國故」的運動也罷，後來的「文藝復興」的追認也罷，恰恰都表明了「五四」與「傳統」的關聯性）；另一方面是知識分子和青年也因應社會歷史的激烈變動，不斷地進行自我啓蒙與再啓蒙，理解「世界之生存」的深刻矛盾以及中國的現實處境，接納社會主義的思想資源，與新的主體力量相結合，從而告別「（西方資本主義）近代文明」及其霸權，終結「主人」與「奴隸」的循環。所以，當胡適引用尼采的話「重新估定一切價值」來解釋他所謂的「評判的態度」時（〈新思潮的意義〉，《新青年》，7 卷 1 號），他道破了《新青年》文化實踐上的「自覺」性——不僅包含對於中國傳統的審視與批判，同時也包括對於西方啓蒙理性的審視與批判。但這又並不導向虛無，而是導向「再造文明」的欲求。這構成了現代中國起源中最寶貴的部分。

四、作爲參照的南社之衰落

《新青年》的崛起正好伴隨著晚清民初最重要的知識人社團南社的衰落和邊緣化。外有民國的共和政治危機，內有因政治、人事、文化和職業態度而導致的內部巨大分裂，在 1910 年代後期，曾經在清末民初輝煌一時的南社迅速衰落。儘管還出版了數期《南社叢刻》，但無論從聲譽、影響力還是從社員自我感受來看，南社都已經是日暮江山，輝煌不再。對此，柳亞子日後總結說：「追究南社沒落的原因，一方面果然由於這一次的內訌（指唐宋詩之爭——引者注），一方面實在是時代已在五四風潮以後，青年的思想早已突飛猛晉，而南社還是抱殘守缺，弄它的調調兒，抓不到青年的心理。」〔註14〕

〔註14〕柳亞子：〈我和朱鴛雛的公案〉，《南社紀略》（上海：上海人民出版社，1983年），第 153 頁。

1919 年當時已是文化界「新星」的胡適，在〈嘗試集自序〉中對南社在文化場域失去顯赫位置提供了一種解釋：

> 近來稍稍明白事理的人，都覺得中國文學有改革的必要。……
> 甚至於南社的柳亞子也要高談文學革命，但是他們的文學革命論只
> 提出一種空蕩蕩的目的，不能有一種具體進行的計劃。他們都說文
> 學革命決不是形式上的革命，決不是文言白話的問題。等到人問他
> 們究竟他們所主張的革命「大道」是什麼，他們可回答不出了。這
> 種沒有具體計劃的革命，──無論是政治的是文學的，──決不能
> 發生什麼效果。〔註15〕

按照胡適的看法，南社在「新文化運動」中沒有具體的計劃，他們所說的「革命」已經完全空洞化了，在政治上和文學上都不能有效地響應時代提出的問題，所以當然會被邊緣化。

柳亞子和胡適其實都觸及到了某種時代精神與文社興衰之間的關係。南社人胡懷琛在 1930 年代曾作有〈中國文社的性質〉一文。他把歷史上的文社分爲三種類型：一爲「治世（或盛世）的文社」，以消閒爲主；二爲「亂世（或衰世）的文社」，以「議論時事，批評人物」爲主；三爲「亡國遺民的文社」，以發牢騷爲主。胡懷琛認爲南社兼有第二、第三類文社的性質。〔註 16〕如果進一步發揮胡懷琛的觀點，我們可以說，南社在清末的興起正是依託了「亂世」所創造的各種條件和機會。這既包括時代的總體性危機對於民族獨立和國家救亡的要求，以及這種要求對於知識人身份認同和實踐方式的深刻影響；又包括作爲「他者」的鬥爭對象所賦予的政治和文化變革目標的清晰性，以及這種清晰性所帶來的態度上的同一性和團體的聚心力。

柳亞子也承認，只有在「武昌革命以前」才是「舊南社精神最飽滿的時代」，「到了光復成功，便漸漸地墮落了。」〔註 17〕即是說，南社更多是建立在清廷這個對立物存在的基礎之上。所以，南社在清末以民族革命和自由平

〔註15〕 胡適：《胡適文存》卷一，《民國叢書第一編》（上海：上海書店，1989 年），
　　　　 第 278～279 頁。胡適這番話，可以看作是對 1917 年柳亞子對胡適的批評的
　　　　 回報。柳亞子曾在〈與楊杏佛論文學書〉中，提出「文學革命，所革當在理
　　　　 想，不在形式」，「形式宜舊，理想宜新」，又批評胡適「所作白話詩，簡直笑
　　　　 話」。《民國日報》，1917 年 4 月 27 日。
〔註16〕 胡懷琛：〈中國文社的性質〉，《越風》半月刊，第 22、23、24 期合刊，1936
　　　　 年 12 月，第 8 頁。
〔註17〕 柳亞子：〈新南社成立布告〉，《南社紀略》，第 101 頁。

等為號召，以文學積極介入社會變革，切中了時代的情感結構，自然得到廣大知識人的熱烈響應和積極參與。具有相對廣泛的社會基礎，是南社在清末耀眼一時的重要原因。但是，一旦清廷這個對立物消失，就從根本上動搖了舊南社的存在。進入民國以後，一方面排滿革命的任務初步完成，另一方面原先對於帶有反抗意味的文學/文字表達的內外限制也不存在了，「他者」的突然消失讓自我認同一下子失去了參照，不免陷入惶惑。民初南社內部關於是要組織政黨還是維持「文美」，是要參加政府還是服務報界，以至於國學與歐化，唐音與宋調等問題的討論與實踐，其實都跟參照系的轉化有關係。原來在大的目標下紛紛加入南社的社員們，其所攜帶的政治和文化背景、創作風格上的差異性就格外凸顯出來。再加上職業身份、地理空間、聯繫方式、組織形式等具體因素，要緊密地聯合起來，的確不太可能。

但是說南社社員僅僅是團結在漢族民族主義旗幟下，似乎也不完全準確。因為不僅很多南社社員在反袁的「二次革命」中表現堅決，而且最終導致南社徹底失去光彩的，恰恰是一些南社社員參與國會議員的「賄選」事件，這成為「壓死駱駝的最後一根稻草」。這一現象確證了「民主」和倫理價值對於南社其實也至關重要。但在民國初年各種力量相互競爭之中，南社人捍衛民國政治勇氣與政治智慧顯然並不居於優勢，在挫敗後也很容易頹唐，「抱著『婦人醇酒』消極的態度，做的作品，也多靡靡之音。」〔註18〕也有不少南社人抱著一種遺民心態面對時代。如果說在清末以「亡國遺民」自任其政治指向是明確的，這個姿態所想造成的效果也是積極推動社會變革，那麼到了民初「亡國遺民」情結顯然就代表著極為混沌的政治情緒。既可以理解為對袁世凱專制和共和被背棄的不滿與抗議（認為民國已名存實亡，以民國的遺民自任），也可以理解為是對政治的可能性本身的失望（認為政治是污濁的，

〔註18〕柳亞子提出南社的「墮落」有三個原因：「第一個呢，袁世凱做了總統，我們認為中國無事可做，二次革命失敗，社中激烈份子，更犧牲了不少，殘餘的都抱著『婦人醇酒』的消極態度，做的作品，也多靡靡之音，所以就以『淫濫』兩字見病於當世了。第二個呢，洪憲稱帝，籌安勸進，很有舊南社的份子，可是在炙手可熱的時候，大家都不敢開口，等到冰山倒了，卻熱烈地攻擊起來。我以為『打落水狗』不是好漢，所以沒有答應他們除名懲戒的要求，然而提倡氣節的一句話，卻有些說不響嘴了。至於第三個原因，尤其是舊南社的致命傷。因為發展團體起見，招呼的人太多了，不免魚龍混雜。還有先前很好的人，一變就變壞了。後來差不多無論什麼人都有，甚至意見分歧，內訌蜂起，勢不得不出於停頓的一途，就是舊南社近年來失敗的歷史了。」柳亞子：《南社紀略》，第101頁。

想要遁逃入私人世界，以歸隱、寒隱來安頓自身），還可以理解為是對君主制和封建倫理的懷念（認為共和本身漏洞甚多，並且加劇了道德崩潰），甚至還有為「遺民」而「遺民」的一種文人表演心態。這種混雜沒有得到細緻的分殊，卻相互匯合激蕩為一種強大的失落和幻滅感，導致多數人都在「發牢騷」，卻並不清楚「牢騷」本身的具體含義，更談不上將之轉化為建設的正面能量。很多時候，這種牢騷和不滿的姿態，與其說是出於對價值的堅持，毋寧說已經是一種固步自封的心態。就像鄭逸梅所說的：「有的是一頭腦的高蹈遠引、與世無爭思想，山林嘯傲，風月流連，吟詩作賦，沒有一些政治氣息的。有的則抱殘守闕，與古為緣，任你五四運動掀起怎樣的新文化高潮，他依然故我，無動於衷，有時對於新生事物或出以冷眼諷語的。」〔註 19〕鄭逸梅在南社中並不算激進的，連他都有這樣的判斷，可見 1910 年代中後期南社人是如何退避和保守的。如果套用 Clinton Rossiter 對保守主義類型的劃分，那麼這時的南社人，大概屬於氣質上的保守主義（temperamental conservatism）或者維護既得利益的保守主義（possessive conservatism）。〔註 20〕

　　這種「氣質上的保守主義」，使得南社人停步於中國現代轉型中的第一次「維新」方案，無法更進一步，有效地回應新的時代「問題性」。又由於新的「共和」政治的複雜性缺乏深入的洞察和操控能力，南社人在晚清的文化與政治之間曾經建立起有效的關聯的能力在這個時候越來越薄弱了，他們對文化和政治的理解越來越固定化。而與此同時，陳獨秀、李大釗、胡適等《新青年》同人卻能夠準確地把握時代脈動，以文化運動的方式重建政治有機性，在批判地繼承「維新」的遺產的基礎上加以揚棄，重新提出了在中國「什麼是啓蒙」「什麼是啓蒙的主體」的問題，由此更新了「啓蒙」的歷史內容與展開方式。

　　無怪乎，他們會取代南社人，佔據文化場域的中心位置，完成某種領導權的興替。儘管最初並不支持新文化運動，但柳亞子很快清楚地意識到新文化運動本身代表了在思想、政治和文化上的全新追求。1923 年 4 月，他在家

〔註 19〕鄭逸梅：《南社叢談：歷史與人物》（上海：上海人民出版社，1981 年），第 2 頁。

〔註 20〕他將保守主義分為四種類型，除了上述兩個，還有務實的保守主義（practical conservatism），哲學性的保守主義（philosophical conservatism）。見 Clinton Rossiter, *Conservatism in America*（Cambridge,Mass.: Harvard University Press, 1982），pp.6～10.

鄉創辦《新黎里》雜誌。他在〈發刊詞〉中說：「潮流澎湃，一日千里，吞氧吐碳，捨故取新，苟非力自振拔，猛勇精進，欲不爲時代之落伍者，烏可得哉。」〔註21〕他認爲目下的中國「去所謂共治、共有、共享之新中國，實不知其幾千萬里」，必須以開放的心態接受新思潮學理，培育新文化。1923年5月，柳亞子、葉楚傖、胡樸安、余十眉、邵力子五個南社舊人，加上陳望道、曹聚仁、陳德澂三個文化新人，發起成立了新南社。成立新南社，正是這樣一種「力自振拔」的表現。柳亞子本人的態度，也證明了這種歷史激變的不可避免。這正是「文化革命」本身持續運動和展開的一種表徵。

五、結語

從1915年創刊到1921年9卷6期後暫時停刊，《新青年》的主要編作者群還是頗豐富的，彼此思想和立場也有歧義，因此，《新青年》並不可能只有一副面孔，很多時候確實呈現出它的「兩歧性」。1923年以後，《新青年》改由瞿秋白主編，成爲中共的理論性機關刊物，色彩鮮明，面目一下子就清晰了。《新青年》的變異其實是一個標誌，因爲新型的政黨政治將發揮更大作用。新型的政黨政治（乃至作爲社會革命的「大革命」）本身是《新青年》和新文化運動的文化政治所召喚出來的，但它們出現後又必然要溢出和取代原來文化政治導向的運動。在「主義」之爭席捲一切，客觀領域需要最終「決斷」的環境下，《新青年》的終結也是理所當然。

1907年魯迅寫成〈摩羅詩力說〉，文末猛批清末的「維新」浪潮：「顧既維新矣，而希望亦與偕始，吾人所待，則有介紹新文化之士人。特十餘年來，介紹無已，而究其所攜將以來歸者，乃又捨治餅餌守囹圄之術而外，無他有也。則中國爾後，且永繼其蕭條，而第二維新之聲，亦將再舉，蓋可準前事而無疑者矣。」〔註22〕果然，八年後《新青年》出現，「第二維新之聲」再舉了。「第二維新之聲」在中國的舊邦新造中所扮演的角色，顯然遠遠超過了前面的各種「維新」。直到今天，《新青年》和新文化運動依然在被各種話語所不斷檢討、挪用、捍衛或者攻擊，這恰恰表明作爲「現代中國」奠基性的起源之一，它們深刻地構成了我們今天的政治、文化乃至生活世界不可分割的

〔註21〕柳亞子：〈新黎里發刊詞〉，《新黎里》第一期，1923年4月1日。
〔註22〕魯迅：〈摩羅詩力說〉，《魯迅全集》第一卷（北京：人民文學出版社，1981年），第102頁。

一部分。《新青年》最大的意義就在於此，毋庸辭費。相較於那些經過歲月沖刷早已安然成爲博物館或者教科書裏的對象的靜止文本，《新青年》卻是一個需要不斷重新辯論和激活它的正當性的歷史「事件」。它所提供的反觀和對照的視野，已經並將繼續有效地參與到當代中國的認同與文化鬥爭之中。

2015 年 5 月初稿，10 月改定

主要參引文獻

1. 李澤厚：〈啓蒙與救亡的雙重變奏〉，《中國現代思想史論》，北京：東方出版社，1987 年。
2. 林毓生著、穆善培譯，《中國意識的危機：「五四」時期激烈的反傳統主義》，貴州，貴州人民出版社，1986 年。
3. 汪暉：〈文化與政治的變奏——戰爭、革命與 1910 年代的「思想戰」〉，《中國社會科學》，2009 年第 4 期。
4. 王奇生《革命與反革命：社會文化視野下的民國政治》，北京，社會科學文獻出版社，2010 年。
5. 張春田，《革命與抒情：南社的文化政治與中國現代性（1903～1923）》，上海，上海人民出版社，2015 年。
6. 張灝：〈重訪五四——論五四思想的兩歧性〉，《開放時代》，1999 年 3、4 月號。

（本論文爲 2015 年度教育部人文社會科學研究青年基金項目「南社與清末民初文學場域的結構轉型（項目批准號：15YJC751057）」階段性成果）

「青年」的平庸——歷史視野中的青年問題

石岸書

（清華大學人文學院中文系）

　　首先向我們自身提出的問題是，中國當代青年的認同危機之根源何在？對此問題的回答當然可以在當代尋覓，然而，如果不是因為賦予我們以認同的歷史在不斷逝去，這一危機就不會如此顯著。自晚清以降，青年問題曾經一度是文化——政治的中心問題，尤其是五四之後青春政治更是貫穿中國的革命歷史。然而，1990 年代以來，「青年」這一概念所內涵的文化——政治意義開始消散，「青年」不再意味著一種文化——政治身份，而只是一種社會——經濟身份，從而青年問題也被轉化為社會治安、勞動就業、生活消費等社會——經濟問題；這一轉變與現代中國的歷史性「大轉型」恰相呼應。這種轉變的同步性意味著什麼？今天的青年問題為何不再被視為文化——政治問題？這種歷史性轉變與當代青年的危機有何關係？為了理解這些問題，本文選擇從歷史出發，追溯那些最為有力地表述、影響、形塑中國青年傳統的思想源泉。我選擇陳獨秀與毛澤東作為初步探索的對象。

一、陳獨秀：從「新民」到「新青年」的誕生

　　晚清以來，由於革故鼎新的歷史形勢及其衍生的對「新」的意識形態崇拜，「青年」被視為「新」，視為創造新中國的希望。可以說，對青年（少年）的想像、呼喚一開始便與現代中國之命運互相關聯。梁啓超 1900 年的〈少年中國說〉便曾直言，「國之老少，又無定形，而實隨國民之心力以為消長者也。……使舉國之少年而果為少年也，則吾中國為未來之國，其進步未可量也。使舉國之少年而亦為老大也，則吾中國為過去之國，其漸亡可翹足而待

也。」〔註1〕然而，「新青年」這一身份仍然獨屬於陳獨秀爲代表的五四一代知識分子，正是後者賦予「新青年」更爲現代的內涵。

新文化運動前，陳獨秀曾經參與過「青年會」、「愛國會」，〔註2〕這兩個組織之間的呼應，已然顯示了陳獨秀依循晚清以來的慣常思路，將青年與國家關聯在一起的跡象。然而，1915年創辦《青年雜誌》前，《安徽俗話報》的辦報經驗與辛亥革命以來民國的混亂時局，使得陳獨秀的思想發生了轉變。

辛亥以前，在陳獨秀看來，國家是由「土地、人民、主權」所構成，「一國的盛衰榮辱，全國的人都是一樣的消受」，〔註3〕因此國家「外患日亟」之時，唯有「結合士群爲一團體，發愛國之思想，振尙武之精神，使人人能執干戈衛社稷，以爲恢復國權基礎。」〔註4〕從國家存亡出發，陳獨秀也鼓吹「新民」，呼籲國民的救國之心。此時，陳獨秀啓蒙的主要注意力著重於一般國民，這就是其創立《安徽俗話報》的緣故。《安徽俗話報》的對象是「各項人」：「讀書的」、「教書的」、「種田的」、「做手藝的」、「做生意的」、「做官的」、「當兵的」、「女人孩子們」、「有錢的」、「做小生意的」等等，〔註5〕三教九流、老幼婦孺、無所不包。這種啓蒙思路，實在不新穎。然而，革命後袁氏當國的亂局，使得作爲「老革命黨」（胡適語）的陳獨秀深感辛亥革命的形式化。此前對國家存亡於國民的根本重要性的鼓吹，結果換來國家名存實亡、生靈塗炭的後果，陳獨秀的國家觀念頓時逆轉：「近世歐美人之視國家也，爲國人共謀安寧幸福之團體，……土地、人民、主權者，成立國家之形式耳」，國民唯有以理性的「自覺心」，「覺其國家之目的與情勢」，警惕爲惡政府、惡國家所利

〔註1〕梁啓超，〈少年中國說〉，《飲冰室文集（第五冊）》（北京：中華書局，1988年），頁10，頁12。

〔註2〕陳萬雄，《新文化運動前的陳獨秀》（香港：中文大學出版社，1979年），頁26～29。陳萬雄特別提到，青年會「以民族主義爲宗旨，以破壞主義爲目的」，「起先曾以『少年中國會』爲名，隱然欲以意大利獨立前的『少年意大利』自許，後來因恐招滿清當局的注意，不利活動的進行，才命名爲『青年會』」。見該書頁26。

〔註3〕陳獨秀，〈說國家〉，任建樹編，《陳獨秀著作選編（第一卷）》（上海：上海人民出版社，2009年），頁45。以下引自該書將簡稱《選編》。陳獨秀定義國家的方式，與〈少年中國說〉中如出一轍：「夫國也者，何物也？有土地，有人民，以居於其土地之人民，而治其所居之土地之事，自製法律而自守之，有主權，有服從，人人皆主權者，人人皆服從者。夫如是斯謂之完全成立之國。」梁啓超，《飲冰室文集（第五冊）》，頁9。

〔註4〕陳獨秀，〈安徽愛國社擬章〉，任建樹編，《陳獨秀著作選編（第一卷）》，頁12。

〔註5〕陳獨秀，〈開辦安徽俗話報的緣故〉，《安徽俗話報》1904年第1期。

用的盲目的「愛國心」。說到底，若是國家不能保障國人之「安寧幸福」，「惡國家甚於無國家。」〔註6〕正是這種從「愛國心」向「自覺心」的轉變，促使陳獨秀從國家存亡的角度看待國民的立場，轉向以國民界定國家的思考。

隨著重心的偏移，陳獨秀從寬泛的「新民」轉向特定的「新青年」。〔註7〕相對於「新一國之民」，「新青年」顯得更具體，更具有目標性。「民」並不能普遍地領悟「近世歐美」的思想，反而可能阻礙思想的傳播：「群眾意識，每喜從同；惡德污流，惰力甚大；往往滔天罪惡，視爲其群道德之精華。」〔註8〕而晚清以來的新興青年學生群體由於受到新式教育、能夠相對地擺脫具體事務的牽絆，更能接納新思想，並有效地將思想轉化爲主體的能動性。晚清以來的青年學生運動，已有例可循。〔註9〕可以說，從「新民」到「新青年」，既是對社會力量的重新尋找和更爲精確的定位，也是對政治主體性的更爲積極的強調，這被陳獨秀視爲突破辛亥革命的形式化、表面化的出路：唯有經由啓蒙（「新」）而獲得新的政治主體性的社會力量（「青年」），才能拯救「惡國家」，保障國民，重鑄共和。唯有新的政治主體的誕生，才意味著新的國家的成立，這一出路的最終結果，就是「人民」與「中華人民共和國」的成立。

如果說1915年之前的陳獨秀是在國家的視野中看待國民，青年隱匿在國民之中，因而乃是「救亡」視野中的「啓蒙」的話，那麼1915年《青年雜誌》的創辦則是在「啓蒙」視野中看待「救亡」問題，〔註10〕啓蒙的革新性與迫切性使得啓蒙的對象從一般的「國民」轉向「青年」。這不僅是一次「啓蒙的轉向」，而且更是一次「啓蒙的顛倒」。「新青年」的誕生，正是啓蒙轉向與顛倒的結果。難怪《青年雜誌》會如此自我定位：

〔註6〕陳獨秀，〈愛國心與自覺心〉，《甲寅雜誌》1914年1卷4號。

〔註7〕雖然改名爲《新青年》本來只是由於《青年雜誌》與《上海青年》有混淆之嫌，在遭到後者的指控後，才偶然地更名，然而，這種偶然並不能否認「新青年」的提出背後的思想脈絡的連續性。參唐寶林、林茂生，《陳獨秀年譜》（上海：上海人民出版社，1988年），頁72。

〔註8〕陳獨秀，〈抵抗力〉，《青年雜誌》1915年1卷3號。

〔註9〕桑兵，《晚清學堂學生與社會變遷》（上海：學林出版社，1995年）。桑兵指出，晚清尤其是1905年廢科舉後，受新式教育的青年學生大幅度增加，辛亥革命前已超過300萬，五四前夕更是達到570多萬，隨著這一群體的擴大和國勢的嚴峻，學生運動此起彼伏，確然是五四運動的先聲，見該書頁2～5。

〔註10〕李澤厚，〈啓蒙與救亡的雙重變奏〉，《中國現代思想史論》（北京：三聯書店，2008年）。

　　國勢陵夷，道衰學弊。後來責任，端在青年，本志之作，蓋欲
與青年諸君商榷，將來所以修身治國之道。二，今後時會，一舉一
措，皆有世界關係。我國青年，雖處蟄伏研求之時，然不可不放眼
以觀世界。本志於各國事情，學術，思潮，盡心灌輸，可備攻錯。
〔註11〕

「國勢」有賴青年，因青年「修身」之後，便可「治國」。「修身」仍與「治國」
相關，但「修身」已經不僅僅是傳統意義上的以君子為目的的實踐工夫，而更
是主動地接受「各國事情」，在一個新的世界視野中思考，轉變知識結構和思想
觀念，獲得新的自覺的啟蒙。不過，一旦有讀者質疑雜誌為何不直接關注政治
問題，陳獨秀卻回答：「蓋改造青年之思想，輔導青年之修養，為本志之天職。
批評時政，非其旨也。國人思想倘未有根本之覺悟，直無非難執政之理由。」
〔註12〕在這裡，陳獨秀堅持雜誌的思想啟蒙的定位，以與時政相區分。值得注
意的是，此處將「青年」的思想改造，與「國人」的根本覺悟並舉，無形中將
「青年」視為「國人」之代表。這種觀念在《新青年》群體中甚為普遍，例如，
高一涵便說：「然則自今以往，吾共和精神之能煥然發揚與否，全視民權之發揚
程度為何如。澄清流水，必於其源。欲改造吾國民之德知，俾之脫胎換骨，滌
蕩其染於專制時代之餘毒，他者吾無望矣。惟在染毒較少之青年，其或有以自
覺。」〔註13〕高語罕也說：「蓋民為國之根本，而青年又民之中堅也，欲國之強，
強吾民其可也。欲民之強，強吾青年其可也。」〔註14〕

　　很顯然，政治革命的失敗，促使陳獨秀轉變了國家觀念，進而發生了啟
蒙的轉向。這一啟蒙的轉向，乃是由於政治革命的失敗澄清了啟蒙的限度，
這一限度就存在於青年與國民的差別之中。伴隨著這一轉向的，是從政治革
命轉向「新文化運動」。政治革命仍然是文化革命的最終鵠的，但政治革命若
僅僅只是政治革命，那麼，這只是革命的形式；唯有文化革命才能使政治革
命獲得內容。這裡意味著，文化革命必須與政治革命相分離，文化——政治
的二分是文化革命的前提，然而這種分離又預設了文化革命與政治革命的合
一。文化革命既外在又內在於政治革命。因而，必須建構一種文化——政治

〔註11〕〈社告〉，《青年雜誌》1915 年 1 卷 1 號。
〔註12〕陳獨秀，〈答王庸工〉，《青年雜誌》1915 年 1 卷 1 號。
〔註13〕高一涵，〈共和國與青年之自覺〉，《青年雜誌》1915 年 1 卷 1 號。
〔註14〕高語罕，〈青年之國家前途〉，《青年雜誌》1916 年 1 卷 5 號。

的辯證視野，在既分離又綜合的辯證法中衡量革命的徹底性。自然，思想、文化的革命必然需要載體，這一載體需要能動地將思想、文化的革命轉化爲政治的革命。陳獨秀將這一載體命名爲「新青年」。這就是說，「新青年」的誕生，也是文化——政治視野所重新構想的新主體。

「新青年」的誕生儘管是政治革命失敗的後果，然而「新青年」又首先是新的文化主體，其次才生發出新的政治主體性：如果「新青年」首先不是前者，那麼他也不可能是後者；唯有「新青年」首先具有文化的能動性，才能將這種文化能動性轉化爲政治的能動性；也唯有文化的能動性轉化爲政治的能動性，「新青年」的文化主體性才能夠呈現出來。因而，沒有對政治革命的反省，就仍然只有「國民」，而沒有「青年」，如果沒有新文化運動，就仍然只有「青年」，而沒有「新青年」。「新青年」之「新」不能不來自於文化主體性之「新」。

在陳獨秀看來，「新」首要在於一種「根本之覺悟」：

> 然自今以往，共和國體，果能鞏固無虞乎？立憲政治，果能施行無阻乎？以予觀之，此等政治根本解決問題，猶待吾人最後之覺悟。……自西洋文明輸入吾國，最初促吾人之覺悟者爲學術，相形見絀，舉國所知矣。其次爲政治，年來政象所證明，已有不克守缺抱殘之勢。繼今以往，國人所懷疑莫決者，當爲倫理問題。此而不能覺悟，則前之所謂覺悟者，非徹底之覺悟，蓋猶在惝恍迷離之境。
>
> 吾敢斷言曰：倫理的覺悟，爲吾人最後覺悟之最後覺悟。〔註15〕

國體問題依賴於國民「政治的覺悟」，然而國民「政治的覺悟」又依賴於「倫理的覺悟」。這樣看來，在陳獨秀那裏，「新」首先依賴於對「新」的源泉的確認，這一源泉肇始於倫理覺悟，肇始於文化主體性。「新」的政治主體性並不來自政治，而是來自文化，然而，意識到「新」必須來自文化的改造，卻不能脫離對具體的政治形勢的判斷：如果不是學術覺悟和政治覺悟的失效，就不會轉向文化覺悟。而「新」的徹底性，更是一種政治判斷。

的確，陳獨秀賦予「新青年」以徹底的「新」：新就是新，舊就是舊。〔註16〕這種新舊截然斷裂的意識，體現於陳獨秀對中西差異的宣判：「東西

〔註15〕陳獨秀，〈吾人最後之覺悟〉，《青年雜誌》1915 年 1 卷 2 號。
〔註16〕「所謂新者無他，即外來之西洋文化也；所謂舊者無他，即中國固有之文化也。」汪淑潛，〈新舊問題〉，《青年雜誌》1915 年 1 卷 1 號。

洋民族不同，而根本思想亦各成一系。若南北之不相併，水火之不相容也。」
〔註17〕然而，這種文化判斷，本身並非根植於文化的審慎和精微的研究，而
是來自於政治判斷：是政治判斷賦予文化判斷以徹底的激進性。在陳獨秀看
來，民初袁世凱的復辟（其後還有張勳復辟）以及儒家傳統作爲帝王意識形
態的再次復蘇，恰恰是借助或保守或調和的立場得以大行其道的，不管保守
調和的立場以何種面目出現，總是客觀地有利於復辟醜劇的上演。正是基於
對變動中的政治形勢的診斷，陳獨秀才有意識地要求新舊的完全區隔。因此，
這種與傳統斷裂的文化意識首先基於政治判斷。「新青年」之爲「新」，「青年」
之必須是「新」，也是從政治決斷上而言的。

　　當然，「新青年」之必須爲「新」，也獲得了理論的辯護，這種辯護來自於
進化主義：「自宇宙之根本大法言之，森羅萬象，無日不在演進之途，萬無保
守現狀之理。……以人事之進化言之，篤古不變之族，日就衰亡；日新求進之
民，方興未已。」可以說，「新青年」的誕生也同樣基於進化主義的想像。由
此出發，「新」乃是進化之必然，「青年」必然要勝於「老人」，「青年」代表「新」，
代表進化的更高一級，因而也是拯救國家、社會的有生力量：「是在一二敏於
自覺、勇於奮鬥之青年，發揮人間固有之智慧，決擇人間種種之思想，孰爲新
鮮活潑而適於今世之爭存，孰爲陳腐朽敗而不容留置於腦裏，利刃斷鐵，快刀
理麻，決不作牽就依違之想，自度度人，社會庶幾其有清寧之日也。」〔註18〕

　　隨著袁世凱、張勳的復辟醜聞的接踵上演，康有爲對孔教、共和問題的
議論的廣爲通行，陳獨秀北上任北京大學文科學長，《新青年》與北京大學這
「一刊一校」的結合產生巨大的輻射力，陳獨秀日益轉向直接「批評時政」，
直接介入政治問題的討論。面對這一轉向，陳獨秀的辯解呈現出「今日之我
戰昨日之我」的矛盾：

〔註17〕陳獨秀，〈東西民族之根本差異〉，《青年雜誌》1915 年 1 卷 4 號。
〔註18〕陳獨秀，〈敬告青年〉，《青年雜誌》1915 年 1 卷 1 號。值得一提的是，進化主
　　　　義既給出了與「舊」斷裂的理由，同時卻也暗示了接受「舊」的可能：「吾人
　　　　倘以爲中國之法，孔子之道，足以組織吾之國家，支配吾之社會，使適於今
　　　　日競爭世界之生存，則……一切新政治，新教育，無一非多事，且無一非謬
　　　　誤，應悉廢罷，仍守舊法，以免濫費吾人之財力。」陳獨秀，〈憲法與孔教〉，
　　　　《新青年》1916 年 2 卷 3 號。這似乎提示著，如果傳統在未來復興之後能夠
　　　　「使適於競爭世界之生存」，則這一傳統仍可以獲得足夠的合法性。這表明，
　　　　陳獨秀的反傳統是一種功利主義的反傳統，其反傳統的必要性和力度部分地
　　　　取決於外在的政治形勢所內化爲主體的政治判斷。

> 我以為談政治的人當分為三種：一種是做官的，政治是他的職
> 業；他所談的多半是政治中瑣碎行政問題，與我輩青年所談的政治
> 不同。一種是官場以外他種職業的人，凡是有參政權的國民，一切
> 政治問題，行政問題，都應該談談。一種是修學時代之青年，行政
> 問題，本可以不去理會；至於政治問題，往往關於國家民族根本的
> 存亡，怎應該裝聾推啞呢？我現在所談的政治，不是普通政治問
> 題，更不是行政問題，乃是關係國家民族根本存亡的政治根本問
> 題。〔註19〕

「根本的」政治問題與「最後之最後」的倫理覺悟似乎顯得矛盾，除非我們將政治的「根本」等同於倫理的「根本」、思想的「根本」。換言之，文化──政治的二分，在「根本」上同一了。於陳獨秀，「根本」而言，文化的就是政治的。然而，在這裡，政治問題分明更為突出，這使得文化──政治的辯證視野日趨模糊。與此同時，儘管聆聽者仍然是青年，在陳獨秀的想像中，「新青年」卻再一次融入了「國民」之中，他不再單純地啟蒙「新青年」，也開始籲請「國民」的再次出場，開始談論「國民之覺悟」，〔註20〕「青年──國民」的隱蔽的界限，也開始消融；「新青年」也不再能夠將「讀書」與「救國」分離開來。然而，「新青年」這種文化──政治身份的雙重模糊，青年──國民關係的不確定性，乃是「新青年」的歷史性處境。作為文化──政治主體的「新青年」，既承擔著「再造文明」的歷史使命，也必須為「國家民族根本存亡」而成為「國民」之先驅。「新青年」這一身份集中呈現了現代中國文化──政治的糾纏：既要在文化傳統中探尋政治的合法性之根源，也要在政治的視野裏定位文化的能動性；這種糾纏就是啟蒙──救亡的「雙重變奏」：「國民」之力在救亡，「青年」之職在啟蒙，「新青年」作為啟蒙者，是青年，作為救亡者，是國民。

　　隨著五四運動的爆發，「新青年」成功地激發了政治運動，創生了現代中國的青春政治，伴隨著這一歷史性時刻的到來，五四將青年的形象永恒地銘刻在現代中國的歷史界碑上。五四既是新文化運動的回應，也是對新文化運動的塑造，如果不是「五四青年」的有力回應，作為文化──政治主體的「新青年」就不會從歷史中凸顯出來，就不會將這種自我意識納入現代中國的青

〔註19〕陳獨秀，〈今日中國之政治問題〉，《新青年》1918 年 5 卷 1 號。
〔註20〕陳獨秀，〈俄羅斯革命與我國民之覺悟〉，《新青年》1917 年 3 卷 2 號。

年傳統之中。「五四青年」乃是對「新青年」的一個回答，然而卻是一個充滿
能動性的回答。「新青年」作為是一種身份想像，而「五四青年」落實了這種
想像；「新青年」從一種文化—政治的想像中獲得了歷史實在，才得以有力地
形塑現代中國的政治傳統，並貫穿中國的革命歷史。

二、毛澤東：革命、先鋒與青年

自第二卷始，《青年雜誌》更名為《新青年》，陳獨秀發表同名文章，算
作準發刊詞。此文中，他極力從生理和心理上區分「新青年」與「舊青年」：
生理上，陳強調「二十世紀之新青年，首應於生理上完成真青年之資格，慎
勿以年齡上之偽青年自滿」，心理上，「別構真實新鮮之信仰，始得謂為新青
年而非舊青年，始得謂為真青年而非偽青年。」〔註 21〕而青年毛澤東便曾響
應這一號召，在《新青年》上發表《體育之研究》，鼓吹「文明其精神，野蠻
其體魄」，其核心思想與陳獨秀的「新青年」觀幾無二致。〔註 22〕毛澤東就是
陳獨秀所想像的「新青年」，並在多年以後仍然坦承是他的「學生」。〔註 23〕
此後，成為黨的領袖、繼而成為全國人民的「導師」之後，毛澤東賦予了「新
青年」以更為激進的內涵。

1939 年，延安時期的毛澤東，以黨的領袖的身份，在紀念五四運動二十
週年時，如此看待「新青年」：

〔註21〕 陳獨秀，〈新青年〉，《新青年》1916 年 2 卷 1 號。

〔註22〕 二十八畫生（毛澤東），〈體育之研究〉，《新青年》1917 年 3 卷 2 號。

〔註23〕 「關於陳獨秀這個人，我們今天可以講一講，他是有過功勞的。他是五四運
動時期的總司令，整個運動實際上是他領導的，他與周圍的一群人，如李大
釗同志等，是起了大作用的。……我們是他們那一代人的學生。五四運動替
中國共產黨準備了幹部。那個時候有《新青年》雜誌，是陳獨秀主編的。被
這個雜誌和五四運動警醒起來的人，後頭有一部分進了共產黨，這些人受陳
獨秀和他周圍一群人的影響很大，可以說是由他們集合起來，這才成立了黨。」
毛澤東，〈中國共產黨第七次全國代表大會的工作方針〉，《毛澤東文集（第三
卷）》（北京：人民出版社，1993 年），頁 294。

實際上，早在 1936 年，毛澤東就對斯諾說，「那時，我在國立北京大學，他
（指陳獨秀）對我的影響也許超過了其他任何人。」埃德加·斯諾，《西行漫
記》（北京：三聯書店，1979 年），頁 130。

1942 年，毛澤東也說過：「在五四運動裏面，起領導作用的是一些進步的知識
分子。大學教授雖然不上街，但是他們在其中奔走呼號，做了許多事情。陳
獨秀是五四運動的總司令。現在還不是我們宣傳陳獨秀歷史的時候，將來我
們修中國歷史，要講一講他的功勞。」毛澤東，〈如何研究中共黨史〉，《毛澤
東文集（第二卷）》（北京：人民出版社，1993 年），頁 403。

　　「五四」以來，中國青年們起了什麼作用呢？起了某種先鋒隊的
作用，這是全國除開頑固分子以外，一切的人都承認的。什麼叫做先
鋒隊的作用？就是帶頭作用，就是站在革命隊伍的前頭。中國反帝反
封建的人民隊伍中，有由中國知識青年們和學生青年們組成的一支軍
隊。……但是……光靠了它是不能打勝敵人的，因為它還不是主力
軍。主力軍是誰呢？就是工農大眾。中國的知識青年們和學生青年
們，一定要到工農群眾中去，把占全國人口百分之九十的工農大眾，
動員起來，組織起來。……看一個青年是不是革命的，拿什麼做標準
呢？拿什麼去辨別他呢？只有一個標準，這就是看他願意不願意、并
且實行不實行和廣大的工農群眾結合在一塊。願意並且實行和工農結
合的，是革命的，否則就是不革命的，或者是反革命的。〔註24〕

軍事上的比喻，乃是毛澤東修辭學的重要特色，然而，這一比喻卻將建國前
毛澤東對「青年」的認識凸顯出來，並且給出判斷青年的「唯一標準」，以區
分「革命青年」與「反革命青年」。對「青年」的命名從「新──舊」轉換到
「革命──反革命」。五四以後，隨著政治形勢的尖銳化，「新青年」的分裂
從兩個層面展開：胡適派與陳獨秀派知識分子的分裂，伴隨著傅斯年、羅家
倫等與毛澤東、惲代英等「新青年」的分化，後者自我命名為革命者與革命
青年，進而從前者剝離。這也是意識形態話語的轉換，從「新」（啟蒙）的意
識形態向革命意識形態轉換。在「新──舊」的話語形式中，背後蘊藏著的，
乃是「傳統──現代」、「中──西」的認識框架；而在「革命──反革命」
的話語形式中，乃是「革命──改良」、「無產階級──資產階級」的認識框
架。然而，這兩種話語形式並非對立，毋寧說，二者呈現的，乃是「新」的
意識形態與「革命」意識形態之間的糾纏關係：「革命」既是「新」的，也是
「革新」的，與「新」決裂的。因而，這是一種內在的分裂，從革命意識形
態看來，更是一種辯證運動：從新──舊青年的矛盾運動中，產生了「否定
之否定」的「革命青年」。

　　然而，「五四」期間佔據文化──政治運動中心的「新青年」，在毛澤東
的話語中，已經不知不覺遊移到了邊緣，如今，「新青年」中的「革命青年」
乃是工農群眾的「先鋒」而已，真正的戰鬥屬於工農群眾。曾經居於邊緣的

〔註24〕毛澤東，〈青年運動的方向〉，《毛澤東選集（第二卷）》（北京：人民出版社出
　　　　版，1991年），頁565。

「工農群眾」，如今佔據著「青年」佔據的位置，正如同「新青年」佔據著「新民」曾佔據的位置。這種對社會結構的不同部分的重視，首先是一種軍事判斷，戰爭的要求促使工農群眾佔據首要位置；然而，在毛澤東那裏，軍事判斷必然也要是一種政治判斷，因為戰爭本身必須是政治性的，即必須是「人民戰爭」。正是「人民戰爭」所體現的政治，既佔據了對戰爭的解釋，也由此重新定位了政治的中心力量。

這種政治判斷，也是基於階級的分析：

> 知識分子和青年學生並不是一個階級或階層。但是從他們的家庭出身看，從他們的生活條件看，從他們的政治立場看，現代中國知識分子和青年學生的多數是可以歸入小資產階級範疇的。……他們有很大的革命性。他們或多或少地有了資本主義的科學知識，富於政治感覺，他們在現階段的中國革命中常常起著先鋒的和橋樑的作用。辛亥革命前的留學生運動，一九一九年的五四運動，一九二五年的五卅運動，一九三五年的一二九運動，就是顯明的例證。〔註25〕

毛澤東常常將青年學生與知識分子等量齊觀。這種並置隱含著其對知識分子的認識也是對青年的認識。然而，青年學生作為需要學習和接受改造的「準知識分子」，與作為革命的先鋒，這兩者有著曖昧的關係。一方面，青年學生由於仍然是「準知識分子」，仍然存在著和工農群眾結合的任務，仍然存在著繼續接受教育和接受改造的必要，這是此後知識青年「上山下鄉」的前提之一；另一方面，青年又是革命的先鋒，起的是「帶頭作用，就是站在革命隊伍的前頭」，因而他們仍有可能承擔革命與繼續革命的重任，特別是成長於新中國的青年一代，就更是如此，這也是「文化大革命」首先是由青年「紅衛兵」發動的前提之一。這就彷彿說，作為「準知識分子」，青年似乎「落後」於工農群眾，作為先鋒，青年又似乎「先進」於工農群眾。這種既「落後」又「先進」的狀態，隱隱約約地呼應著列寧主義的辯證思考。〔註26〕而這種既「先進」又「落後」的狀態，乃是由主體的政治態度與客觀的政治形勢之

〔註25〕毛澤東，〈中國革命和中國共產黨〉，《毛澤東選集（第二卷）》，頁641。

〔註26〕列寧對歐洲的評論便是先進與落後的典範：歐洲既是「先進」的，也是「落後」的，歐洲的先進在於有著先進的技術、工業以及產生的工人無產階級，其「落後」又在於歐洲由注定而且已經衰敗的資產階級所統治。參見列寧，〈落後的歐洲，先進的亞洲〉，《列寧選集（第二卷）》（北京：人民出版社，1995年），頁317～319。

間的相互運動所形成。作爲小資產階級的青年，其先進性是由客觀的政治形勢所賦予的，由革命時期的敵友關係（例如「統一戰線」與「反動派」的區分）和革命的歷史性目標（例如新民主主義）所決定，然而，其落後性則是由主體的政治態度所決定的，更爲確切地說，是由主體的無產階級覺悟所決定。因而，儘管青年乃是先鋒，然而只要客觀的政治形勢發生改變，「先進性」便可能轉換爲「落後性」。

不過，這同時也暗示了「落後性」轉變爲「先進性」的可能:在政治形勢的許可下，改造自身的政治態度。因此，「青年」並不會因此永久地成爲小資產階級，他們是能夠向「革命青年」轉變、并最終獲得無產階級立場甚至成爲「共產黨幹部」的。換言之，從「先鋒」到「主力」的運動始終存在，而這一運動並不取決於青年的生理特性，而是主要取決於「革命的態度」，取決於是否能夠與廣大工農群眾結合。〔註27〕在毛澤東那裏，階級的轉換是可能而且是必要的，青年是可以經由小資產階級轉換爲無產階級的，而這種轉換的發生，在於接受「批評和自我批評」，在於「自我教育」，在於「思想改造」，這既是階級意識的改造與重建，也是階級身份的實質性的轉化。這就爲「青年」再次從政治結構的邊緣位置重新佔據中心提供了條件:只要青年已經獲得了無產階級的意識，那麼，他們便不但是先鋒隊，也是主力軍。而青年似乎也絕不滿足於甘居革命邊緣，他們時刻準備佔據革命的中心，而「文化大革命」有力地證明了這一點。這種轉變既然意味著政治主體性的重構，意味著青年的政治覺悟構成其將自身納入無產階級革命的歷史進程的首要條件，那麼，對於青年來說，「首先是學一個政治方向。」〔註28〕正是青年的政治方

〔註27〕毛澤東曾將自身作爲例子以證明這種轉變的可能:「我是個學生出身的人，在學校養成了一種學生習慣，在一大群肩不能挑手不能提的學生面前做一點勞動的事，比如自己挑行李吧，也覺得不像樣子。那時，我覺得世界上乾淨的人只有知識分子，工人農民總是比較髒的。知識分子的衣服，別人的我可以穿，以爲是乾淨的;工人農民的衣服，我就不願意穿，以爲是髒的。革命了，同工人農民和革命軍的戰士在一起了，我逐漸熟悉他們，他們也逐漸熟悉了我。這時，只是在這時，我才根本地改變了資產階級學校所教給我的那種資產階級和小資產階級的感情。這時，拿未曾改造的知識分子和工人農民比較，就覺得知識分子不乾淨了，最乾淨的還是工人農民，儘管他們手是黑的，腳上有牛屎，還是比資產階級和小資產階級知識分子都乾淨。這就叫做感情起了變化，由一個階級變到另一個階級。」毛澤東，〈在延安文藝座談會上的講話〉，《毛澤東選集（第三卷）》，頁 851。

〔註28〕毛澤東，〈在抗大應當學習什麼?〉，《毛澤東文集（第二卷）》，頁 116。

向，決定了青年的政治歸屬。這一點，一直是毛澤東看待青年的首要標準，
並貫穿於建國後的思考中：

> 在知識分子和青年學生中間，最近一個時期，思想政治工作減弱
> 了，出現了一些偏向。……現在需要加強思想政治工作。不論是知識
> 分子，還是青年學生，都應該努力學習。除了學習專業之外，在思想
> 上要有所進步，政治上也要有所進步，這就需要學習馬克思主義，學
> 習時事政治。沒有正確的政治觀點，就等於沒有靈魂。〔註29〕

然而，將青年學生與知識分子並列，同時暗示了一種此後會日益加深的隱憂：
青年學生由於與知識分子置身於同一種文化教育體制之中，容易被資產階級
知識分子所影響、所腐蝕，從而日益地疏離實踐、疏離工農群眾：

> 知識分子一開始就有追隨者，他們的思想是反馬克思主義的，
> 解放時，我們歡迎他們，甚至對曾與國民黨有過來往的知識分子也
> 表示歡迎，因為我們擁有的馬克思主義知識分子太少了。他們的影
> 響遠沒有消失，尤其是在年輕人中間。〔註30〕

在毛澤東那裏，文化教育乃是使得青年獲得、保持政治性的前提。「文化」乃
是一切革命的前提，文化的目的是塑造一種全新的政治主體。唯有「靈魂深
處鬧革命」才能塑造真正的革命政治。因此，「革命青年」既是政治性的，也
是從文化上完全被改造了的。革命的主體有賴於革命的文化教育的培育。由
此，毛澤東有理由擔心置身資產階級知識分子及其主宰的教育體制中的青年
學生，會喪失無產階級覺悟，從而喪失了「革命接班人」的資格：「教育青年
是個大問題。如果我們麻痺大意，自以為是，資產階級就會起來奪取政權，
資本主義復辟。」〔註31〕於是，青年學生時刻有「接受貧下中農再教育」的
必要，也時刻存在著打破現有教育體制，將青年學生解放出來的必要。

〔註29〕 毛澤東，〈關於正確處理人民內部矛盾的問題〉，《毛澤東文集（第七卷）》，頁226。
毛澤東甚至認為，政治方向還能決定學問的成就：「從古以來，發明家，創立學
派的，在開始時，都是年青的，學問比較少的，被人看不起的，被壓迫的。這些
發明家在後來才變成壯年、老年，變成有學問的人。這是不是一個普遍規律，不
能肯定，還要調查研究，但是可以說，多數是如此。為什麼？這是因為他們的方
向對。學問再多，方向不對，等於無用。」毛澤東，〈在八大二次會議上的講話〉，
《毛主席論教育革命》（北京：人民出版社，1967年），頁13。
〔註30〕 毛澤東，〈接見法國國務部長馬爾羅時的談話〉，轉引自約翰・布萊恩・斯塔
爾，《毛澤東的政治哲學》（北京：中國人民大學出版社，2006年），頁189。
〔註31〕 毛澤東，〈會見老撾愛國戰線黨文工團長、副團長和主要團員時的談話〉，《人
民日報》1964年9月4日。

　　然而，無論如何，毛澤東內心時刻潛藏著對青年的根深蒂固的信心，這種信心，部分地根源於晚清尤其是五四以來對青年的一貫想像：

　　　青年是整個社會力量中的一部分最積極最有生氣的力量。他們最肯學習，最少保守思想，在社會主義時代尤其是這樣。〔註32〕

　　　世界是你們的，也是我們的，但是歸根到底是你們的。你們青年人朝氣蓬勃，正在興旺時期，好像早晨八九點鐘的太陽。希望寄託在你們身上。〔註33〕

毛澤東對青年的表述，與梁啓超、陳獨秀並無本質差異，不過是將這種表述賦予不一樣的隱喻意義：「先鋒青年」就是最有生氣、最少保守、最有朝氣的先頭部隊。在這個意義上，「新」的便是「先鋒」的。然而，不僅僅是如此。因爲「先鋒」並不是主要用於形容「青年」，相反，在毛澤東那裏，「先鋒」首先修飾的是「無產階級政黨」：

　　　我們現在需要造就一大批爲民族解放而鬥爭到底的先鋒隊，要他們去領導群眾，組織群眾，來完成這歷史的任務。首先全國的廣大的先鋒隊要趕緊組織起來。我們共產黨是無產階級的先鋒隊，同時又是最徹底的民族解放的先鋒隊。我們要爲完成這一任務而苦戰到底。〔註34〕

這乃是典型的列寧主義的先鋒隊理論。在列寧看來，黨作爲先鋒隊，其首要的和最重要的意義乃是指黨的領導地位：「如果我們想做『先鋒隊』，就不僅能夠領導而且一定要領導」，這種領導地位，體現在「團結、教育和組織無產階級和全體勞動群眾」之上，這種領導至關重要，因爲，「只有這個先鋒隊才能抵制群眾中不可避免的小資產階級動搖性，抵制無產階級中不可避免的種種行業狹隘性或行業偏見的傳統和惡習的復發，並領導全體無產階級的一切聯合行動，也就是說在政治上領導無產階級，並且通過無產階級領導全體勞動群眾。不這樣，便不能實現無產階級專政」。〔註35〕毛澤東顯然很大程度受這種先鋒隊理論影響。理所當然，既然先鋒隊乃是領導革命的力量，青年顯

〔註32〕毛澤東，〈《中國農村的社會主義高潮》按語選〉，《毛澤東文集（第六卷）》，頁466。

〔註33〕毛澤東，〈在莫斯科大學會見中國留學生時的講話〉，《建國以來毛澤東文稿（第六冊）》（北京：中央文獻出版社，1992年），頁650。

〔註34〕毛澤東，〈論魯迅〉，《毛澤東文集（第二卷）》，頁42。

〔註35〕列寧，《列寧選集（第一卷）》，頁369，《列寧選集（第四卷）》，頁474。

然並不能承擔這一重任。因而，作爲「革命先鋒」的青年，只是意味著某種特定政治形勢中的「先進性」，卻並不能分享「先鋒」所意味的領導權。

不過，這兩種先鋒的並列仍然意味深長。在關於「青年」的表述上，「先鋒」一詞將青年的啓蒙與被啓蒙的角色曖昧地融合在一起：作爲先行者，青年是啓蒙者，作爲先鋒隊，青年只是主力軍的一個「方面軍」。有趣的是，這種曖昧的認識也附著於共產黨作爲無產階級先鋒隊的意義之上：一方面，共產黨既是無產階級的先行者，也是領導力量；另一方面，作爲先鋒隊的共產黨又只是無產階級的附庸：黨的全部的先鋒性來自於無產階級，來自於人民。簡言之，共產黨作爲先鋒隊既是列寧主義的，也是毛澤東主義的。這正如莫里斯・邁斯納（Maurice Meissner）所言，「毛澤東始終不曾有過如此堅定的列寧主義信念，即認爲黨是一貫革命的，在思想上也是一貫正確的。一方面，他把黨看成是『無產階級意識』的發源地，另一方面，他同樣堅定地認爲，革命創造的眞正源泉是在群眾，尤其是在農民。對於毛澤東來說，黨既是群眾的『先生』，但更是群眾的『學生』。」〔註36〕

不但如此，青年作爲先鋒隊與共產黨作爲先鋒隊，其中的關聯並非是類比性的。而毛澤東一定程度已經提示了青年與共產黨的關係：

> 在北京參加五四運動的青年，是眞正的模範青年，……這些青年是革命的先鋒隊……那時候的革命青年，後來有不少成爲共產黨員。中國的青年運動有很好的革命傳統，這個傳統就是「永久奮鬥」。我們共產黨是繼承這個傳統的，現在傳下來了，以後更要繼續傳下去。〔註37〕

彷彿，青年的朝氣、永久奮鬥、最少保守思想、所承載的未來的希望，言說的也恰恰是共產黨。這種關聯所體現的，既是文學的想像力，也是理論的想像力，更是政治的想像力。但這絕不僅僅只是隱喻，只是想像。這種關聯的現實可能性無時不在。對於毛澤東來說，想像的，便是客觀可能的。作爲一個「唯意志論者」，〔註38〕毛澤東是在現實地想像這種關聯，並試圖創生這種關聯。的確，可以看到，青年與共產黨可以現實地代表兩種革命的力量，如

〔註36〕莫里斯・邁斯納，《毛澤東的中國及後毛澤東的中國》（成都：四川人民出版社，1990年），頁367。

〔註37〕毛澤東，〈永久奮鬥〉，《毛澤東文集（第二卷）》，頁190。

〔註38〕「毛澤東早期的（並爲他一直堅持的）思想傾向是一種深刻的唯意志主義信念，即歷史（以及發動革命）的決定因素是人的意識（觀念、意志）和人的行動。」莫里斯・邁斯納，《毛澤東的中國及後毛澤東的中國》，頁56。

果黨是革命性的，保持先鋒性的，那麼青年便會融入、消失在黨的光輝之中，並將青年的特性與傳統納入黨的機體，從而，真正的先鋒乃是共產黨，青年反而應該接受黨的政治教育，以防止「革命的接班人」被「腐蝕」；然而，一旦黨不再先鋒，不再革命，青年便又自然地疏離於黨，區隔於黨，對立於黨，成為革命的主體。這就是「文化大革命」的現實：以先鋒青年對抗曾經先鋒的黨。青年曾經因為不夠先鋒，而必須接受黨的改造，而今，青年因為足夠先鋒，從而承擔了改造黨的重任。

不僅如此，「青年」成為突破黨──國體制的批判性力量，成為再造革命的能動性力量，也不能脫離晚清尤其是五四以來的歷史；正是這一歷史，證明或建構了「青年」引領革命的巨大潛能。因而，與其說毛澤東是通過將列寧主義的「先鋒隊」話語從政黨的話語體系中挪用來形容中國的革命青年，不如說是將「青年」的傳統想像賦予年輕的無產階級政黨，後者藉此得以汲取革命的合法性。毛澤東有意識地發動「紅衛兵」「繼續革命」並非偶然，其秘密原本潛藏在毛澤東將「先鋒隊」理論與「新青年」傳統的結合之中。

然而，伴隨著「青年」不斷被政治化和「文化大革命」的失敗，「青年」從此開啟了自我放逐和自我耗散的歷史。毛澤東時代的「知識青年」和「紅衛兵」諷刺性地蛻變為「垮掉的一代」：

> 1967 年下半年，當北京的毛澤東主義領導人決定結束城市的文化大革命並解散紅衛兵時，毛澤東敦促城市的知識青年「到農村去，接受貧下中農再教育」。……從 1967 年～1976 年，約有 1700 萬城市青年被送到農村去生活。這一運動最初或許還促進過上山下鄉的革命理想主義，但它很快就讓位於反抗情緒和政治上的玩世不恭。由於被剝奪了接受高等教育和在城市就業的機會並被迫忍受農村生活的意想不到的艱難困苦，上山下鄉的知識青年最終把自己視為「垮掉的一代」。這就是那些最早響應毛主席「敢於造反」號召的絕大多數青年人的命運。〔註39〕

───────────

〔註39〕莫里斯‧邁斯納，《毛澤東的中國及後毛澤東的中國》，頁484。作為一個「被侮辱與被傷害的」青年，處於毛澤東時代的張中曉悲憤地寫道：「具有正義感但又過於輕信，存心進步但又沒見過世面，不知人間利害，沒有人生經驗的少男少女們，多麼容易受魔鬼的欺騙，被假先知所誘引，成為烤祭的牲畜。這就是人世間層出不窮的犧牲的根源。」張中曉，《無夢樓隨筆》（上海：上海遠東出版社，2004 年），頁 77。

三、平庸的「青年」：「大轉型」與當代青年的危機

　　並不是所有從「文革」走向「新時期」的青年都會「垮掉」，而是再次崛起：文革中的民間思潮，1976 年「四五運動」及此後的民主運動，尤爲重要的是 1980 年代的新啓蒙運動，以及這場運動的休止符，1989 年「六四」事件的悲劇。從青年傳統的視野來看，1980 年代以甘陽、劉小楓爲代表的「文化：中國與世界」編委會，類似於傅斯年、羅家倫爲首的《新潮》群體，而「六四」便是「五四」的隔世回響。這樣看來，「文革」只是開啓了耗散「青年」的政治能量的歷史，卻並沒有終結這一青年傳統，陳獨秀、毛澤東所想像、呼喚、影響、創生的青年傳統，並沒有隨著革命的合法性危機而煙消雲散。事實的確是，青年傳統已經成爲青年自我認同的最爲重要的部分，甚至被表述爲現代中國（新民主主義）革命的源頭。

　　在陳獨秀與毛澤東那裏，「青年」始終被置於文化——政治的視野中看待，並在這一視野中被賦予意義。在這一視野中，「青年」不斷地被分離與組合：曾經與「國民」分離出來，又融入「國民」；繼而又從「無產階級」中分離出來，結果又回到「無產階級」的懷抱；最後與黨融合，之後又與黨分離。這種不斷的分離與融合，意味著「青年」內在於政治的變動之中，根據政治目標和政治形勢的變動而獲得不同的位置；「青年」並不單獨獲得自身的內在性，而總是根據外在的政治圖景，確定自身的位置。「青年」，乃是一個政治概念。青年首先激發國民（人民）的革命性，而革命性的激發將青年融入國民（人民），當國民（人民）不再能夠承載政治的革命性，革命領袖又往往矚目於青年，從而青年再次被區隔出來，被視爲革命主體。〔註 40〕伴隨著這一分離與組合的政治變動的，也是文化意識的變動。「新青年」分離出「新民」，乃是基於一種新的「文化自覺」：梁啓超的「新民」仍然理所當然地預設了傳統因素的合理性（「淬厲其所本有而新之」），傳統仍然是「新民」的構成部分，而陳獨秀的「新青年」則致力於將其道德基礎完全奠基於新文化之上。伴隨

〔註40〕不獨陳獨秀、毛澤東，孫中山也是如此把握「青年」：「東京中國同盟會的組成，……是『當時有革命覺悟的新知識群所主動爭取的結果』。並且，這個知識青年的革命運動予革命領袖和先行者孫中山以很大的衝擊。孫中山對革命力量的注意力由會黨轉而向知識青年也就是此種衝擊的結果。這正如五四運動對孫中山的革命思想和革命事業有過不小影響。能明銳的把握新形勢，能努力的爭取新興的進步力量，能不斷提高自己的思想認識，正是孫中山作爲革命領袖過人之處」。陳萬雄，《新文化運動前的陳獨秀》，頁 33～34。

著「新青年」向「革命青年」轉變的，同樣也是一種新的「文化自覺」：毛澤東的「革命青年」既繼承了「新青年」的文化意識，又不斷地謀求改造、收編「新文化」，以創造「中國作風、中國氣派」的、以工農大眾爲主體的社會主義文化。

　　林毓生曾指出，陳獨秀的時代與毛澤東時代均分享一種從中國傳統繼承而來的整體性思維模式：「借思想、文化以解決問題的方法」（the cultural-intellectualistic approach），正是這一思維模式，在五四時代演變成「唯知論的整體性思維模式（intellectualistic-holistic mode of thinking），這種模式視中國傳統社會和文化爲一有機整體，其形式和本質都受基本思想觀念的影響。」〔註41〕從而，五四一代對傳統的批判轉變成整體性地反傳統。這種思想模式及其衍生的全盤反傳統主義，從五四新文化運動延續至「文化大革命」。〔註42〕按照這樣的理路，「新青年」或者「革命青年」也是這一思維模式的產物之一：「新青年」、「革命青年」正意味著，首先從青年入手，以思想改造和文化覺悟爲條件，政治問題才能「根本」解決，思想革命、文化革命與政治革命由此一體貫通。然而，問題的一面是，這種理論能夠解釋「新」（啓蒙）的意識形態、「革命」意識形態於政治的思想文化意義，卻難以充分地解釋爲何是特定的「青年」承受這一思想文化覺悟？儘管經由思想、文化的路徑能夠通達政治，政治行動卻不能由前者充足地解釋，正如上文所一再強調的，在變動的歷史形勢中進行能動的政治判斷，不但有力地影響著思想、文化路徑的走向，也部分地決定這一路徑的有效性。還必需從政治的視野出發，「青年」才能夠在特定的歷史時刻登上舞臺中心，被賦予「再造文明」與「不斷革命」的重任。

　　問題的另一面是，正如林毓生所論證的，「借思想、文化以解決問題」的思維方式受中國傳統所影響，正是中國傳統所遺傳的這種整體性的、唯知論的思維模式，有力地形塑了晚清與五四兩代知識分子的思考方式，並延續至毛澤東時代。於是歷史上演一幕反諷劇：走向現代的歷程被前現代的遊魂所迷惑而走向歧途，全盤性反傳統因來自於傳統而導致傳統自掘墳墓。似乎，這種思維模式具有某種根深蒂固的反現代性。然而，這種將思想、文化視爲

〔註41〕Lin Yü-sheng: *The Crisis of Chinese Consciousness*（Wisconsin :University of Wisconsin Press, 1979），p.29。
〔註42〕Ibid., pp.4～6, pp.156～159.

整體之根本的思維模式，理論上是否只會催生全盤性反傳統的惡果？事實上，這種思維模式的確致力於建構一種文化——政治的辯證視野，這種辯證視野在一個更爲廣闊的視野中看待政治，並將文化視爲能動性的力量，這種辯證視野在一個合理化的現代社會，恰恰能夠成爲抵抗分科化的知識生產、分工化的官僚政治的批判性視野，這種辯證視野蘊含著突破「理性的牢籠」可能。因而，假如這種文化——政治的辯證視野的確如林毓生所言，是來自中國傳統的遺產，這恰恰值得慶幸，因爲正是這種根植於中國傳統的文化——政治辯證視野，提示了突破現代性的可能。

正是「借思想、文化的路徑」以解決政治問題的方式，反而成爲創生新的文化主體性與政治主體性的有利條件。它意味著一種辯證的視野，一種既內在又超越的視野：既矚目於現時的政治變動，又眺望長久的文化更新。文化——政治的辯證視野顯示了文化與政治之間的密切聯繫，顯示了文化（思想）對於作爲解決根本問題的關鍵性地位；然而，政治仍然不能化約爲文化的衍生物。政治與文化始終保持結構性張力。因爲，恰恰是政治，決定了文化呈現自身的方式：文化覺悟的程度、文化特殊性的呈現方式等等。這種政治視野致力於在變動的歷史、社會關係中進行能動的敵友劃分。因而，文化——政治視野下的「青年」，首先是文化主體，其次也是政治主體，而二者並不歸於簡單的同一。「青年」的文化維度意味著文化（思想）的能動性，它意味著思想改造、文化覺悟對於主體的內在身份認同與外在歷史行動的不可或缺。而「青年」的政治維度意味著政治能動性，這種政治能動性將主體置於變動的歷史、社會關係中，在變動而連貫的歷史目標與變動而相容的價值理念的指引下，進行能動的敵友劃分。這兩種維度既分離又合一。正是這種文化——政治維度所建構的「青年」，成爲行動的、革命的歷史主體，其文化主體性與政治主體性不斷地謀求自身從結構化的位置中不斷地游離、掙脫、解放出來，能動地展開批判行動。

然而，1980 年代及「六四」事件，的確可能是青年傳統最後一次在歷史的前臺現身。伴隨著歷史的「終結」，「青年」被逐出歷史。這種終結與放逐，乃是整個社會「大轉型」的後果。的確，1989 年的「六四」事件、1991 年的蘇聯解體和 1992 年開始的市場經濟體制全面改革，確立了一個全新的時代，一個「去政治化」、「去革命化」的時代，一個「全面深刻向右轉」的時代，

一個以「階級鬥爭爲綱」轉向「以經濟建設爲中心」的時代。〔註 43〕這種轉型是總體性的轉變，它關涉到整個社會的組織方式和歷史目標的轉變，這是一次「大轉型」。然而，這一「大轉型」卻似乎處於失序狀態：社會主義乃至共產主義，作爲原有的歷史目標，作爲一個從文化——政治的辯證視野中所構想的遠景，從歷史進程中「脫嵌」，新的歷史目標卻無力「嵌入」，「以經濟建設爲中心」並不是一個歷史目標，「四個現代化」也不是一個必然值得追求的遠景。從而社會的總體組織方式也無力依據這一新的歷史目標得到調整並穩定下來。我們能夠清楚地觀察到「脫嵌」的過程，但「嵌入」的過程卻始終撲朔迷離。與其說新的時代在「嵌入」某種特定的歷史目標，不如說，只有在不斷地「脫嵌」的過程中，我們才能追索到這一「大轉型」的歷史軌跡。「大轉型」呈現於而且僅僅呈現於「脫嵌」的歷史進程中。〔註 44〕這是今天仍然不斷追問「中國向何處去」的緣由，也是當代社會引發認同危機的根源，也就是當代青年認同危機的根源。

伴隨著這種總體性的「脫嵌」的，是 20 世紀以來的文化——政治傳統的消逝，其中包括「青年」傳統。「青年」傳統的消逝與其賴以建構和自我建構的文化——政治的辯證視野的萎縮，是同一個歷史過程。「青年」傳統因而不斷被壓抑、抽離，喪失了建構當代青年的身份認同的能力。當然，這一歷史過程還存在更爲具體的歷史條件的支撐。

〔註43〕 汪暉認爲，1980 年代是整個「短 20 世紀」即「革命世紀」（1911～1989）的尾聲，此後開啓了一個名之爲「90 年代」的新的歷史階段，它是「以革命世紀的終結爲前提展開的新的戲劇，經濟、政治、文化以致軍事的含義在這個時代發生了根本性的轉變」，其基本特徵爲「市場時代的形成以及由此產生的複雜巨變」與「20 世紀形成的價值系統和歷史觀的深刻危機」。參見汪暉，《去政治化的政治：短 20 世紀的終結與 90 年代》（北京：三聯書店，2008 年），序言。而在王曉明看來，1990 年代以來的新時代，是中國現代性歷史進程的第三段，其最大特徵是，「社會如此全面深刻地向右轉，在中國的現代歷史上是第一次」。參見王曉明、周展安編，《中國現代思想文選（上）》（上海：上海書店出版社，2013 年），序言。

〔註44〕 「大轉型」（Great Transformation）、「嵌入」（Embeddedness）、「脫嵌」（Disembedding）都是卡爾‧波蘭尼（Karl Polanyi）所創造的概念，有其特定的含義，簡單說，「大轉型」指的是市場不斷從社會關係中「脫嵌」、甚至謀求將社會關係「嵌入」經濟體系的時代劇變。由於 1990 年代中國大陸的新自由主義意識形態一定意義上所謀求的就是這樣一種「大轉型」，因而此處對這些概念的挪用也隱含著借用卡爾‧波蘭尼的洞察。參見卡爾‧波蘭尼，《大轉型：我們時代的政治與經濟起源》（杭州：浙江人民出版社，2007 年）。

　　首先是 1989 年「六四」事件的後果。對於政治威權來說，「六四」事件的教訓之一，便是對大學、對青年疏於警惕和管制，因此，「要求高等學校的領導今後要旗幟鮮明地反對資產階級自由化，要理直氣壯地堅持四項基本原則，對青年學生加強思想政治教育。」〔註45〕「政治方向」對於青年來說仍然至為重要，而學校教育曾經堅持了錯誤的教育方向：「不是把堅定正確的政治方向放在第一位，而是智育高於一切。」因此，「六四」事件之後的教育必須用「馬列主義毛澤東思想教育青年學生，培養社會主義事業的接班人。」〔註46〕同樣的意識形態語詞，但政治性如今不再意味著抵抗、批判、革命，而是意味著認同國家權威；「政治方向」同樣也剝離了自我改造的批判性，喪失了重塑政治主體性的潛能，成為確保政治結構得以穩定運轉的、外在的強制性要求。

　　其次，某種形式的自由主義的盛行。在「告別革命」的當代，這種自由主義開始認為，文化的根本覺悟導致的政治變革乃是緩慢和漸進的，並非一蹴而就，基於此，文化的根本覺悟轉化為政治的根本覺悟並造成政治的變革乃是「自生自發」的過程，並不需要某種特定的革命動力作為中介，作為中介的，應該是整個「市民社會」（Civil Society），而不是某一特殊的革命群體。正是「市民」（Citizen），替換「青年」而出場。無論是黑格爾（Hegel）、馬克思（Marx）意義上的「市民社會」，還是哈貝馬斯（Jürgen Habermas）意義上的「市民社會」，都是一片生產、消費和勞動的私人領域。在這裡，典型的主體是家長，是商人，簡言之，中產階級中年人。在這裡，典型的理想是「自我調節」和「消除統治」，〔註47〕這種建基於市場經濟領域的自由主義文化和理想，在 1990 年代以來被普遍接受，並引發當代知識分子的持續討論，例如 1992 年左右開始的「市民社會討論」和1998 年左右開始的「自由主義」。〔註48〕可以說，如果有當代的陳獨秀，那麼他們所矚目的，早已不是「青年」，而是「中年人」，早已不是從文化——政治的辯證視野出發，而是從經濟——

〔註45〕江澤民、李鵬、李瑞環等，〈對青年學生加強思想政治教育工作〉，《人民日報》1989 年 7 月 15 日。
〔註46〕李鐵映等，〈教育必須為社會主義服務〉，《人民日報》1989 年 7 月 16 日。
〔註47〕尤爾根‧哈貝馬斯，《公共領域的結構轉型》（上海：學林出版社，1999 年），頁 89 及以下。
〔註48〕許紀霖、羅崗等著，《啓蒙的自我瓦解：1990 年代以來中國思想文化界重大論爭研究》（長春：吉林出版集團有限責任公司，2007 年）。

政治的二元論視野出發，早已不是要求當代青年成爲「新青年」和無產階級的「先鋒隊」，而是「市民社會」的中產階級。

最後，體制性力量的增長與穩定。這種體制性力量的兩種重要形式是分科化的學校教育與分工化的官僚體制。在學院化的知識分科體制中，知識生產不再激發文化覺悟，從而也無法轉化出政治能動性；不僅如此，教育的分科化、體制化與整個黨國體制的技術化、官僚化不可分離：前者既是後者的一部分，也是後者的表徵。合理化的知識生產通過將自身轉化爲社會合理化運作的一部分，成功地抽空了青年傳統得以滋養的社會條件，使得青年喪失了文化──政治的覺悟，不得不順應合理化的社會結構，參與這一結構的生產和再生產。

陳獨秀、尤其是毛澤東所想像、呼喚、尋覓、影響的青年傳統，飽經革命的風雨，並在毛澤東時代因過度政治化而「單面化」，這種「單面化」反而耗盡了青年傳統自身的文化──政治能量，並最終導致當代青年的普遍迷茫，1980 年代的「潘曉事件」〔註49〕的轟動效應可爲一證。然而，「大轉型」開始之後，青年傳統卻不但面臨著「單面化」，也面臨著「平庸化」的危機。「單面化」與「平庸化」成爲青年傳統在當代的症候。一方面，青年傳統正在喪失其文化──政治維度，從而整個社會對青年的想像、引導與形塑，以及青年的自我認同和主體行動，統統成爲純粹的社會──經濟問題。那種將青年納入歷史中的文化──政治視野萎縮了，青年不再能夠看到自身與歷史的總體聯繫。青年傳統的消逝，是「平庸的青年」普遍存在的前提之一。另一方面，隨著青年問題被放置在社會──經濟的維度中理解，青年也被僅僅想像和自我想像爲社會──經濟結構中的一部分，服從社會──經濟的制度性安排，並且日益地被迫或主動地壓抑自身的文化──政治意識，最終只能在消費文化和技術統治中建構「去政治化」的青年傳統，青年的所謂「新」、「先鋒」，僅僅只能、而且被鼓勵在消費文化中獲得自我表達，從而將這種「新」、「先鋒」扭轉爲消費動力，有效地刺激商品的生產與再生產。革命性力量仍然是革命性力量，並以革命性的熱情無限地推動過度生產、過度消費與過度再生

〔註49〕 1980 年 5 月，《中國青年》雜誌刊登一封署名「潘曉」的編輯來信（青年女工黃曉菊和大學生潘禕的合稱），袒露青年對人生意義的追尋、信守、失落的精神歷程，最後提出「主觀爲自己，客觀爲別人」的倫理命題，隨即引發一場全國範圍內的「潘曉討論」。這個事件被稱之爲「整整一代中國青年的思想初戀。」參見彭波主編，《潘曉討論：一代中國青年的思想初戀》（天津：南開大學出版社，2000 年）。

產，青年傳統由此被收編爲經濟循環的動力。當代的「新青年」與「先鋒青年」存在於、且僅僅存在於經濟領域中，他們從文化——政治領域轉移，在市場中成爲消費「先鋒隊」與「主力軍」。這是另一種「單面化」的青年傳統。

青年傳統的消逝也體現在當代知識界的理論言說中。今天，由於喪失了現代中國的文化——政治傳統及其生發的辯證視野，當代知識界也由此喪失了想像、呼喚、影響青年的能力，他們與知識青年的關係完全依靠體制性的力量，依靠市場機制的流通渠道，依靠學院的知識生產體制。當代知識分子完全遠離了陳獨秀、毛澤東所主動建構的知識分子與青年學生的文化——政治聯繫，他們不再聚焦於青年，甚至並不主要呼籲青年的聆聽，而是訴求於知識共同體與市民社會。知識青年成爲被動的客體，被市場的力量所支配，走向了平庸。青年問題已經不在當代思想的論域之中。

由陳獨秀、毛澤東想像和形塑的青年傳統，總是追求對一個新世界的想像，同時也意味著對新的革命性力量的界定、呼喚、發現與創生。「青年」既象徵一個新世界，也代表一種達致新世界的革命性力量。這兩個層面互相聯繫缺一不可，正是二者，構成了變革現實的可能性。「青年」的平庸則意味著這兩者的消逝，意味著這種想像力的消逝，意味著革命性力量的消逝。「青年」的平庸也許並不必然意味著批判性的喪失，卻意味著，「青年」固化爲社會中合理化的結構性存在，並且僅僅爲這一結構性存在的持存而展開批判，批判所指向的是這一結構性存在的局部缺失，但卻無力構想新的結構和新的存在方式。「青年」的社會學化、經濟學化，是青年的結構化、溫馴化的象徵。

當夢寐以求的現代性牢籠建立之後，當技術統治的權威無可動搖之後，當文化——政治的辯證視野伴隨著市場社會的降臨、政治威權的持續壓抑、革命傳統的不斷消逝、分科化與分工化的社會進程的一往無前，而逐漸被視爲前現代的遺留而遭摒棄之後，如何去想像、呼喚、尋找、創生新的革命性力量？這並不就意味著要再次革命，而是說，在當代的歷史條件下，如何生成抵抗新的壓制、固化、不平等的動力？什麼又是內在於體制之中的批判性力量？就此而言，「青年」的平庸並非是青年傳統簡單地消逝的問題，它首先意味著知識分子批判性的消散；它也是文化——政治意識轉向的問題，它意味著整個社會的結構化與技術化；它還是整個革命傳統、古典傳統消逝的問題，正是這些傳統的消逝，無力再支撐青年傳統的再生。當代青年的危機，乃是當代社會的總體危機的核心表徵。平庸的遠不止「青年」。

郭沫若與古詩今譯的革命系譜

王　璞

（美國布蘭代斯大學）

一、「今譯」之爲問題

　　1923 年，當時作爲新詩人和創造社主將的郭沫若（1892～1978）出版了《卷耳集》，其中收錄對《詩經》中四十首作品的今譯。這一「小小的躍試」其實並不「小」，它強調「離經叛道」，以「直觀」的再創造，來重寫國風中的愛情詩和抒情傳統〔註1〕，甚至引起了一場「卷耳討論」〔註2〕。古典文學今譯的崛起至少呼應了新文化運動的兩大命題：其一，作爲一種現代性的文學體制的白話文及其合法性的建構；其二，新文化對於中國漫長而強大的古代遺產的重新估價。換言之，用白話文翻譯古書，作爲「使難解的古書普及」〔註3〕的方法，是「五四」的文學意識和歷史意識的邏輯延伸。如果說在這方面《卷耳集》成爲了一次在大膽程度上較難被超越的初期嘗試，那麼，郭的〈古書今譯的問題〉（1924 年）則是關於今譯問題的一座理論性界碑。「今譯」這一概念當然並非郭首創，「五四」時期也絕不止他一人在使用。比如，很有意味的是，周作人早在 1918 年就發表了〈古詩今譯 Apologia〉爲古今之間的轉譯辯護，而且那還正好是周作人發表的第一篇白話文。不過，周作人所談的「今譯」是指他自己對古希臘詩文的白話翻譯〔註4〕。又如，顧頡剛於 1925

〔註1〕　參郭沫若，〈序〉，《卷耳集》（上海：泰東書局，1923 年），2 頁。

〔註2〕　關於《卷耳集》引起的論爭，詳後。

〔註3〕　郭沫若，〈古書今譯的問題〉，《創造週報》37 期（1924 年），7 頁。

〔註4〕　周作人，〈古詩今譯 Apologia〉，收於鍾叔河編訂，《周作人散文全集》第二卷（桂林：廣西師範大學出版社，2009 年），12～13 頁。

年發表了〈尚書盤庚中篇今譯〉，在他那裏，「今譯」的使命是打破「古書的神秘」〔註5〕，不過由此強烈表現出來的啓蒙史學旨趣並不直接牽涉文學性的問題。而郭的文章，配合著他的《詩經》翻譯，不僅強調了把古典文學遺產從「古物崇拜」中解放出來的「古書今譯的必要」，更進一步提出了「古詩的能譯與否」這一關於文學可譯性的設問〔註6〕。在界定和彰顯「今譯一法」時，郭還用了「新化 Modernise 的精神」〔註7〕這樣一個跨語際的表達。在本文中，我突出「今譯」概念，恰是因爲「新化 Modernise」一語在中國古典詩歌的白話譯中把新舊之辯、今古之爭的問題性明確下來了：古典可以「新化」嗎？詩又如何「現代」？「古」的文學何以譯解爲「今」的精神？事實上，從「五四」以來，對古典文本的「今譯」在文化遺產的現代闡釋中構成了一種特殊的實踐，然而卻很少得到批判性的關注。本文試圖通過回溯、梳理和分析郭的古詩白話譯，把「今譯」作爲一個文學翻譯、知識生產和文化政治的問題提出來。

　　到了 1953 年，早已成爲革命文化班頭的郭沫若，借著世界和平大會列屈原爲世界文化名人的機會，又完成了《屈原賦今譯》。這次譯解力圖結合文學性和學術性，總結了他長期以來對屈原的演繹。耐人尋味的是，它還爲詩歌翻譯的反思提供了契機。郭對自己長期翻譯實踐的理論提煉，恰恰隱藏在古詩今譯的表述中。從 1923 年到 1953 年，郭的兩次今譯結集恰好對接了中國抒情傳統的兩大起源──《詩經》和《楚辭》。然而這其實遠非郭今譯實踐的全部。他的古詩白話譯還大量彌漫在他的歷史著作之中。在他的馬克思主義史學中，從二十年代末的〈詩書時代的社會變革與其思想上之反映〉（1928 年作）到四十年代的〈從周代農事詩論到周代社會〉（1944 年作），對《詩經》中農事詩的全譯，成爲了「西周奴隸社會」論的關鍵展開方式。甚至《屈原賦今譯》也不是故事的終點：1971 年末齣版的《李白與杜甫》是文革時期少有的學術著作，也是當時已到耄耋之年的「郭老」的最後一部學術專著。在這一極具爭議性的作品中，爲了完成對杜甫的階級分析，剝奪杜甫作爲「人民詩人」的地位，他又系統今譯了包括「三吏三別」在內的杜詩名篇。今譯由此轉化成了左翼歷史編撰、「翻案」和論證中一個文學修辭策略。

〔註 5〕顧頡剛，〈尚書盤庚中篇今譯〉，《顧頡剛全集》第九卷（北京：中華書局，2010年），7 頁。
〔註 6〕郭沫若，〈古書今譯的問題〉，8 頁。
〔註 7〕同上，7 頁。

可見，古詩今譯在郭沫若的文化實踐中構成了一個潛在譜系。不過，這也是一個被忽視的譜系。文學研究者也知道郭對今譯的倡導和踐行，但會覺得那是郭的古典學問的一部分；歷史學者會注意郭對古代文本的闡釋，但至多認爲今譯增加了文史論述的可讀性和感染力。當今，翻譯研究可謂方興未艾，在中國現代文學和文化的論域，人們當然首先關注的是跨語際實踐，而今譯或許只是作爲一個文化普及的話題而邊緣性地存在著。至於從翻譯理論上來說，今譯會讓人聯想到雅克布森對「語內（intralingual）翻譯」的定義。可是對今譯背後的文學和闡釋學內涵的無視，有時恰恰是由於我們將它假設爲「同一語言內部」的「重新措辭」〔註8〕。對此，本文提出，今譯作爲一個遭到多方忽略的現象，其實構成了一個富有挑戰性的視角，可以引導我們去重新審視許多二十世紀中國的許多重大而難解的文化政治問題。不應忘記，古典文學語言及其形式感，和作爲現代意識的文學媒介的白話文，雖處在同一語言的發展內部，但在很多方面都具有差異，二者所代表的表意和審美空間不盡相同，所隱含的文學或文化意識形態往往互相構成張力。一首古詩翻譯爲白話所經歷的變形有時並不遜於它的跨語際翻譯。同時，橫亙在一首古詩和它的白話譯之間的，還有綿長的文本闡釋傳統，本身也構成「語內」的不斷意義生產、更新和譯解。在郭的今譯中，語言的變形達到了某種極端，而且往往包含著對舊有解釋的創造性發揮和顛覆性改寫。

更重要的是，郭的古詩今譯，從「五四」一直延續到「文革」，也正對應了乃至內在於中國的革命世紀。這一個案和其他對中國古典的重新發明一道，尖銳而富於戲劇性地表徵了在激進主義背景下歷史意識的爭議性。中國革命是一場不間斷的漫長的文化革命。革命在面對古代時，究竟代表了啓蒙史觀、反歷史主義、還是富於創造力的虛無主義？「古爲今用」到底隱藏著怎樣的一種轉碼機制？質言之，今譯絕不僅僅是一種知識性轉寫或傳輸；具體到郭的個案，它更意圖著文學革命、史學革命和文化革命的闡釋行動，在古今之爭的震中劃出了一個介入性空間。通過梳理其中語言的、修辭的和知識的政治，本文試圖將今譯問題還原爲闡釋主體性的建構和解構。

〔註 8〕Roman Jakobson,「On Linguistic Aspects of Translation,」in Lawrence Venuti ed., *The Translation Studies Reader*（Third Edition, London: Routledge, 2012）, p. 127.

二、《卷耳集》：抒情翻譯和抒情史觀

　　郭早期對《詩經》的今譯需要置於「五四」時期新詩白話語言和抒情主義的創制之中來加以理解。白話、有韻、「離經叛道」〔註9〕：這可以說是《卷耳集》今譯的特點。郭自稱「對於各詩的解釋，是很大膽的」〔註10〕。究竟如何大膽，讓我們來讀開篇第一首〈卷耳〉：

　　　　　一片碧綠的平原，

　　　　　原中有卷耳蔓草開著白色的花。

　　　　　有位青年婦人左邊肘上掛著一隻淺淺的提籃，

　　　　　她時時弓下背去摘取卷耳，

　　　　　又時時昂起頭來凝視著遠方的山丘。〔註11〕

這幾行對應了「詩三百」第三首〈周南・卷耳〉首句：「采采卷耳，不盈頃筐」〔註12〕。《詩經》中典型的四言詩句，被鋪陳成了白話自由詩，其中第三行有十九字之長。更進一步說，原詩以「采采卷耳」起興，而「興」這種古典修辭，在郭的現代改寫中完全消失了。取而代之的，是一種描述性的詩歌語言和對風景的發明。並且，通過第三人稱女性主人公的設定，郭的譯本營造了一種不妨說是相當歐化的抒情（甚或耽美和感傷的）氛圍。由此開始，郭演繹出了非常細緻、沒有留白的愛情鋪陳，乃至這一今譯在初版本中共有七頁之長，自然已經超出了和原作的簡單對應關係。一首古代國風轉化爲了優美的新詩，其抒情語言完全不遜色於郭同期詩歌創作的水平。

　　這其中最關鍵的是，郭把原詩中後面幾章的內容都歸入了女性主人公的內心活動。她在卷耳的葉和花上，看到了「愛人的英姿」，也看到了「愛人」在困頓遠行中的「愁慘的面容」，這「青年婦人」就長歎息而沒心思採卷耳草了〔註13〕。從第二節起，一連數節都以「她想，她的愛人……」開頭，女主人公幻想著「愛人」的旅程和相思。也就是說，全詩變成了一個抒情人物的豐富的內心戲劇。最後郭又添了原詩中所沒有的一節作爲結尾，回到內心世界和風景的互動之中：

〔註 9〕 郭沫若，《卷耳集》，2 頁。

〔註10〕 同上，3 頁。

〔註11〕 郭沫若，《卷耳集》，1 頁。

〔註12〕 程俊英、蔣見元，《詩經注析》（北京：中華書局，1999 年），9 頁。

〔註13〕 郭沫若，《卷耳集》，2、3 頁。

> 婦人坐在草茵上儘管這麼凝想，
>
> 旅途中的一山一谷
>
> 便是她心坎中的一波一瀾。
>
> 卷耳草開著白色的花，
>
> 她淺淺的籃兒永沒有採滿的時候。〔註14〕

正是這轉向心理描寫的今譯視角，引發了一場不大不小的「卷耳討論」，後來曹聚仁還蒐集成了一冊《卷耳討論集》，小書就以原詩和郭的今譯開篇。〈周南‧卷耳〉一詩的難點無他，就在第一章和後面三章的關係上，讓我們回過頭來讀一讀原作：

> 采采卷耳，不盈頃筐。嗟我懷人，置彼周行。
>
> 陟彼崔嵬，我馬虺隤。我姑酌彼金罍，維以不永懷。
>
> 陟彼高岡，我馬玄黃。我姑酌彼兕觥，維以不永傷。
>
> 陟彼砠矣，我馬瘏矣，我僕痡矣，云何吁矣。〔註15〕

當時俞平伯在〈葺芷繚衡室讀詩雜記〉中也專談〈卷耳〉，因為他認為：「此篇大意頗晦，故論議紛糾」〔註16〕。不論取古代名家哪一說，首章通，則二章一下不通。首章和後三章是否是一人一事，抑或分寫兩人？其中又是否有直敘、託言之別？ 俞平伯提出兩種替代方案。甲說是：「我們可以說此詩是思婦所作，首章自敘其情懷光景，二章以下則懸揣征人之苦役而曲曲描繪之」；乙說：「此詩作為民間戀歌讀，首章寫思婦，二至四章寫征夫，均繫直寫」〔註17〕。

這兩種說法，在今天對《卷耳》的解釋中也是最常見的。乙說類似於對唱，周振甫引錢鍾書「花開兩朵，各表一枝」的看法，也按「均繫直寫」的方式來白話翻譯〔註18〕，英語世界中亞瑟‧威利和龐德的譯本也一樣，而且龐德還設置出「He」、「She」兩角色，加重了戲劇感〔註19〕。而郭的今譯顯然

〔註14〕 同上，6～7頁。

〔註15〕 《詩經注析》，9～11頁。

〔註16〕 俞平伯，〈葺芷繚衡室讀詩雜記——周南卷耳〉，收於曹聚仁編，《卷耳討論集》（上海：梁溪圖書館，1925年），第7頁。

〔註17〕 同上，11頁。

〔註18〕 周振甫譯注，《詩經譯注》（北京：中華書局，2002年），6頁。

〔註19〕 Arthur Waley trans., Joseph R. Allen ed., *The Book of Songs*（New York: Grove Press, 1996），p. 7; Ezra Pound trans.,「Curl-Grass,」in *Classical Chinese Literature: An Anthology of Translations, Volume I: From Antiquity to the Tang Dynasty*, John Minford and Joseph S. M. Lau ed.（New York and Hong Kong: Columbia University Press and the Chinese University of Hong Kong, 2000），pp. 98～99.

接近於甲說。後來在回應曹聚仁批評的文章中，郭也重申：「第一節是寫思婦出遊瀉憂，其餘三節是思婦心目所想像出的征夫的跋涉」〔註20〕。同時，郭的今譯實際上又突破了「直敘」和「託言」這樣的傳統詩學，從「思婦」中發展出了一個具有心理深度空間的抒情角色，而這正是今譯比原詩多出的決定性內容。也可以說，心理化的內轉描寫，不僅是原詩中所無，也是中國傳統詩學中不可設想的，這一動向確認了現代抒情詩對主觀內面的主題學偏好和風格學發明。換言之，這樣的今譯是和一種抒情主義的修辭和意識形態建構糾纏著的。

郭的〈卷耳〉所強化出的愛情體驗，顯然同整個新文化運動的精神氛圍完全合拍。李歐梵先生曾提出「在幾乎十年中，青春的情感迸發的主調是由一個無形的詞所概括了的：愛情」〔註21〕。其實在「卷耳討論」中，所有參與的青年知識人都反感「文王之化」「后妃之德」這樣的正統解讀，而達成了「思婦懷遠」的愛情詩共識。括而言之，《卷耳集》所選四十首國風，都是「男女間相愛戀的情歌」〔註22〕，全部來自《國風》。愛情成為了連接古代正典和白話文學現代性的橋梁。

但郭的今譯不僅是將「五四」的主題投射到古詩中，更具爭議性的是，他也把這種主體性原則引入到了譯解的態度中：「所有一切古代的傳統的解釋，除略供參考之外，我是純依我一人的直觀，直接在各詩中去追求他的生命」〔註23〕。也正是針對這「直觀」的「生命」的解詩法，曹聚仁表達了不無譏諷的批評：「不過我細核他譯詩時所採用訓詁，取毛鄭及朱說甚多」〔註24〕。雖然曹聚仁所提出的《卷耳》釋讀後來證明是很難成立的，但曹對郭的指謫卻值得留意。《卷耳集》整體上對經學正統的解《詩》的確多有藉重。說到愛情的主題，《詩經》中不乏男女歡愉的歌唱，這也並非是一個遭到傳統注家否定的事實。那麼，郭究竟是「離」什麼「經」、「叛」什麼「道」，「直觀」在哪裏呢？

〔註20〕郭沫若，〈我對於卷耳一詩的解釋〉，收於《卷耳討論集》，21頁。
〔註21〕Leo Ou-Fan Lee,「Literary Trends: The Quest for Modernity, 1895～1927,」in Merle Goldman and Leo Lee ed., *An Intellectual History of Modern China*（Cambridge and New York: Cambridge University Press, 2002）, p. 168.
〔註22〕郭沫若，〈卷耳集・序〉，3頁。
〔註23〕同上。
〔註24〕曹聚仁，〈讀卷耳〉，收於《卷耳討論集》，18頁。

綜合來看，郭在具體訓詁上絕沒有——也不可能——捨棄舊說。他認爲舊說「淹沒」了《詩經》〔註 25〕，所眞正反對的主要是「詩教」的意識形態及其造成的闡釋不自由。相反，他強調建立闡釋者和古典原著的直接關聯。對於今譯來說，闡釋不是一個（如曹聚仁所暗示的）求正解的過程，而可以——甚至必須——成爲文學再創造的過程。今譯者的表達自由才是郭所謂的「直觀」。

這其中也包含著郭對詩歌翻譯的激進觀點。在《卷耳集・序》中，郭沫若接著說：「我譯述的方法，不是純粹逐字逐句的直譯。我譯得非常自由，我也不相信譯詩定要限於直譯」〔註 26〕。他以泰戈爾把自己的詩作譯成英文時所使用的再創作手法爲例，說「這種譯法，我覺得是譯詩的正宗」〔註 27〕。等到他的《卷耳集》受到了批評，他又在〈古書今譯的問題〉中援引「Fitzgerald 的『魯拜集』Rubaiyat」〔註 28〕來自辯。

如果我們用直譯/意譯、忠實/自由的翻譯範式套到郭沫若對「直譯」的拒斥上來，雖然看起來有說服力，但卻可能使我們失掉重點。在郭沫若反對直譯的背後，是一種抒情主義的詩歌觀，也就是他在翻譯雪萊時提出的「詩的一元論」〔註 29〕。在他看來，不論創作還是翻譯，都是詩的內在精神的一種表現；詩情是一元的，而表現可以是多次的。郭沫若將翻譯作爲自我表現的觀點，近來已經引起了學人們的注意。事實上，在〈古書今譯的問題〉中，他明確表述了他的詩歌翻譯觀。詩的翻譯不是一字一句的「電報碼」式的翻譯，而「應得是譯者在原詩中所感的情緒的復現」〔註 30〕。換言之，原作和譯者是平等的抒情主體，翻譯存在於二者在詩的內在精神上的共振。字句上是否依賴舊說、形式上是否忠實原作，都成爲次要問題了。

更值得注意的是，今譯把這自我表現的翻譯觀帶入了現代與古典的關係之中。郭重新想像著古典：「我們的民族，原來是極自由極優美的民族」，只不過這種抒情的生命力，因爲「幾千年來禮教的桎梏」，而變成了「木乃伊」。

〔註 25〕 郭沫若，〈卷耳集・自跋〉，收於《郭沫若全集・文學編》，5 卷（北京：人民文學出版社，1984 年），208 頁（以下引用此書時，簡稱《郭全集・文》，只注卷數和頁數）。

〔註 26〕 郭沫若，〈卷耳集・序〉，4 頁。

〔註 27〕 同上。

〔註 28〕 郭沫若，〈古書今譯的問題〉，8 頁。

〔註 29〕 郭沫若，〈雪萊的詩・小序〉，《創造季刊》1 卷 4 期（1923 年），20 頁。

〔註 30〕 郭沫若，〈古書今譯的問題〉，8 頁。

在這種情況下，今譯的努力也就是「向化石中吹噓些生命進去」，翻譯變成了最原初的抒情生命的「蘇活」〔註 31〕。在中國現代文學話語中，《詩經》總是不斷被指認爲中國自己的抒情傳統的源頭。陳世驤的表述不失爲一個很典型的例子：「中國文學的榮耀別有所在，在其抒情詩。長久以來備受稱頌的《詩經》標誌著它的源頭」〔註 32〕。已有論者指明，這樣的指認背後實爲「傳統的發明」，與其說是回到古典，不如說是傳統的現代轉型〔註 33〕。不過，在近來興起的「抒情現代性」的討論中，郭對抒情起源的「蘇活」視角似乎還沒有得到大家的重視。「五四」時期許多文化人都力圖重新解釋傳統並發現其中的現代性資源，表面上看，郭的態度和這種努力頗有幾分相似。實質上，他的今譯式古典觀倒是更接近於德國現代思想中的「起源」（Ursprung）觀。「起源」都不是一個線性歷史意義上的概念，而意味著一種超歷史的不斷展開、不斷湧現的原發性機制，它的動能對傳統的一般延續構成批判〔註 34〕。同樣，郭也想像著一種最新和最古的精神生命的溝通。「古」是常新的，傳統不是它的保存，反是它的「淹沒」，而只有主體之「今」可以直接去把握、復活和完成「古」。翻譯中的抒情主體性，作爲新文學的一種裝置，變爲了主觀的歷史闡釋權。這也就不難理解郭的如下說法：「腐爛值不得我們去迷戀，也值不得我們批評」：「我們當今的急務，是存在從古詩中直接去感受它的眞美」〔註 35〕。在對審美「直接性」的推崇中，今譯不僅僅指向五四新文學中抒情主義的構成，這種抒情現代性本身就蘊含一種激進的歷史想像機能。

　　這一闡釋模式後來郭的歷史書寫中也反覆出現。我們當然可以點出它的意識形態神話性質，不過它所依託的主體性構建實爲中國革命文化和文化革命中一大根源。當一系列對《卷耳集》的批評出現時，洪爲法作爲創造社同人寫出了捍衛郭沫若的書評，直言郭最大的貢獻不在於對任何一首詩的具體翻譯，而只在於解釋古典的「革命精神」：「卷耳集的精神，便是卷耳集的功

〔註 31〕 郭沫若，〈卷耳集・序〉，5 頁。

〔註 32〕 陳世驤，〈論中國抒情傳統〉，收於陳國球、王德威編，《抒情之現代性：「抒情傳統」論述與中國文學研究》（北京：三聯書店，2014 年），46 頁。

〔註 33〕 參見黃錦樹，〈抒情傳統與現代性──傳統之發明，或創造性的轉化〉，同上書，677～717 頁。

〔註 34〕 參見 George Steiner, 「Introduction,」 in Walter Benjamin, *The Origin of German Tragic Drama*（London: Verso, 2003）, p. 16.

〔註 35〕 郭沫若，〈卷耳集・自跋〉，收於《郭全集・文》，5：208.

績」〔註36〕。洪爲法還試圖把郭的抒情-闡釋的主體性推到極致，他宣稱，「沫若之解，也未必便是金科玉律」，因爲每個人都可以有自己的「革命精神」，不僅舊說，而且「沫若的解釋」，也只能「略供參考」〔註37〕。

由《卷耳集》的「革命精神」，我們窺見了「五四」批判古典傳統的又一個微妙層面。表面上看，郭對《詩經》的看法，和當時一般性的啓蒙知識風潮並無二致，甚至和胡適、顧頡剛等人的見解也有不小交集。但在此就值得提及，在郭、洪的相關文章中充滿了對「國故」學術運動的鄙夷。批評「國故」運動甚至構成了同期創造社的一個重要論調。在郭和他的創造社同人看來，「國故」運動雖然把古典資源從舊有意識形態束縛中解放了出來，但這樣一種實證性的啓蒙知識追求只能將古代看作死的材料，欠缺於「新價值的創造」〔註38〕。當曹聚仁以「考據」之名指謫郭的今譯時〔註39〕，他們的眞正分歧在於，對郭來說，今譯並不是一種知識性的求證，而是一種主體的詩歌體驗；而這種體驗構成了一種古今親和力，在「五四」話語中頗顯獨特。今譯在這一點上更接近於龐德在進行文化翻譯時所推崇的口號：「所有的時代都是同時代」〔註40〕。在反抗實證歷史主義這點上，郭也會同意龐德：「在給予贊美的時候不必查閱年鑒」〔註41〕。今譯的「革命精神」因此隱藏著一種弔詭的歷史意識，即只有在去歷史化的條件下，古典的起源才可以被重新體驗和「蘇活」。郭的〈卷耳集‧序〉一起頭就開了一個「歷史穿越」的玩笑：「不怕就是孔子再生，他定也要說出『啓予者沫若也』的一句話」〔註42〕。這自詡之語也具象徵意義：代表詩教之源的孔夫子自會認同文學現代性，於是抒情想像滲入到歷史意識之中，今譯之「今」當仁不讓地佔據著「復現」、「啓發」和完成古典的主體位置。

三、《詩經》今譯在左翼史學中的占位

關於《詩經》的闡釋史，聞一多曾有一段很有名的學者之慨：

〔註36〕洪爲法，〈讀卷耳集〉，《創造日彙刊》（1923 年），349 頁、350 頁。
〔註37〕同上，353 頁。
〔註38〕郭沫若，〈整理國故的評價〉，《創造週報》36 期（1924 年），3 頁。
〔註39〕曹聚仁，〈讀卷耳〉，收於《卷耳討論集》，19 頁。
〔註40〕Pound, *The Spirit of Romance*（New York: New Directions, 2005）, p. xiii.
〔註41〕同上，p. xiv.
〔註42〕郭沫若，〈卷耳集‧序〉，2 頁。

　　　漢人功利觀念太深，把三百篇做了政治的課本；宋人稍好點，

又拉著道學不放手——一股頭巾氣；清人較爲客觀，但訓詁學不是

詩；近人囊中滿是科學方法，眞厲害。無奈歷史——唯物史觀的與

非唯物史觀的，離詩還是很遠……〔註43〕

聞一多對經學解詩的反感，對《詩經》的詩歌本質的強調，都和郭早期的
觀點大有呼應，但同時他還多了一份對「科學方法」的不滿（雖然他對《詩
經》作爲歌謠集的定性，一樣隱含著「近人」的某種「方法」，也即現代性
的民間文學話語）。當提到用唯物史觀解詩時，聞心中也一定想到了他在「五
四」時代曾讚譽過的郭沫若。從二十年代末起，正是作爲新詩人的郭沫若
成長爲左翼史學的開創性人物，較早地應用了唯物史觀來研究先秦典籍。
郭從《詩經》解讀出的古史結論，引起過諸多爭論，但其實在這種馬克思
主義史學中還存在著不少今譯的文本痕跡，其中詩和史學的關係也許比聞
所說的要更複雜。在聞那裏，詩和歷史彼此遠隔，在郭那裏，二者卻可以
交匯。

　　　〈詩書時代的社會變革與其思想上之反映〉（以下簡稱〈詩書〉）作於 1928
年底，後收入《中國古代社會研究》作爲其第二篇，代表了郭在應用馬克思
主義社會史觀的早期嘗試。在其中，郭不再關心《國風》中的愛情詩，轉向
《大・小雅》，重視的是包含了許多社會生產信息的作品。文中對這類詩作有
大量白話文復述，有時又滑入了今譯模式 。這些參雜於史論之中的白話譯，
把《詩經》悄然轉化成了「史料」，在這個過程中，郭的主觀的、文學性的介
入並沒有被史學的所謂客觀性所取代，而是滲透於一種政治化的史學爭論風
格之中。

　　　比如，〈詩書〉一文中對〈七月〉解釋甚詳，對詩中一年農業勞作的復述
近乎於逐段白話譯，中間又穿插著古代社會性質的考察。「女子傷悲，殆及公
子同歸」一句，郭有如下發揮：

　　　　女子好像還有別的一種公事，就是在春日豔陽的時候，公子們

的春情發動了，那就不免要遭一番蹂躪了。這並不是甚麼稀奇的事

情，據近世學者的研究，許多民族的酋長對於一切的女子有「初夜

權」（Jus primae noctis）……

〔註43〕聞一多，〈匡齋尺牘〉，收於聞一多，《神話與詩》（北京：古籍出版社，1956
　　　　年），356 頁。

這些就是〈七月流火〉中所表示的農夫們一天到晚週年四季的
生活，這是不是奴隸呢！〔註44〕

郭的譯解突出了古代社會的階級對立和壓迫關係存在，強化了中國古代存在
奴隸社會的觀點。

與農業奴隸的悲慘命運相對，郭又通過〈小雅‧楚茨〉的白話譯解，刻
畫出來了奴隸主階級的奢靡生活。〈楚茨〉描寫了古代祭祀，在郭的筆下，祭
祀尾聲的祥和氣氛有了新內容：

禱告的人禱告完了，神也吃醉了，便撞鐘擊鼓把神送回去；剩
著是該那些「諸宰君婦」和「諸父兄弟」的男男女女快樂的時候。
特別是那些女的尤其著急，她們等也等不及的一種神氣，趕快把那
祭祀的陳設撤了，便和那些「諸父兄弟」們「備言燕私」起來。

他們都走到後邊的寢室裏去了，音樂也到那後邊去奏去了。他
們也在那兒醉，也在那兒飽，還有一件事情不好明白地說出來，只
好說「真是可愛，真是合時，甚麼都好盡了頭」，於是乎也就不能不
「子子孫孫勿替引之」了。

這就是一些「公子」們的生活，這雖然是一些比較原始的公子們，
雖然只是一時的快樂（照《周禮》看來當在仲春），但這卻是怎樣的
快樂呢？它像那農夫們的「無衣無褐，何以卒歲？」……〔註45〕

郭時而徵引，時而翻譯，尤其是他對全詩最後一節的散文化「複寫」，暗示著
貴族男女的性狂歡，將弗洛伊德式的視角和馬克思主義的母題很有戲劇感地
混合了起來：對子孫綿延的祈願成了性欲滿足的隱晦表達，而對性快樂的壟
斷則引申出階級論。

至於《小雅‧甫田》，郭用以解釋奴隸制中的集體生產，並把自己的白話
解釋和原文對照了起來：

「倬彼甫田，歲取十千；我取其陳，食我農人。」

你看農人是屬他的，他不耕而獲的一年取十千，把些剩餘陳腐
的米穀賞給農人吃，這不如像在養豬狗一樣嗎？但他騙人的程度已

〔註44〕郭沫若，《中國古代社會研究》，見《郭沫若全集‧歷史編》，第一卷（北京：
人民出版社，1982年），114頁（以下引用此書，簡稱《郭全集‧史》，只標
明卷數和頁碼）。

〔註45〕同上，115～116頁。

經很高明了。他把農人的黍稷牧畜取了，但他給他們的口惠是沒有忘記的，他說：

「我的田弄好了，眞是你們農夫的功德啦！」（「我田既臧，農夫之慶！」）他立了田官去監督那些農夫，他時常還要親自去監督，不准他們偷懶，他說他是犒勞他們。農夫在這樣的監視之下，當然偷不起懶來；他說：

「啊，你們眞是勤快啦！」（「曾孫不怒，農夫克敏！」）

在這樣監視督率之下，於是乎農夫的膏血榨到一珠一滴都要成一米一黍了。所以

「曾孫之稼，如茨如梁（收成就像茅簷一樣高，屋頂一樣高）；曾孫之庾，如坻如京（堆積起來就像一個海島，就像一片山嶺）。乃求千斯倉，乃求萬斯箱。黍稷稻粱，農夫之慶。（又來厚著臉皮昧著良心恭維你一句。）」

你看這榨取者的手段不很高明嗎？而他高明的手段還不僅這一點，他還很有點我們近代人的風味，會向農人喊「萬歲」的口號呢！那詩最後的兩句便是：

「報以介福，萬壽無疆！」

農人萬歲喲！工人萬歲喲！只要你克勤克敏的供我榨取，你的壽命愈長愈好，萬歲喲！萬歲喲！萬萬萬萬萬歲喲！————哼哼！〔註46〕

白話譯演變爲了一種政治性揭露，尤其「農人萬歲喲……」一句，完全是誇張的再創造，其用意是將古詩中贊美農奴的「意識」強行翻譯爲統治階級的「無意識」。郭不僅是把《詩經》作爲古史證據來使用，而且這種認識論的視角又轉化爲指向現實的諷刺乃至情緒宣洩：根據作者的補注，他當時不滿於國民黨「也有農民部，也組織工會」〔註47〕。郭作爲馬克思主義史學家的政治投射在此異常鮮明，且獲得一種類似當時早期「革命文學」的修辭效果。

如果說在以上這些例子中今譯只是作爲文本碎片而面目不清地存在著，那麼，到了1944年的〈由周代農事詩論到周代社會〉，郭則自覺地對一組《詩

〔註46〕同上，116～117頁。
〔註47〕同上，117頁。

經》作品進行了系統而完整的今譯。〈農事詩〉一文引起人們注意，主要是因爲其中包含了郭的史學觀點的自我批判。早前，郭曾否認過井田制的存在，此時他「檢點」了前說之謬，承認井田存在於古史，但認爲井田制是一種國家奴隸制之下的國有土地制度，而非儒家理想中的土地烏托邦，因此仍強調西周爲奴隸社會。郭所談論的殷周土地問題，在古史研究中的重要性無需多言，這就難免造成對此文的另一重要方面的忽略，即它包括了郭對《詩經》中的所有農事詩的白話今譯。正如郭在文中不無誇耀地宣佈的：「我把周代的農事詩逐一地檢查了一遍，而且翻譯了一遍」〔註 48〕。

這所有的農事詩，在〈詩書〉一文的討論中都已經出現過。不過，四十年代的郭，作爲國統區的左翼知識人，已經抑制了左翼史學初創時的話語暴力傾向，而必須關心「馬克思主義中國化」和「新民主主義文化」的進程之下如何用知識生產上的統一戰線來尋求左翼的感召力等問題。《農事詩》中郭首先自我批評，指出自己早年的作品中對「史料」接觸不足，「感情先跑到前頭去了」〔註 49〕。因此他在白話翻譯中首先關心「史料」闡釋的可靠性，有時徑直用散文體翻譯。當然，文學的旨趣也沒有消失，今譯偶而還是以詩體出之，散文譯也間或用韻。〈詩書〉中出現的粗暴的政治抒情則全面地收斂了。前面提到的「萬壽無疆，報以介福」一句，以前譯作奴隸主對奴隸的虛僞祝福，在《農事詩》中變成了村社在豐收後的集體祈福，階級對立的指涉有所淡化：「我們報祭先祖，祈求多福多壽，沒有盡頭」〔註 50〕。

然而我們需要追問，爲什麼一篇討論西周生產方式的論文，要以今譯的方式來作爲其展開路徑呢？今譯對史學是必要的嗎？功能上看，今譯顯然關係到「普及」這一貫穿於「五四」啓蒙史學和四十年代的左翼「人民史學」的文化政治議題。在新史學中，使用白話來處理古代史料也的確變得越來越普遍。例如，在二十年代到三十年代的一系列講義或「講話」中，顧頡剛都直接用白話譯來取代對古代原文的徵引〔註 51〕。又如，左翼歷史學家范文瀾四十年代的作品《中國通史簡編》在使用古代材料時也進行了白話處理。也就是說，史料直接以白話面目出現，無縫隙地了潛入歷史敘述之中。此種方

〔註 48〕郭沫若，《青銅時代》，見《郭全集・史》，1：425。
〔註 49〕同上，405 頁。
〔註 50〕同上，414 頁。
〔註 51〕參見顧頡剛，《春秋史講義》，收入《顧頡剛全集》第四卷：《古史講話》，收入《全集》十三卷。

法，對顧和范這樣意識形態立場各異的歷史學家，都一樣發揮著便利「我國廣大讀者」的作用〔註52〕。

但是，如果說在顧、范的歷史知識普及中白話譯被當做無需反思的媒介轉化，那麼在郭的《農事詩》中，今譯的行爲本身卻得到強力彰顯。農事詩的今譯是獨立存在於文本構造中，就像是史學論述的急流中的一座座文學燈塔。而且， 白話翻譯的過程被呈現在行文之中，對每一首詩作的具體論證，首先是對其白話譯文的準備，而只有所有農事詩都被翻譯了之後，對於井田制的論述才得以開始。這種今譯本身的顯影與顧、范那裏翻譯的痕跡被完全抹去就構成了有意味的對比。

1919 年，法國漢學家葛蘭言（Marcel Granet）發表了《中國古代節日與歌曲》（*Fêtes et chansons anciennes de la Chine*），利用《詩經》作爲「本眞文獻」，試圖理解「中國古典宗教的某些方面」〔註53〕。書中包含了對這部儒家經典中的六十七首作品的逐行法文翻譯，可以說標誌了在現代性文化中重新發明《詩經》「本眞」性的最初努力之一。郭的今譯實踐的特殊性也可以放在在這一闡釋譜系中來理解。在亞瑟・威利的英譯本出現十四年前，也早於龐德的英譯文三十多年，郭的《卷耳集》已在中文世界自身之中提供了《詩經》的「新化」。郭的翻譯觀與龐德的有些類似。正如一位龐德研究者所指出的，「龐德對理解翻譯者的設定和他對理想詩人的設定並無二致」〔註54〕。翻譯既跨文化，也跨歷史：「詩人直接在同原作者的心智的交感中直接獲得激發……而原作者表達他自己時代的文化也就是對所有時代發聲」〔註55〕。龐德關於不同時代之間的詩歌交感的想像讓人聯想到郭早期的詩歌可譯性理念。而當龐德試圖在翻譯中「成爲一位儒者詩人」〔註56〕時，郭的《卷耳集》則希望解放和更新儒教詩典，以「今」之創造力爲優先。這種文學性的今譯模式又潛入了郭的馬克思主義史學實踐。它並沒有被歷史學追求客觀性的目

〔註52〕范文瀾，《中國通史簡編》， 上海：新知，1947 年，2 頁。

〔註53〕Marcel Granet, *Fêtes et chansons anciennes de la Chine*（Paris: L'Université Paris, 1929）, p. 1.

〔註54〕L. S. Dembo, *The Confucian Odes of Ezra Pound: A Critical Appraisal*（Berkeley and Los Angeles: The University of California Press, 1963）, pp. 1～2.

〔註55〕同上，p. 2.

〔註56〕Achilles Fang,「Introduction,」in Ezra Pound trans., *Shih-ching: The Classic Anthology defined by Confucius*（Cambridge, Ma.: Harvard University Press, 1982）, p. xiii.

標所超克，反而在社會革命史觀中構成了一種我稱之爲「釋讀性翻譯」的存在。這些《詩經》研究中的今譯的碎片、段落以及微型文本同葛蘭言的翻譯取向也形成了對照關係。從〈詩書〉到〈農事詩〉，這裡隱含著郭的歷史闡釋學循環：先以左翼的社會史觀的範疇來分析周代農事詩，而由此得出的白話譯文，又反過來加強了作爲左翼史學的「史料」的可用性。毋寧說，郭的史學終究不是實證的，也不是普及講義，而是闡釋性的。這種闡釋性對於整個左翼史學來說都是一個結穴點。古詩今譯在郭的史學實踐中成了知識客觀性的修辭、話語演繹的方法乃至史學論辯的文學「剩餘價值」。在其展開過程中，知識生產的主體不斷標記出闡釋的文化政治機制。

四、詩歌翻譯觀和屈原的人民性

　　時間切換到 1953 年。新生的人民共和國已經屹立東方，對外抗美援朝取得勝利，對內則開始加緊社會主義改造。郭在新中國的文化和政治體制中居於顯赫地位，而且在國際舞臺上充當著外交活動家，多次以黨外知識分子的身份領隊參加蘇聯所資助的世界和平大會。世界和平大會在 1953 年將屈原列入世界文化名人來加以紀念，不難猜想，此事的促成，郭一定發揮了作用。美國學者勞倫斯・施耐德（Lawrence Schneider）研究屈原形象在現代中國的變遷時，認爲 1953 年的「屈原熱」暴露出了共產黨新政權的知識群體在「創造性天才」（乃至狂人）和「集體主義價值觀」之間的矛盾態度〔註 57〕。引申開來，全國性的紀念活動也涉及到在建國後的新文化態勢下如何處理古典資源這一重大問題。也就是在當年的紀念風潮中，郭完成了《屈原賦今譯》。

　　《屈原賦今譯》收入郭沫若對所有他認爲是屈原所作的《楚辭》篇目的完整翻譯，共二十五篇。《離騷》一首的今譯爲 1935 年初稿、1942 年修訂、1953 年再改，其餘則爲新譯。一方面，郭在全部的翻譯中都使用了韻腳，並極爲注意詩行的整飭，以呼應屈子語言之瑰麗；另一方面，郭的翻譯又因強調嚴格的考證而顯得頗費斟酌，他希望把自己長期對屈原的研究融匯於其中，並輔之以注釋和「解題」，就連篇目的排序也體現著他的研讀心得。可以說，《屈原賦今譯》遠比大膽譯寫的《卷耳集》要嚴謹，但和〈農事詩〉中的

〔註 57〕Laurence A. Schneider, *A Madman of Ch'u: The Chinese Myth of Loyalty and Dissent*（Berkeley: University of California Press, 1980）, p. 159.

今譯相比，又再次強化了今譯的文學性。他爲這種結合文學性和學理性的今
譯努力提供了一個形象的表述：「韻語注疏」〔註58〕。茲舉二例：

　　　　我的內部既有了這樣的美質，

　　　　我的外部又加以美好的裝扮。

　　　　我把蘼蕪和白芷都折取了來，

　　　　和秋蘭扭結著做成了個花環。（〈離騷〉）〔註59〕

　　　　夏禹盡力治水，是天叫他來觀看下方的情景，

　　　　怎麼又找到塗山氏的女子，在台桑和她通淫？（〈天問〉）〔註60〕

而在翻譯《九歌》時，郭有時採取一種接近於民歌口語的風格，似乎有意顯
示楚國原始宗教的民間特質：

　　　　日子好，天上出太陽，

　　　　高高興興，來敬東皇。〔註61〕

　　　　（對應「吉日兮辰良，穆將愉兮上」一句。〔註62〕）

而〈湘君〉和〈湘夫人〉兩首都被翻譯成了對唱形式，一方面是「老翁」描
述性歌吟，一方面是兩位神話女性的愛情自白。在郭筆下，湘君和湘夫人的
自白多以如下這樣類似戲詞的詩句作結：

　　　　良辰美景不再來，

　　　　徬徨，徬徨，姑且散淡心腸。〔註63〕

　　　　（對應〈湘君〉中「時不可兮再得，聊逍遙兮容與」一句，和

　　　〈湘夫人〉中「時不可兮驟得，聊逍遙兮容與」〔註64〕一句）

在〈題解〉中，郭特別提到，「古時候祭祀神祇時正是男和女發展愛情的機會」
〔註65〕，這和他三十年代關於古代淫風的研究一以貫之。他戲劇體的翻譯淡
化了屈原詩作中祭祀薩滿主義的因素，而呼應著聞一多關於〈九歌〉是插入
宗教儀式中的「古歌舞劇」的洞見〔註66〕。

〔註58〕郭沫若，《屈原賦今譯》，見《郭全集・文》，5：329。

〔註59〕同上，308 頁。

〔註60〕同上，292 頁。

〔註61〕同上，257 頁。

〔註62〕朱熹集注，《楚辭集注》（上海：上海古籍出版社，1979 年），29 頁。

〔註63〕郭沫若，《屈原賦今譯》，《郭全集・文》，5：261。

〔註64〕分別見於《楚辭集注》，37 頁和 39 頁。

〔註65〕郭沫若，《屈原賦今譯》，見《郭全集・文》，5： 273。

〔註66〕見聞一多，〈什麼是九歌〉和〈「九歌」古歌舞劇懸解〉，均收於《神話與詩》。

要兼顧詩與學術，郭不禁感歎「把古詩譯成現代語是相當困難的」〔註67〕。很有意思的是，各篇的「解題」演變成了郭對詩歌翻譯問題的反思。最典型的莫過於〈九章〉的〈解題〉中的夫子自道：

> 我的翻譯，自信是相當忠實的。經過仔細的斟酌，也得到了不少前人未到的發現。……我的譯文，有些地方看來好像十分自由大膽。但如仔細讀了注文，便可以知道，我並不是毫無根據。
>
> 自然，我也不敢斷言：我的解釋和翻譯便絕對地沒有主觀成見夾雜在裏面。把古人的文字翻成今文，把屈原的語言翻成我的語言，當然不能做到如像照像機那樣的準確。
>
> 有人說：翻譯是創作。這話含有部分的眞理。……不僅求其「信」，不僅求其「達」，還要求其「雅」。這就是說，原作是詩，你的譯文也應該是詩。爲了達到這個目的，我們應該允許譯者有部分的自由。有時候他不能逐字逐句地硬譯。他可以統攝原意，另鑄新辭。〔註68〕

對譯者自由的強調，對翻譯作爲「詩」的再創作性質的堅持，都是郭一以貫之的文學性翻譯觀。而在這裡，卻又多了一份左翼學者的自信，認爲自己「忠實」地把握了古典作品的「原意」。屈原作品中有不少難解的字句，朱熹注〈天問〉時也常常用「未詳」一語來留作懸案〔註69〕，但對於今譯者來說，無法在譯文中留白。一方面他要提出「前人未到的發現」，另一方面也可以用「主觀」創作來解決。歷史的忠實和詩的自由可以兼得，無疑是對今譯的理想化。郭訴諸嚴復的翻譯原則，又質疑了魯迅的「硬譯」說在詩歌翻譯中的適用性，其翻譯意識形態的重心還是落在對「我的語言」、詩的「創作」和「新辭」的肯定上：「只要有相當的根據，只要在邏輯上、韻調上合乎情理，我倒贊成不妨稍微膽大一點。譯詩是一種創作」〔註70〕。

這種翻譯邏輯假設了古典在思想內容和詩歌美感上的雙重可譯性，佔據了學術、詩和政治的制高點，宣佈了「統攝」歷史和「另鑄」語言的能動性，也透出了以「今」、「新」爲優先的歷史想像主體。而屈原恰恰是和

〔註67〕《郭全集・文》，5：328。
〔註68〕同上，368～369頁。
〔註69〕參見朱熹集注，《楚辭集注》，尤其是《天問》一篇注解。
〔註70〕《郭全集・文》，5：273。

歷史想像中的革命政治分不開的。回顧四十年代，郭和聞一多分別提供了關於屈原的兩種最有強度的政治詮釋。郭的〈屈原研究〉得出屈子是戰國時代的「革命詩人」「南方儒者」的結論，從「人民本位主義」（可以說是一種獨特的人道主義馬克思主義）立場呼應了原始儒家具有「革命性」、代表「人民利益」這一在左翼內部獨樹一幟的命題〔註 71〕；而聞一多則直接封屈子爲「人民詩人」，認爲他原本爲弄臣，其實是「屬於廣大人民群眾之中」，後來也自我覺悟並成爲了「人民革命」的先驅〔註 72〕。借用施耐德的形象化總結，在前者那裏，屈原的形象是「被縛的普羅米修斯」；我以爲那是一個困於國統區的左翼知識分子的寓言。在後者那裏，屈原是「解放了的普羅米修斯」；我以爲那是一個意識到自身政治局限性並從中解放出來的「五四」啓蒙知識分子的鏡像〔註 73〕。郭、聞二人的先秦論述顯然都介入了四十年代的政治論辯乃至革命進程。限於篇幅，在此筆者無法討論四十年代郭對「人民」的古史解釋是如何和他的屈原論述相纏繞，對作爲革命主體的「人民」的歷史想像又如何形成了「新民主主義」內部的異質性。建國後，作爲國體/政體基石的「人民」也自然成爲了主導性的、無所不在的文化和政治話語。不出意外，1953 年的今譯中，郭刻意強調了屈原作品中的「民」字，「哀民生之多艱」譯爲「我哀憐著人民的生涯多麼艱苦」，「覽民尤以自鎮」譯爲「看到人民的災難又鎮定了下來」〔註 74〕。這兩處詩句及今譯不僅出現在《屈原賦今譯》的前言〈屈原簡述〉中，而且也出現在更早的 1950 年論文〈人民詩人屈原〉中，用以證明「他的確有資格戴上一個『人民詩人』的徽號」〔註 75〕。

　　簡言之，郭對「人民」話語的古今互譯，使得屈原成爲一個文化政治的源文本，並構成了郭通向社會主義文學和知識生產的浮橋。不過，郭四十年代對屈原作爲「南方儒者」的定義，在五十年代的表述和今譯中富有症候性地消失了。細察可知，郭的「人民本位主義」也在人民中國進行著自身的調

〔註 71〕 詳參郭沫若，〈屈原研究〉，收於郭沫若，《歷史人物》（北京：人民文學出版社，1979 年），7～106 頁。

〔註 72〕 詳參聞一多，〈屈原問題〉、〈人民的詩人——屈原〉等論文，收於《神話與詩》，尤其 260～261 頁。

〔註 73〕 參見 Laurence A. Schneider, *A Madman of Chʼu: The Chinese Myth of Loyalty and Dissent*（Berkeley: University of California Press, 1980）。

〔註 74〕 《郭全集・文》，5：253。

〔註 75〕 郭沫若，〈人民詩人屈原〉，見《郭全集・文》，17：235。

適。在 1950 年的論文中，郭明確地對聞一多關於屈原的底層人民身份的說法表示出謹慎態度，相反提到了屈原自身的階級局限使得這位古代詩人無法「喚醒人民，組織人民」〔註76〕。而到了 1953 年的另一篇文章〈偉大的愛國詩人──屈原〉，郭又改變了口吻：「屈原儘管與楚王同宗，事實上只等於楚國的一個平民」〔註77〕。這樣又接近了聞的論點。在《屈原賦今譯》中，郭的立場趨於一種平衡：「他雖然是楚國的貴族出身，但他對於人民有深厚的同情」〔註78〕。

正如施耐德所總結的，1949 年後的屈原研究透露出「知識界在自身和群眾的關係上、在創造性個人和集體主義社會的關係上的含混不決的態度」〔註79〕。這種含混不決也代表了「五四」進步知識傳統和社會主義新興文化之間的隱含矛盾。郭的「人民」話語是對此矛盾的想像性解決：偉大的歷史個人可以成為人民群眾的詩歌喉舌、乃至人民革命的歌手。不過，在他的書寫中，屈原的階級問題仍然懸而難定。於是，詩歌語言又變得關鍵而富有政治價值了：「屈原的熱愛人民更明顯地表現在他的詩的形式上」〔註80〕。郭在《屈原賦今譯》中如是說，是因為他和許多進步學者從四十年代以來一直強調《楚辭》作為楚白話的價值。「人民語言」的視角實際上充當了解開「人民性」難題的又一鑰匙，而今譯本身就是為這位楚國詩人尋找新時代的白話形態，文學和政治於此統一。

五、杜甫和作為階級分析的今譯

在社會主義中國，獲得「人民詩人」尊號的古典詩人不只有屈原，還有詩聖杜甫。郭的今譯實際上也沒有終結於《屈原賦今譯》，而延伸到了他晚年最後一部、或許也是最受非議的學術專著──出版於「文革」期間的《李白與杜甫》。不少論者把這部作品和郭的晚節聯繫起來。畢竟，「文革」時仍能出版學術專著，這在人文事業普遍陷入停頓的大背景下，本身就是一種政治待遇。而曾和毛主席有多次詩詞唱和的「郭沫若同志」如此選題，又讓人產生聯想，他是迎合詩人毛澤東揚李抑杜的旨趣。但如果把這部專著打上「文

〔註76〕 同上，232 頁。
〔註77〕 郭沫若，〈偉大的愛國詩人──屈原〉，同上，165 頁。
〔註78〕 郭沫若，〈屈原簡述〉，《郭全集・文》，5：253。
〔註79〕 Schneider, *A Madman of Ch□u: The Chinese Myth of Loyalty and Dissent*, p. 159.
〔註80〕 《郭全集・文》，5：253。

革史學」的標籤就扔進歷史垃圾桶，那就難免失於簡單化，無法深入到郭的「文革」論述的內部。《李白與杜甫》中的李白論整體上是有贊有彈。這本書最有爆炸性的內容，還是對杜甫的階級分析。郭把杜甫的詩人生活和詩歌意涵都定性爲地主階級的「階級意識」，因此，這位古典詩歌的集大成者絕不是什麼「人民詩人」。

尤其關鍵的是，郭的論爭對立面與其說是傳統文化中對「詩聖」的忠君愛民情操的推崇，不如說是「十七年」時期社會主義文學知識分子對杜甫的「人民性」的讚譽——雖然「人民性」的話語也正是郭曾經參與建構的。換言之，這裡涉及到新中國的文學遺產問題內部的一場微觀的「革命中的革命」：「以前的專家們是稱杜甫爲『詩聖』，近時的專家們是稱爲『人民詩人』。被稱爲『詩聖』時，人民沒有過問過；被稱爲『人民詩人』時，人民恐怕就要追問個所以然了」〔註81〕。在「十七年」時期，把杜甫和人民性的革命進步話語聯繫起來，是古代文學研究中的普遍傾向，其中馮至五十年代初的《杜甫傳》，以文學傳記的感人文字開此先河。馮至當時寫道：「如今，人民獲得了政權，……更沒有任何事物遮蔽〔杜甫詩篇〕的光芒的放射了」〔註82〕。這和郭建國後推崇屈原的「人民」視角正可相互對照。然後馮至點出了主旨：「〔杜甫〕怎樣超越了他的階級的局限體驗到被統治、被剝削的人民的災難……這中間他經過了不少艱苦的過程和矛盾」〔註83〕。這一「超越階級」的「人民性」主題其實暗藏著「五四」知識分子的進步性和自我改造的寓言。五十年代末，蕭滌非的兩卷本《杜甫研究》同樣以人民性問題爲主線，也是社會主義時期杜甫研究的一大成果。

馮、蕭的論述和郭的作品分享著同一個人民性話語。不過，郭對這種讚美杜甫的社會主義傾向的異議，至少可以追溯到1962年紀念杜甫1250週年誕辰的活動中。在當時的紀念大會上，馮至曾有主旨發言，同期還有關於杜甫的短篇小說發表。熟悉當代文學史的人都知道，當時以杜甫爲歷史題材的文學創作其實包含著人道主義關懷的回潮，隱藏著關於三年「困難」時期人民苦難的低聲控訴〔註84〕。郭當時作爲文聯領導也有發言，讚

〔註81〕郭沫若，《李白與杜甫》（北京：人民文學出版社，1972年），125頁。
〔註82〕馮至，《杜甫傳》（北京：人民文學出版社，1980年），1頁。
〔註83〕同上。
〔註84〕比較著名的例子是馮至的〈白髮生黑絲〉和黃秋耘的〈杜子美還家〉這兩短篇小說。

譽杜甫時一定要拉進來李白，稱二者爲「雙子星座」〔註 85〕。隨後《讀隨園詩話札記》發表時，郭有了更深的觸動，因爲他批評杜甫的隻言片語在讀者中遭到不小的抵制〔註 86〕。後來他曾說，他承認杜甫的成就，但不滿於杜甫成爲了社會主義文學知識中的一個神聖不可侵犯的「它布（taboo）」〔註 87〕，所以產生了重評的動機。在這一意義上，郭的杜甫論同他的顛覆史觀和翻案史學是一脈相承的，而且最終發展成了文化革命的政治操演。在《李白與杜甫》中，郭多次引用了馮、蕭。在得出對杜甫的階級分析的結論後，郭斷言：「『超越了自己的階級』，眞眞是談何容易！」〔註 88〕這引號中的話就來自《杜甫傳》〔註 89〕。其實郭對馮至的《杜甫傳》還偶有肯定，但在談到蕭滌非的論述，有些批評近乎粗暴的政治鑒定，比如他不滿於蕭對杜甫官僚心態的迴護：「在這些地方斤斤計較，正是標準的封建意識的復活」〔註 90〕。

出版於「文革」期間的《李白與杜甫》初版本，帶有鮮明時代特徵，在署名頁之前，印有兩則大字毛澤東語錄，一則是關於一切無處不在的「階級烙印」，一則是關於對「古代文化」中「人民文化」精華的「吸收」。毛澤東思想中的「取其精華、去其糟粕」的民主進步歷史觀和文化觀，實際上正是郭、馮、蕭等一代社會主義知識分子共同認可的。但「階級性」和「人民性」之間正隱藏著中國革命內部的張力。郭在杜甫的人民性論述中強勢插入階級分析，這一社會主義內部的翻案顯示出「繼續革命」的激進性對新民主主義革命的人民性話語的自我否定，也即在這一意義上，「郭老」才成爲一種症候，同構於文化革命的震盪中。

在這裡，今譯又和革命的邏輯相關。正是爲了完成「人民詩人」稱號的顛覆，郭的筆墨又一次訴諸於今譯的手法：

> 新的專家們愛稱賞杜甫的〈三吏〉和〈三別〉，以爲是最富有「人民性」的作品，就讓我們把這六篇作品來作進一步的研究吧。爲了

〔註 85〕 詳見郭沫若，〈詩歌史中的雙子星座〉，《光明日報》1962 年 6 月 9 日。

〔註 86〕 詳見郭沫若，《讀隨園詩話札記》，見《郭全集‧文》，16：396～399。

〔註 87〕 轉引自謝寶成，〈從社會歷史的發展演變審視「李杜並稱」與「揚杜抑李」兩種文化思潮——兼論郭沫若的李杜研究〉，收於楊勝寬等編，《郭沫若研究文獻彙要》，第九卷（上海：上海書店出版社，2012 年），637 頁。

〔註 88〕 郭沫若，《李白與杜甫》，141 頁。

〔註 89〕 馮至，《杜甫傳》（北京：人民文學出版社，1980 年），7 頁。

〔註 90〕 郭沫若，《李白與杜甫》，225 頁。

鄭重起見，我把它們逐字逐句地試譯成現代話，以增加我自己的確
切的瞭解。〔註91〕

郭在書中翻譯了〈三吏〉〈三別〉〈茅屋爲秋風所破歌〉和〈遭田父泥飲美嚴中
丞〉等名篇，將原文和譯文對照排列。或許可以說，今譯已經成爲了郭的文史
研究翻案的「路徑依賴」。只有在看似平凡實則充滿了闡釋性的今譯中，這些
已經爲社會主義文化所認可的經典才可能顯示出差異性的歷史質地，成爲顛覆
性解讀的「確切」文本依據。一方面，這些今譯仍然延續了詩體翻譯的形式感。
在逐行翻譯中郭還是強調用韻，比如「何鄉爲樂土」中的「樂土」被譯爲「桃
花源」〔註92〕，其實不太恰當，但卻是爲了韻腳考慮。另一方面，今譯也轉化
爲揭露歷史和階級眞相的文本實踐。比如郭翻譯〈三吏〉〈三別〉，其實不得
不向馮、蕭的觀點讓步，也承認這些名篇「留下了當時戰地附近人民的生活
苦況，的確是很可寶貴的」〔註93〕。但今譯所採取的視角、聲吻卻讓這些「苦
況」的描述變成了不幸個人的自白，而詩人杜甫則成爲了一個「無言的旁觀
者」〔註94〕。再加上郭特別注意詩中各色人物的階級成分，這樣他就得出結論：
「杜甫詩站在『吏』的立場上的」〔註95〕。在認定「過份誇大〈三吏〉〈三別〉
的『人民性』，是不切實際的」之後，郭又對〈茅〉〈遭〉兩首「同樣採取逐句
對譯的形式，以免自己在瞭解上的疏忽」〔註96〕。其中，杜甫對「南村群童」
的「盜賊」稱謂，歷來被看作是詩人的無奈戲謔，但在郭譯中就成了杜甫罵貧
農子弟爲「強盜」。爲後人傳唱的「大庇天下寒士俱歡顏」，由於郭拒絕把「寒
士」翻譯爲下層人民，而堅持認爲是特定的「寒士」階層，即「沒有功名富貴
的……讀書人」〔註97〕，所以人道主義的「民胞物與」的普遍性精神完全被抽
離：「詩裏面是赤裸裸地表示著詩人的階級立場和階級情感的」〔註98〕。這和
郭在屈原翻譯中凡遇到「民」就翻譯爲「人民」形成了耐人尋味的對比。

爲何對於郭來說，詩歌今譯是獲得所謂「確切的瞭解」並避免「疏忽」的
方法？這種「瞭解」在郭的語境中說到底是一種政治性的階級分析。換言之，

〔註91〕同上，125頁。
〔註92〕同上，128頁。
〔註93〕同上，125頁。
〔註94〕同上，133頁。
〔註95〕同上，136頁。
〔註96〕同上。
〔註97〕同上，137頁、138頁。
〔註98〕同上，138頁。

今譯對於古典文學的階級分析來說是否必要？畢竟，杜詩的語言不像《詩經》《楚辭》那樣有難度，馮、蕭討論杜甫，就很少用到今譯的方法。其實，郭的階級分析雖然誇張，但在具體的詩作解析上，他和馮、蕭的差距並不那麼遠，正如馮、蕭也會在自己的論述中順帶提及杜甫的保守性和局限性。「人民詩人」問題的翻案只是把焦點從「人民性」一側換到「局限性」一面，這其中並沒有「確切」的可能，而只有闡釋行為本身的政治決斷。這樣一個政治闡釋的再革命從今譯實踐中獲得了一種修辭力量，以得到一種「確切」的論證表象。我們可以總結，作為文學抒情、史學研究和階級分析的工具，古詩今譯始終表徵著一種進步的、人民性、現代性的語言政治和文化政治，已經固著在了郭的古典闡釋之中——而這種闡釋的不斷革命化也導致了自身能動性的消解。

六、簡短的結語

綜上所論，郭的古詩今譯，從「五四」至「文革」，從不是簡單的語言媒介轉換，而代表了一個文學生產和政治介入的闡釋主體空間。本文雖是一個以郭的軌跡為中心的個案研究，但其相關性或超出這一個別的存在；或者說，郭的個案提供了問題線索，我們從中獲得一種方法性的視角，可以觀測詩歌意識形態、歷史想像和話語建構的互動和錯位，更可以看到翻譯和歷史想像在革命的文化邏輯中的彼此交織。尤其是「以今譯古」的態勢，把翻譯的主體性和再闡釋的政治性在具體的語言、文本和修辭構造中浮雕般地顯示了出來。針對至今不絕的關於中國革命的爭議，我特別要強調，歷史闡釋本身就意味著構成了不間斷的文學修辭、認識論和意識形態翻譯。因此，如何在審美上、學理上和倫理上評價郭的古典譯解不應是我們的重點；如何重新發現和理解這種內在於中國革命遺產中的文化政治態勢，又如何辯證地將之視為我們自身文化可能性的一個問題源頭，或許才是挑戰所在。

主要參引文獻：

1. 朱熹集注，《楚辭集注》，上海，上海古籍出版社，1979 年。
2. 周作人，《周作人散文全集》，桂林， 廣西師範大學出版社，2009 年。
3. 周振甫譯注，《詩經譯注》，北京，中華書局，2002 年。
4. 范文瀾，《中國通史簡編》，上海：新知書店 1947 年版。
5. 洪為法，〈讀卷耳集〉，《創造日彙刊》，1923 年。
6. 郭沫若，《卷耳集》，上海， 泰東書局，1923 年。

7. ——，〈雪萊的詩·小序〉，《創造季刊》第 1 卷，第 4 期，1923 年。

8. ——，〈古書今譯的問題〉，《創造週報》第 37 期，1924 年。

9. ——，〈整理國故的評價〉，《創造週報》第 36 期，1924 年。

10. ——，《李白與杜甫》，北京，人民文學出版社，1972 年。

11. 《歷史人物》，北京，人民文學出版社，1979 年。

12. ——，《郭沫若全集·歷史編》，北京，人民出版社，1982 年。

13. ——，〈卷耳集·自跋〉，《郭沫若全集·文學編》，第 5 卷，北京，人民文學出版社，1984 年。

14. ——，郭沫若，《屈原賦今譯》，《郭沫若全集·文學編》，第 5 卷。

15. ——，〈人民詩人屈原〉，《郭沫若全集·文學編》，第 17 卷。

16. ——，〈偉大的愛國詩人——屈原〉，《郭沫若全集·文學編》，第 17 卷。

17. 陳國球、王德威編，《抒情之現代性：「抒情傳統」論述與中國文學研究》，北京，三聯書店，2014 年。

18. 馮至，《杜甫傳》，北京，人民文學出版社，1980 年。

19. 曹聚仁編，《卷耳討論集》，上海，梁溪圖書館，1925 年。

20. 程俊英、蔣見元：《詩經注析》，北京，中華書局，1999 年。

21. 聞一多，《神話與詩》，第 356 頁，北京，古籍出版社，1956 年。

22. 顧頡剛，《顧頡剛全集》，北京，中華書局，2010 年。

23. L. S. Dembo, *The Confucian Odes of Ezra Pound: A Critical Appraisal.* Berkeley and Los Angeles: The University of California Press, 1963.

24. Marcel Granet, *Fêtes et chansons anciennes de la Chine.* Paris: L'Université Paris, 1929.

25. Roman Jakobson, 「On Linguistic Aspects of Translation,」 in Lawrence Venuti ed., *The Translation Studies Reader.* London: Routledge, 2012.

26. Ezra Pound trans., *Shih-ching: The Classic Anthology defined by Confucius.* Cambridge, Ma.: Harvard University Press, 1982.

27. ------, *The Spirit of Romance.* New York: New Directions, 2005.

28. George Steiner, 「Introduction,」 in Walter Benjamin, *The Origin of German Tragic Drama*，London: Verso, 2003.

29. Laurence A. Schneider, *A Madman of Ch*ʼ*u: The Chinese Myth of Loyalty and Dissent.* Berkeley: University of California Press, 1980.

30. Arthur Waley trans., Joseph R. Allen ed., *The Book of Songs.* New York: Grove Press, 1996.

（原刊《文學評論》2016 年第 3 期）

革命時代「學者」與「文人」的歧途
——對顧頡剛、魯迅衝突的再探討

林分份

（北京師範大學文學院）

　　顧頡剛與魯迅衝突之時，恰好處在國民革命和北伐戰爭時期，也是新文化陣營分化的重要階段。有關顧、魯衝突的緣由，除了學界聚焦的彼時顧氏傳播魯迅「剿襲」鹽谷溫一案，以及相關人事紛爭、派系傾軋、政治立場差異〔註1〕之外，也與「五四」之後二者的文化立場、思想旨趣、身份定位等多所關涉。本文在學界已有研究成果的基礎上，依據對顧頡剛、魯迅的日記、書信中有關二者關係的私人言說，以及其他相關文獻資料的梳理，試圖考察顧、魯衝突之緣起的另一面，勾勒二者之間可能存在的思想對話，進而剖析後五四時代知識分子思想立場、身份認同的差異，以及新文化場域中的「佔位」競爭等問題。

一、「整理國故」與「欣賞藝術」

　　從學術史的角度看，顧頡剛與魯迅衝突之際，正是古史辨派在中國學界迅速崛起的時期。而作爲與胡適、錢玄同齊名的古史辨「三君」〔註2〕之一的

〔註1〕 這方面的論述，見顧潮《歷劫終教志不灰——我的父親顧頡剛》（上海：華東師範大學出版社，1997 年）頁 100～117、桑兵《晚清民國的國學研究》（上海：上海古籍出版社，2001 年）頁 216～220、邱煥星〈魯迅與顧頡剛關係重探〉（《文學評論》2012 年第 3 期）、施曉燕〈顧頡剛與魯迅交惡始末〉（《上海魯迅研究》2012 年夏、秋二期）等。

〔註2〕 錢穆：《崔東壁遺書・序》（上海：亞東圖書館，1935 年）。

顧頡剛，當他與魯迅這位新文學創作、新文化思想的領軍人物衝突時，其所強調的側重點往往與對方有別。這不僅源於顧氏早先對職業、身份的自我定位，對學術研究與文學創作（及文藝批評）的具體評價，也源於他後來對魯迅的爲人、文風的個人觀感。

　　1920 年大學畢業之際，顧頡剛即表示：「我所求的職業，乃是於我學問上可以進步的職業。」〔註3〕因而，工作頭幾年，儘管生活拮据，對於外界報酬豐厚的教職、講演等邀約，他一概回絕，爲的是讓自己能有更多的時間專注於研究，由此成爲一名純粹的學者。1922 年 4 月，在給李石岑的信中，顧氏提出「學術界生活獨立問題」，李石岑將其轉發給多人，引來鄭振鐸、沈雁冰、胡愈之、郁達夫、嚴既澄、常乃惪諸人的討論〔註4〕。1924 年元旦，李石岑致吳稚暉信中，特意稱贊「我友顧頡剛先生，可謂最富於爲學問而學問的趣味者」〔註5〕。李石岑同時把信寄給顧氏，而顧氏在回信中也承認：「先生許我爲『最富於爲學問而學問的趣味者』，實爲知我之言，我決不謙讓。」〔註6〕

　　顧頡剛「爲學問而學問」的姿態，也體現在與不同陣營人物的交往方面。1926 年初，顧氏寫道：

> 　　我們交往的人，也許有遺老、復辟黨、國粹論者、帝國主義者，但這決不是我們的陳舊的表徵。我們的機關是只認得學問，不認得政見與道德主張的。只要這個人的學問和我們有關係，或者這個人雖沒有學問，而其生活的經歷與我們的研究有關係，我們爲研究的便利計，當然和他接近。我們所接近的原不是他的整個的人格，而是他與我們發生關係的一點。〔註7〕

這一主張與蔡元培「兼容並包」的思想觀念實無二致。而在實際上，顧頡剛「只認得學問，不認得政見與道德主張」的態度，正是陳西瀅諸人大力捧贊

〔註3〕顧頡剛：〈致殷履安〉（1920 年 4 月 21 日），《顧頡剛書信集》卷四（北京：中華書局，2011 年），頁 217。以下《顧頡剛書信集》皆同此版本。

〔註4〕顧頡剛等：〈通信〉，《教育雜誌》第 14 卷第 5 號、第 6 號（1922 年 5 月、6月）。

〔註5〕李石岑：〈自序——我的生活態度之自白〉，載《李石岑演講集》第一輯（上海：商務印書館，1924 年）。

〔註6〕顧頡剛：〈顧頡剛序〉，載《李石岑演講集》第一輯（上海：商務印書館，1924年）。

〔註7〕顧頡剛：〈一九二六年始刊詞〉，《北京大學研究所國學門週刊》第 2 卷第 13期（1926 年 1 月 6 日）。

的重點所在，也是顧氏人脈比較廣達的主要原因之一。由於沒有家派之別，顧氏雖是《語絲》所公佈的十六個撰稿人之一，卻也參與「現代評論派」的宴席和陳西瀅、凌淑華的婚禮，並受陳西瀅和徐志摩之邀，頻頻在《現代評論》和《晨報副刊》上發表文章。這也是後來顧氏被魯迅認定為「現代評論派」的原因之一。

在對待學問派別方面，顧頡剛主張必須改變從前學問家「以己學為正學，必使天下惟我是從，定我為一尊而後快」〔註8〕的態度。具體到整理國故方面，他批評從前的人用「家派」的態度整理國故，還是一種「宗教的態度」，而「現在我們就不然了。我們是立在家派之外，用平等的眼光去整理各家派或向來不入家派的思想學術。我們也有一個態度，就是：『看出他們原有的地位，還給他們原有的價值』」。考慮到未必所有人都熱衷整理國故，顧氏在這篇文章的末尾寫道：「整理國故是新文學運動中應有的事，但歡喜文學的人中，盡有專從藝術上著眼，不想做歷史的研究的，也有不耐做整理的工夫的。這一班人只須欣賞藝術，不要一同整理國故。」〔註9〕

雖然承認新文學運動中「欣賞藝術」的一派，但在顧頡剛心目中，「欣賞藝術」與「整理國故」的分量明顯不同。在幾年後有關康有為與王國維的比較文字中，顧氏指出：

> 他自己說，「三十五歲以後，學問沒有進步，也不求其進步。」
> 所以學術界上的康有為，三十六歲就已死了。……至於靜安先生，
> 確和康氏不同，他是一天比一天進步的：三十五歲以前，他在學問
> 上不曾做過什麼大貢獻，他的大貢獻都在三十五歲以後。〔註10〕

將康有為三十五歲以後的「通經致用」與王國維三十五歲以後不斷追求學問的「進步」對照，再次看出顧氏「為學問而學問」的立場；同時，極力突出王國維三十五歲以後的學術貢獻（「整理國故」），也暗含著對其早年文學創作與文學批評（「欣賞藝術」）成就〔註11〕的有意漠視。

〔註8〕 顧頡剛：〈入主出奴之學風〉，《顧頡剛讀書筆記》卷一（臺北：聯經出版事業公司，1990 年），頁 470。

〔註9〕 顧頡剛：〈我們對於國故應取的態度〉，《小說月報》第 14 卷第 1 號（1923 年 1 月）。

〔註10〕 顧頡剛：〈悼王靜安先生〉，《文學週報》第 5 卷第 1、第 2 合期（1927 年 8 月）。

〔註11〕 王國維在文學批評、創作方面的代表作《紅樓夢評論》《人間詞話》《靜安詩稿》等，皆完成於三十五歲（1912 年）之前。

　　實際上，顧頡剛對「整理國故」與「欣賞藝術」的態度，一開始就涇渭分明。「五四」之後至大學畢業前夕，在寫給傅斯年、羅家倫的信中，顧氏屢屢表達了研究史學的志向：「你的意思，學問要從歷史上做起，我一向也這樣想，而且深願照此做去。」〔註12〕「我於學問上，很願做史學的工夫。便是我入哲學門，也是想打好史學的根柢。因為哲學是人類精神的觀察，史學是人類精神的表章，原是在一個方向的。」〔註13〕而在「五四」運動爆發之前，顧氏與傅斯年談及《新潮》雜誌最近幾期的稿件時，對文學作品和人生觀（思想）論文的取向甚為分明：「這幾期你同志希（按：羅家倫）都傾向文學方面去，我有些失望。因為我們的目的是『改造思想』，文學是表現思想的形式；人生觀是創建思想的實質，實質自然是形式的根本。」所以他寄望傅斯年能繼續撰寫〈人生問題發端〉或者談論思想問題、介紹西洋各個哲學家的人生觀的文章〔註14〕。之所以特別重視人生觀（思想）的文章，是因為在顧氏看來，只有「科學常識同精密確當的人生觀」，才是他們這一輩從事啓蒙或「使人起自覺心」的「根本」，「拿這二件建設得完備，再行發佈這極端主義的鼓吹，方不使人凌亂失序，躐等進行」〔註15〕。然而關於這兩方面的建設並非易事，尤其是當他看到《新潮》第三號有關「思想問題」的學術文章只有寥寥二篇時，即大發感慨：「可見研究學問，實非易事；最便當的事情，只是將社會現象說說罵罵罷了。」〔註16〕因而，在顧氏那裏，是不懼艱難從事史學、哲學等關乎「人類精神」的學術研究，還是趨時就便寫寫文學批評或者社會評論，二者的價值明顯不同。

　　1921 年初，顧頡剛留校並出任北京大學圖書館編目員不久，校長蔡元培囑其查看胡樸安所編《俗語典》一書。在寫給蔡元培的第一封彙報信中，顧氏談到，上海「最穩重的文人」胡樸安，其所編《俗語典》實多缺點，故而覺得「他們與其為鈔錄刪改的生涯，為有無不足輕重的事業，不如勸他們在古書上做些工夫」〔註17〕。在第二封彙報信中，顧氏則說：

〔註12〕顧頡剛：〈與孟眞書〉（1919 年 8 月 11 日），《顧頡剛書信集》卷一，頁 184。
〔註13〕顧頡剛：〈致羅家倫〉（1920 年 5 月 5 日），《顧頡剛書信集》卷一，頁 237。
〔註14〕顧頡剛：〈致傅斯年〉（1919 年 2 月 21 日），《顧頡剛書信集》卷一，頁 180～181。
〔註15〕顧頡剛：〈致葉聖陶〉（1919 年 4 月 20～21 日），《顧頡剛書信集》卷一，頁 57。
〔註16〕顧頡剛：〈致葉聖陶〉（1919 年 3 月 4 日），《顧頡剛書信集》卷一，頁 52。
〔註17〕顧頡剛：〈致蔡元培〉（1922 年 1 月 23 日），《顧頡剛書信集》卷一，頁 144。

　　　　胡君從前常在《國粹學報》作文，雖不見有精彩，然總是傾向
　　　樸學方面，所以我常以爲他是一個帶有學問氣息的文人。近年來不
　　　甚見到他的文字，而他的弟寄塵（名懷琛）方趨時髦爲新文學批評
　　　（記不眞切，未知是此名否？）及大江集等書，彼亦不見有所論列，
　　　故疑爲穩重一流。〔註18〕

顧氏言下之意十分明白，一個「文人」是否「帶有學問氣息」，以及是否屬於
「穩重一流」，乃在於其作文是「傾向樸學方面」，還是「爲新文學批評」。

　　這樣的判斷標準，也影響了顧頡剛對新文學作家的評價。1923 年 6 月，
在給葉聖陶的信中，談及樸社的情況，顧氏寫道：「上海方面，雁冰是最好的
辦事才，振鐸是最好的活動分子……」「振鐸是發起這社的第一人，而欠繳社
費已有三月，誠不得不使人失望。眼看再過三月，就要出社了。我們社裏少
一達夫之類的沒有什麼可惜，而少一振鐸則大可惜」〔註 19〕。此時已因出版
白話小說集《沉淪》在文壇聲名鵲起的郁達夫，被拿來與鄭振鐸比較，其結
果，前者自然是屬於「沒有什麼可惜」、非「穩重一流」的一類。1924 年 6 月，
在跟妻子談及自己與新文化運動諸君的區別時，顧氏舉出錢玄同〈孔家店的
老夥計〉一文有關「孔家店有老牌的和冒牌的二種，這二種都該打」的劃分
方法，表示十分認同錢玄同將胡適之、顧頡剛列爲「打老牌的二人」，而「打
冒牌的六人」除了陳獨秀、易白沙、魯迅、周作人、吳稚暉外，也包含了胡
適之。當然，顧氏的重點在於其中的區別：「打冒牌的孔家店，只要逢到看不
過的事情加以痛罵就可，而打老牌卻非作嚴密的研究，不易得到結果，適之
先生和我都是極富於學問興趣的……」「別人既怕讀書，又無膽量，能作文的
多半是抱出風頭主義，故這個工作是擔任不了的（我現在也並不是擔任得了，
只是秉著這個態度向前走去，將來不怕擔任不了）。」〔註 20〕而這，正是顧氏
評價周作人、魯迅等新文學家的主要依據。

　　1922 年 6 月，在一封致劉經庵的信中，顧頡剛寫道：「歌謠研究會事，一
言難盡。先是這會由劉半農先生擔任，他出洋後，由周先生接下去。數年來
無聲無臭，沒有作一點事。」顧氏據此認爲，在北大的新文化運動大家中，

〔註18〕　顧頡剛：〈致蔡元培〉（1922 年 2 月 3 日），《顧頡剛書信集》卷一，頁 145。
〔註19〕　顧頡剛：〈致葉聖陶〉（1923 年 6 月 7 日），《顧頡剛書信集》卷一，頁 76。
〔註20〕　顧頡剛：〈致殷履安〉（1924 年 6 月 14 日），《顧頡剛書信集》卷四，頁 447～
　　　　448。

除了蔡孑民、胡適之兩位在「眞實做事情外」，其他人則不可靠，「大家看了虛名的可以招致外邊的信仰，大家努力造名望：自己職務上的事情不做，專做文章去發表。」因而，他對周作人的印象是：「周先生最壞的皮氣，就是職銜儘管擔任，事務儘管不做。」〔註21〕後來，在參與編撰《語絲》週刊期間，顧氏也屢屢在日記中寫下對魯迅、周作人兄弟行事、爲文的觀感：

> 《語絲》近來文甚少，屢邀予作，未之應。昨來函，謂將以無文停刊，想不忍見其夭折。因以舊日筆記一則鈔與之。予今日對於魯迅、啓明二人甚生惡感，以其對人之挑剔詬誶，不啻村婦之罵也。今夜《語絲》宴會，予亦不去。（1926,01,17）〔註22〕

> 昨語絲社宴會，予仍未去。此後永不去矣。魯迅等在報上作村婦之罵，小峰又以《言行錄》事屢慫恿魯仲華來找麻煩，均可厭。（1926,03,14）〔註23〕

由在語絲社共事時嫌惡魯迅（及周作人）對人「挑剔詬誶」和在報上作「村婦之罵」，到後來擬與魯迅對簿公堂而購買其全部著作來閱讀，在顧氏看來，魯迅「乃活現一尖酸刻薄、說冷話而不負責之人」〔註24〕。

實際上，顧頡剛所嫌惡者，正是魯迅以雜文作批評武器的文風及其「文人」身份。對於自己與魯迅之間的衝突，顧氏幾經思索，認爲主要原因在於：

> 按，魯迅對於我的怨恨，由於我告陳通伯，《中國小說史略》剽襲鹽谷溫《支那文學講話》。他自己鈔了人家，反以別人指出其剽襲爲不應該，其卑怯驕妄可想。此等人竟會成群眾偶像，誠青年之不幸。他雖恨我，但沒法罵我，只能造我的種種謠言而已。予自問胸懷坦白，又勤於業務，受茲橫逆，亦不必較也。（1927,02,11）〔註25〕

魯迅對於我排擠如此，推其原因，約有數端：

（1）揭出《小說史略》之剽襲鹽谷溫氏書。

（2）我爲適之先生之學生。

〔註21〕顧頡剛：〈致劉經庵〉（1922 年 6 月 19 日），《顧頡剛書信集》卷二，頁 113～114。
〔註22〕顧頡剛：《顧頡剛日記》卷一（北京：中華書局，2011 年），頁 710。以下《顧頡剛日記》皆同此版本。
〔註23〕顧頡剛：《顧頡剛日記》卷一，頁 726。
〔註24〕顧頡剛：《顧頡剛日記》卷二，頁 74。
〔註25〕顧頡剛：《顧頡剛日記》卷二，頁 15。

（3）與他同爲廈大研究教授，以後輩與前輩抗行（衡）。

（4）我不說空話，他無可攻擊。且相形之下，他以空話提倡科學者自然見絀。

總之，他不許別人好，要他自己在各方面都是第一人，永遠享有自己的驕傲與他人的崇拜。這種思想實在是極舊的思想，他號「時代之先驅者」而有此，洵青年之盲目也。我性長於研究，他性長於創作，各適其適，不相遇問可已，何必妒我忌我！（1927,03,01）

〔註26〕

從以上日記內容看，除了有關衝突起因之數端外，顧頡剛尤其突出自己與魯迅的諸多區別：我「胸懷坦白」，「勤於業務」，「不說空話」，「性長於研究」；而彼「卑怯驕妄」，「造我的種種謠言」，「以空話提倡科學」，「思想極舊」，「性長於創作」。如此種種不同，與顧氏此前對「整理國故」之「學者」與「欣賞藝術」之「文人」所設身份、專長的區隔標準，顯然若合符節。

此外，在給友人的信中，顧頡剛尤其指出：

若要排擠魯迅們來成全自己，更無此想。老實說，他的文學是我及不來的，他的歷史研究是我瞧不起的，及不來則不必排擠，瞧不起更不屑排擠。我豈無爭勝之心，但我的爭勝之心要向將來可以勝過而現在尚難忘其項背的人來發施。例如前十年的對於太炎先生，近來的對於靜安先生。我要同他們爭勝，也是「堂堂之鼓，正正之旗」，站在學術上攻擊。〔註27〕

結合顧氏對自身學問個性的定位，以及後來在古史領域長達數十年的研究工作來看，這樣的解釋並非虛言。或者，在顧氏看來，與他所要爭勝的對象相比，作爲「剽竊」且「不知學」的「文人」魯迅，即使不是「不值得的」也是「道不同的」那一類，根本沒有爭勝的必要──而這，與他極力突出王國維「整理國故」的貢獻，而忽略其早年「欣賞藝術」的成就，自有其相通之處。

二、「學者」「文人」的「黨同伐異」

對於「學者」與「文人」，魯迅在1927年曾作如此區分：「研究文章的歷

〔註26〕顧頡剛：《顧頡剛日記》卷二，頁22。
〔註27〕顧頡剛：〈致葉聖陶〉（1927年7月4日），《顧頡剛書信集》卷一，頁88。

史或理論的，是文學家，是學者；做做詩，或戲曲小說的，是做文章的人，就是古時候所謂文人，此刻所謂創作家。創作家不妨毫不理會文學史或理論，文學家也不妨做不出一句詩。」〔註28〕在魯迅其他場合的表述中，「文人」所對應的稱呼還有「作家」「文藝家」「詩人」「文家」等，「學者」所對應的稱呼還有「學士」「研究家」「教授」等。此外，在具體文章中，魯迅經常使用「文士」「文人學者」「學士文人」「學者文家」等合稱，另外也用「天才」「正人君子」「智識高超而眼光遠大的先生們」等來指稱相關的文人和學者。

　　與顧頡剛執著於「整理國故」與「欣賞藝術」何者更為「根本」、抑或「學者」與「文人」何者更為「穩重」不同，魯迅除了批判中國歷代文人學者的「無特操」、附庸風雅、沽名釣譽、幫閒等特質外，更為關注當下「學者」「文人」投機逐利、變化神速、善於造謠、卑劣陰險等方面的共同屬性〔註29〕。在魯迅看來，尤其那群宣稱「搬進藝術之宮」或者「蹺進研究室」的文人學者，不僅逃避現實，插科打諢，教人做順民，而且打著各種「公理」「公正」的旗幟，給對方貼上各種稱號和標籤，由此打壓那些與他們處於對立面的鬥士。為此，魯迅揭開他們各種稱號和標籤背後的巧計：

　　　　如果開首稱我為什麼「學者」「文學家」的，則下面一定是謾罵。我才明白這等稱號，乃是他們所公設的巧計，是精神的枷鎖，故意將你定為「與眾不同」，又藉此來束縛你的言動，使你於他們的老生活上失去危險性的。〔註30〕

魯迅進而揭露了文人學者聯合起來打擊對手的嘴臉：

　　　　署名和匿名的豪傑之士的罵信，收了一大捆，至今還塞在書架下。此後又突然遇見了一些所謂學者，文士，正人，君子等等，據說都是講公話，談公理，而且深不以「黨同伐異」為然的。可惜我和他們太不同了，所以也就被他們伐了幾下，——但這自然是為「公理」之故，和我的「黨同伐異」不同。〔註31〕

〔註28〕魯迅：〈讀書雜談——魯迅在廣州知用中學演講〉，黃易安筆記，《北新》週刊第47、48期合刊（1927年9月16日）。
〔註29〕參見魯迅〈這個與那個〉（《國民新報副刊》，1925年12月10日、12日、22日）、〈碎話〉（《猛進》週刊第44期，1926年1月8日）、〈並非閒話（三）〉（《語絲》週刊第56期，1925年12月7日）等文。
〔註30〕魯迅：〈通訊〉，《猛進》週刊第3期、第5期（1925年3月20日、4月3日）。
〔註31〕魯迅：《華蓋集》題記〉，《莽原》半月刊第2期（1926年1月25日）。

在魯迅看來，此等「黨同伐異」的手段，正源於文人學者的狹隘與專制，因爲「倘有人說過他是文士，是法蘭斯，你便萬不可再用『文士』或『法蘭斯』字樣，否則，——自然，當然又有『某籍』……等等的嫌疑了」〔註32〕。

魯迅的判斷，源於彼時他與陳西瀅、徐志摩等《現代評論》諸公論戰的體驗。陳西瀅曾稱贊徐志摩是中國新文學運動以來與胡適、郭沫若、郁達夫、周氏兄弟等並列的「稍有貢獻」的人之一：「尤其是志摩他非但在思想方面，就是在體制方面，他的詩及散文，都已經有一種中國文學裏從來不曾有過的風格。」而徐志摩也撰文稱贊陳西瀅，「就他學法郎士的文章說，我敢說，已經當得起一句天津話：『有根』了。」對於陳、徐二位互相吹捧、連袂作戰的把戲，魯迅予以拆穿：「中國現今『有根』的『學者』和『尤其』的思想家及文人，總算已經互相選出了。」〔註33〕此外，陳西瀅在評價新文學運動以來的十部作品（實際評價了十一部）時，對顧頡剛不吝讚詞：「在學術方面，顧頡剛先生的《古史辨》的價值是不容易推崇過份的。他用了無畏的精神，懷疑的態度，科學的方法去整理一篇幾千年以來的糊塗賬，不多幾年已經開闢了一條新路，尋到了許多大漏洞。」而對於魯迅，除了肯定〈孔乙己〉〈風波〉〈故鄉〉《阿 Q 正傳》等小說外，則認爲：「我覺得他的雜感，除了《熱風》中二三篇外，實在沒有一讀的價值。」〔註34〕對於陳西瀅抑此揚彼的修辭策略，魯迅後來指出：「陳西瀅也知道這種戰法的，他因爲要打倒我的短評，便稱贊我的小說，以見他之公正。」〔註35〕

與陳西瀅等人的論戰，使魯迅看清了文人學者披著「公理」「公正」的外衣進行「黨同伐異」的眞面目。故此，後來在與顧頡剛的衝突中，魯迅除了不滿對方「只講學問，不問派別」的「學者」面孔外，尤其批判他作爲「現代評論派」或「研究系」一員〔註36〕所採取的「派系」手段。而這，也正是導致魯迅在廈門、廣州時期，對顧頡剛屢生惡感，以至於與對方交惡的關鍵因素。

〔註32〕 魯迅：〈不是信〉，《語絲》週刊第 65 期（1926 年 2 月 8 日）。

〔註33〕 以上參見魯迅〈無花的薔薇〉，《語絲》週刊第 69 期（1926 年 3 月 8 日）。

〔註34〕 西瀅：〈閒話（新文學運動以來的十部著作）〉，《現代評論》第 3 卷第 71 期（1926 年 4 月）。

〔註35〕 魯迅：〈我的態度氣量和年紀〉，《語絲》週刊第 4 卷第 19 期（1928 年 5 月 7 日）。

〔註36〕 關於顧頡剛與「現代評論派」及「研究系」之關係，參見邱煥星〈魯迅與顧頡剛關係重探〉，《文學評論》2012 年第 3 期。

　　仔細考察二者交往的過程，魯迅對顧頡剛的態度，在兩三年間變化較為明顯。據《魯迅日記》載，他與顧頡剛之間的交往，最早始於 1924 年 10 月，當時顧氏到魯迅家請其設計《國學季刊》的封面圖案；以後除幾次書信往來外，顧氏先後給魯迅送（寄）過《古史辨》第一冊、《孔教大綱》和《諸子辯》等書；當魯迅要離開廈大時，顧氏也參加了歡送宴會〔註37〕。但魯迅對顧氏的不滿，在廈大時就已開始了。剛到廈大，魯迅多次在給許廣平的信中指出：

　　　　在國學院，顧頡剛是胡適之的信徒。另外還有兩三個，似乎是顧薦的，和他大同小異，而更淺薄。

　　　　看廈大的國學院，越看越不行了。顧頡剛是自稱只佩服胡適陳源兩個人的，而潘家洵陳萬里黃堅三人，皆似他所薦引。

　　　　他所薦之人，在此竟有七人之多。……此人頗陰險，先前所謂不管外事，專看書云云的輿論，乃是全都為其所欺。〔註38〕

經此，魯迅將顧氏當作「現代評論派」在廈大的代表，而將顧氏力薦熟人到廈大國學院的做法看作是「拉幫結派」的舉動，並將這種局面當作是北大的派系鬥爭在廈大的延續〔註39〕。因而，魯迅從一開始就沒打算在廈大久待下去。

　　觀諸魯迅此時的文字，其對顧頡剛的個人觀感尚未有更劇烈之處，但接下來的兩件事大大刺激了魯迅。其一，魯迅向林語堂推薦章廷謙到廈大任教，開始顧氏持反對意見，但當獲得通過時，顧氏為「討個人緣」〔註40〕，又先行通知章氏。因此，魯迅大怒：「我實在熬不住了，你給我的第一信，不是說某君首先報告你事已弄妥了麼？這實在使我很吃驚於某君之手段，據我所知，他是竭力反對玉堂邀你到這裡來的，你瞧！陳源之徒！」〔註41〕顧氏的做法，使魯迅對其惡感加深。其二，顧氏為胡適的書記程憬謀取代替孫伏園

〔註37〕以上參見《魯迅全集》第十五卷（北京：人民文學出版社，2005 年）頁 532、頁 538、頁 539、頁 577、頁 620、頁 624、頁 632、頁 637；第十六卷，頁 3。以下《魯迅全集》皆同此版本。

〔註38〕以上參見魯迅〈致許廣平〉三通（1926 年 9 月 20 日、25 日、30 日），《魯迅全集》第十一卷，頁 550、頁 553、頁 559。

〔註39〕參見魯迅〈致許廣平〉二通（1926 年 10 月 16 日、23 日），《魯迅全集》第十一卷，頁 575～576、頁 585。

〔註40〕參見孫郁《魯迅與胡適——影響 20 世紀中國文化的兩位智者》（瀋陽：遼寧人民出版社，2000 年），頁 284。

〔註41〕魯迅：〈致章廷謙〉（1926 年 10 月 23 日），《魯迅全集》第十一卷，頁 583。

在廈門佛學院所兼職務一事的做法，更使魯迅覺得「你看研究系下的小卒就這麼陰險，無孔不入，眞是可怕可恨」〔註42〕。這兩件事的是非曲直，或者不一定都如魯迅所想的那樣，但種種遭遇都讓其回想起在北京時與《現代評論》諸公的不愉快經歷，因而在人格上將顧氏視爲與陳西瀅同是「陰險」的一類。而章廷謙的遭遇，也使得魯迅在接下來的日子裏，視其同爲遭受顧氏排擠的受害者，因而屢屢在寫給章氏的信中強烈譴責顧氏，乃至用生理缺陷加以諷刺和醜化。

後來到廣州中山大學任教，在解釋自己離開廈大並擬接著離開中大的原因時，魯迅寫道：

> 我在廈門時，頗受幾個「現代」派的人排擠，我離開的原因，一半也在此。但我爲從北京請去的教員留面子，秘而不說。不料其中之一（按：顧頡剛），終於在那裏也站不住，已經鑽到此地來做教授。此輩的陰險性質是不會改變的，自然不久還是排擠，營私。我在此的教務，功課，已經夠多的了，那可以再加上防暗箭，淘閒氣。所以我決計於二三日內辭去一切職務，離開中大。〔註43〕

在此，魯迅突出的正是自己遭受排擠的境遇〔註44〕。如果說，在廈大時，因顧及林語堂和北京諸教員的面子，魯迅沒有將矛盾公開化，那麼到了中大以後，他則毫不猶豫地表達不與顧頡剛共處一校的立場。在給孫伏園的信中，魯迅寫道：

> 我眞想不到，在廈門那麼反對民黨，使兼士憤憤的顧頡剛，竟到這裡來做教授了，那麼，這裡的情形，難免要變成廈大，硬直者逐，改革者開除。而且據我看來，或者會比不上廈大，這是我新得的感覺。我已於上星期四辭去一切職務，脫離中大了。〔註45〕

顧頡剛4月18日到中大，魯迅4月21日提出辭職，這顯然是一種公開的對立姿態。在致友人的另一封信中，魯迅表明了自己所受到的聯手排擠：

〔註42〕 魯迅：〈致許廣平〉（1926年11月4日），《魯迅全集》第十一卷，頁601。
〔註43〕 魯迅：〈致李霽野〉（1927年4月20日），《魯迅全集》第十二卷，頁29～30。
〔註44〕 魯迅離開廈大的原因，除了「言語不通」「飯菜不好」「無法用功」外，「國學院無非裝面子，不要實際」的態度也是其中的一個主要方面。以上參見魯迅〈致許廣平〉三通（1926年11月8日、26日，1926年12月2日）、〈致章廷謙〉（1926年11月30日），《魯迅全集》第十一卷，頁633、頁637、頁640，頁618。
〔註45〕 魯迅：〈致孫伏園〉（1927年4月26日），《魯迅全集》第十二卷，頁31。

不過事太湊巧，當紅鼻到粵之時，正清黨發生之際，所以也許
有人疑我之滾，和政治有關，實則我之「鼻來我走」（與鼻不兩立，
大似梅毒菌，真是倒楣之至）之宣言，原在四月初上也。然而顧傅
為攻擊我起見，當有說我關於政治而走之宣傳，聞香港《工商報》，
即曾說我因「親共」而逃避云云，兄所聞之流言，或亦此類也歟。
〔註46〕

對於顧頡剛到中大，以及其與傅斯年的「勾結」，魯迅的不滿溢於言表。傅斯年為挽留二人，先讓顧氏避開魯迅，赴外地購書，魯迅也將此視為顧氏的鑽營之舉〔註47〕。

然而魯、顧二人矛盾的完全公開化，乃是五月初孫伏園將魯迅、謝玉生寫給他的信，加以解讀，並以〈魯迅先生離開廣東中大〉為題，發表在武漢的《中央副刊》上。文中不管是魯迅、謝玉生信中內容，還是孫伏園的解讀，都一致將魯迅之離開廈大到中大、復離開中大的主要原因歸之於顧頡剛，且有謂顧氏「反對民黨」「反動」等語〔註48〕。顧氏於六月中讀到此文，後於七月底致信魯迅，要求九月中旬在廣東對魯迅、謝玉生提起訴訟；而魯迅答以九月在滬，可就近在浙起訴〔註49〕。對於顧氏的訴訟要求，魯迅憤懣有加，認為此乃「放刁」：「他用這樣的方法嚇我是枉然的；他不知道我當做《阿Q正傳》到Q被捉時，做不下去了，曾想裝作酒醉去打巡警，得一點牢監裏的經驗。」〔註50〕魯迅看似放達的言詞中包含著某種悲憤之感——他大概怎麼也想不明白，自己一向被人排擠，卻反而被要求「法律解決」！雖然最後雙方並未對簿公堂，但魯迅對顧氏的怨憤也由此加深，在私人信件中仍然極盡嘲諷之能事〔註51〕。

在魯迅看來，顧頡剛不僅是「現代評論派」一員，更是「研究系下的小卒」，因而，對於自己在廈大所受顧氏等人的「排擠」，也曾想「到廣州後，

〔註46〕 魯迅：〈致章廷謙〉（1927年5月30日），《魯迅全集》第十二卷，頁34～35。
〔註47〕 魯迅：〈致章廷謙〉（1927年6月23日），《魯迅全集》第十二卷，頁39～40。
〔註48〕 伏園：〈魯迅先生脫離廣東中大〉，《中央副刊》第48號（1927年5月11日）。
〔註49〕 魯迅：〈辭顧頡剛教授令「候審」〉，《魯迅全集》第四卷，頁40～41。
〔註50〕 魯迅：〈致章廷謙〉（1927年8月8日），《魯迅全集》第十二卷，頁61。引文中的「當」為魯迅書信手稿中所有，參見《魯迅手稿叢編》第五卷（北京：人民文學出版社，2014年），頁457。
〔註51〕 參見魯迅〈致江紹原〉（1927年8月2日）、〈致章廷謙〉（1927年8月17日），《魯迅全集》第十二卷，頁59、頁64。

對於研究系加以打擊」，但他也表明自己的無奈：「研究系是應該痛擊，但我想，我大約只能亂罵一通，因爲我太不冷靜，他們的東西一看就生氣，所以看不完，結果就只好亂打一通。」〔註52〕然而，魯迅還是多次在私人信件中，表達了對顧頡剛等人的學問的不屑：「你要知道鼻的小玩藝，是很容易的。只要看明末清初蘇州一帶地方人的互相標榜和攻訐的著作就好了」；而《新月》方面，「雖然作者多是教授，但他們發表的論文，我看不過日本的中學生程度」〔註53〕。魯迅的這一看法後來甚至延及北平乃至整個中國學界：「北平之所謂學者，所下的是抄撮工夫居多，而架子卻當然高大，因爲他們誤解架子乃學者之必要條件也。……看不到『學』，卻能看到『學者』」；「而所謂『大師』『學者』之流，則一味自吹自捧，絕不可靠……」〔註54〕據此來看，魯迅對所謂「整理國故」之「學者」的評價，實與顧氏「根本」「穩重」的斷語大相徑庭。而此中也不難看出，新文化運動落潮後，魯迅對陳西瀅、顧頡剛等人產生惡感乃至最終交惡的主要原因，並非源於各自職業、身份及專長的客觀差異，而是源於對方攜手抱團以排擠、打壓進步人士的共同伎倆。

三、革命時代知識分子的身份認同

「五四」之後，「國民性」也曾是顧頡剛關注的問題之一，正所謂「知道了中國國民性，才可從根本上去改良中國社會」〔註55〕。然而，由於相信「科學常識同精密確當的人生觀」才是「使人起自覺心」的「根本」，顧氏最終認定安心學術也是一種實實在在的「革命」。故此，1919年9月，在給妻子的信中，他認爲當前最要緊的事情有二：「（一）自己充足了學問，從根本上立革新計劃；（二）喚起國人好學的心神，教他自己去求學問，自己去立革新計劃。因爲要實現以上的二條，所以一方面要自己努力求學，一方面又要做社會教育事業。」然而，「現在的社會教育，或是只有形式，或是專輸進舊思想、死

〔註52〕 以上參見魯迅〈致許廣平〉三通（1926年11月4日、8日、1日），《魯迅全集》第十一卷，頁601、頁606、頁599。

〔註53〕 魯迅：〈致章廷謙〉二通（1927年7月28日、12月26日），《魯迅全集》第十二卷，頁55、頁99。第一通引文中的「鼻」字，在原文中爲一個手繪的鼻子圖案。

〔註54〕 魯迅：〈致姚克〉二通（1934年2月11日、3月6日），《魯迅全集》第十三卷，頁23、頁39。引文中「抄撮」「當然」等詞的寫法，爲魯迅書信手稿中所有，參見《魯迅手稿叢編》第七卷（北京：人民文學出版社，2014年），頁28。

〔註55〕 顧頡剛：〈致王伯祥〉（1919年8月19日），《顧頡剛書信集》卷一，頁111。

思想。不見善果，翻成惡業。所以我輩不可再蹈此弊，當以『自己努力求學』，去做社會教育的骨子」〔註56〕。

在「五四」一週年紀念前夕，顧頡剛一度表達了對「革命」的懷疑：

> 對一種惡制度，要改變他，非得革命不可。要革命成功，非得聯絡各界，號召黨徒不可。但聯絡各界號召黨徒之後，他的自身也變成了一種惡制度。前者之惡雖革，而後者之惡已興。或前者之惡尚未革，而後者之惡已興起而並與之對峙。民國以來的幾次革命，都是如此。〔註57〕

不僅如此，彼時顧氏應羅家倫之邀，本擬做一篇〈對於群眾運動的懷疑〉給《晨報・五四紀念號》〔註58〕，但後來發表時題爲〈我們最要緊著手的兩種運動──教育運動 學術運動〉。在該文中，顧氏闡釋「學問」對於「革命」的根本意義：

> 學問是感情和衝動的指導者，也是感情和衝動的約束者。他可以給我們以明確的主張、正當的步驟、永久的意志。大家有了做學問的誠心，自然使世界上的惡勢力，都失掉了原來在糊塗腦筋裏的根據；更使世界上的好勢力，在清明的腦筋裏，確定了他的根據。那麼，世界便能隨時革命，不須有特別的革命標榜了。人人都能用自己的知識去辨別是非，有修養去定進行趨向，人人都堂堂的做個人，便人人都是革命者，也無須有專做指揮他人屈抑他人的革命領袖了。〔註59〕

本著這樣的信念，在國民革命風起雲湧的 1926 年底，顧氏說明自己專注學問、不涉政治的意義所在：「我的意思，只是斬荊棘不必全走在政治的路上，研究學問只要目的在於求眞，也是斬除思想上的荊棘」；「我不願以『革命』自己標榜，但我自己知道，我是對於二三千年來中國人的荒謬思想與學術的一個有力的革命者」〔註60〕。

〔註56〕顧頡剛：〈致殷履安〉（1919 年 9 月 10 日），《顧頡剛書信集》卷四，頁 72。

〔註57〕顧頡剛：〈致殷履安〉（1920 年 4 月 22 日），《顧頡剛書信集》卷四，頁 230。

〔註58〕顧頡剛：〈致殷履安〉（1920 年 4 月 23 日），《顧頡剛書信集》卷四，頁 219。

〔註59〕顧誠吾：〈我們最要緊著手的兩種運動──教育運動學術運動〉，《晨報・五四紀念增刊》（1920 年 5 月 4 日）。

〔註60〕顧頡剛：〈致葉聖陶〉（1926 年 11 月 6 日），《顧頡剛書信集》卷一，頁 85～86。

　　當然，此時國民革命軍北伐節節勝利的形勢，也大大刺激了顧頡剛的思想。1927 年 1 月，顧頡剛到福州採購古籍和地方志時，會晤了當時在北伐軍東路軍總指揮部任職的王悟梅，由此得以與幾位軍官交往。後來在給胡適的信中，顧氏寫道：

> 　　我深感到國民黨是一個有主義、有組織的政黨，而國民黨的主義是切中於救中國的。又感到這一次的革命確比辛亥革命不同。辛亥革命是上級社會的革命，這一次是民眾的革命。我對於他們深表同情，如果學問的嗜好不使我卻絕他種事務，我眞要加入國民黨了。

此時顧氏對國民黨的好感溢於言表，以至於極力勸說胡適歸國後「似以不作政治活動爲宜。如果要作，最好加入國民黨」〔註61〕。

　　受這股「民眾的革命」大潮刺激，顧頡剛一度熱衷於談論「革命」「傳道」等話題。1927 年 7 月，在給好友王伯祥、葉聖陶的信中，顧氏認爲「在廈大中眞實立革命目標，作革命工作，有革命計劃的」只有他自己，相反，讓他瞧不起的魯迅們，「他們以喊革命口號爲全部的工作，反以不喊口號而埋頭工作的爲反革命，眞是可笑。然而革命不成，『革命家』的頭銜卻已取得了，魯迅們也心滿意足了」〔註62〕。在顧氏看來，是「不喊口號而埋頭革命」，還是「以喊革命口號爲全部的工作」，此乃自己與魯迅們的根本區別。兩天之後，在給葉聖陶的另一封信中，顧氏甚至表示：「我近來頗有傳道的衝動，我的道是『打倒聖賢文化，表章民眾文化』，故無論作文或演說，總要說到這上去。但自己覺得豫備還沒有充分，不敢章[彰]明較著的鼓吹耳。」〔註63〕

　　實際上，此時顧頡剛的興趣不止於聖賢文化與民眾文化的對立關係，而且涉及知識階級與勞動階級的身份問題。在彼時所撰〈悼王靜安先生〉一文中，顧氏仍然主張學者「做文章只是做文章，研究學問只是研究學問，同政治毫沒有關係，同道德也毫沒有關係」，然而與此同時，他認爲「做文章和研究學問的人，他們的地位跟土木工、雕刻工、農夫、織女的地位是一樣的。他們都是憑了自己的能力，收得了材料，造成許多新事物。他們都是作工，都沒有什麼神秘」。顧氏由此指出，士大夫自以爲讀書比平民高尚的觀念「是害死靜安先生的主要之點」：

〔註61〕顧頡剛：〈致胡適〉（1927 年 2 月 2 日），《顧頡剛書信集》卷一，頁 440。
〔註62〕顧頡剛：〈致王伯祥、葉聖陶〉（1927 年 7 月 4 日），《顧頡剛書信集》卷一，頁 89。
〔註63〕顧頡剛：〈致葉聖陶〉（1927 年 7 月 6 日），《顧頡剛書信集》卷一，頁 91。

他覺得自己讀書多，聞見廣，自視甚高，就不願和民眾們接近了。……他少年到日本早已剪髮，後來反而留起辮子，到現在寧可以身殉辮，這就是他不肯自居於民眾，故意立異，裝腔作勢，以鳴其高傲，以維持其士大夫階級的尊嚴的確據。

在這篇悼文的末尾，顧頡剛喊出了諸如「我們應該打倒士大夫階級！我們不是士大夫！我們是民眾！」〔註64〕等口號。這些頗具宣傳、鼓動色彩的口號，折射出顧氏在革命時代對知識分子身份的某種自我反省。「九・一八」事變後，顧氏不僅號召青年「走到鄉間去，做根本救國大計」〔註65〕，而且親自投入民眾教育事業，恐怕與此不無關係。

或許是受時局觸動，1931 年 12 月 8 日，顧頡剛在日記中寫道：

昨北平《晨報》社論云：今中國所需要者，不僅為一民族英雄，而在能洞燭世界大勢，提挈整個民族，樹立其信，而己不必居於領袖，以數十年之奮鬥，成為普遍之潛勢，內掃封建殘骸，外抗帝國主義，如是人物，方為上上。

顧頡剛在此段社論之後所加斷語云：「此言予甚謂然，予將努力為之。」〔註66〕不難看出，作為一度強調「整理國故」為啟蒙民眾之「根本」的學者，彼時顧氏仍然堅持「我以為如不能改變舊思想，即不能改變舊生活，亦即無以建設新國家」〔註67〕的信念。雖然他也曾「晨夢加入義勇軍，殺敵人及漢奸，甚酣暢」，然而，「醒而思之，我研究歷史，喚起民族精神之責任，實重於殺敵致果，其工作亦艱於赴湯蹈火。我尚以伏處為宜。斐希脫所謂『我書不亡，德國民族亦必不亡』者，我當勉力赴之。」〔註68〕說到底，此時顧氏內心所鍾情者，依然是作為「整理國故」的學者，而其所倚重者，依然是思想革命和學術革命。

與顧頡剛強調「整理國故」「改變舊思想」的「學者」身份可堪對照的是，魯迅對於自己的學術研究和學者身份，有著更為迫切的現實訴求。1924 年 5 月 30 日，在北大上完《中國小說史》課後，魯迅邀請旁聽的學生許欽文到中央公園喝茶。當許欽文問及魯迅講《中國小說史》並不限於中國的小說史，

〔註64〕顧頡剛：〈悼王靜安先生〉，《文學週報》第 5 卷第 1、第 2 合期（1927 年 8 月）。
〔註65〕顧頡剛：〈充實雜誌發刊詞〉，《充實雜誌》第 1 期（1932 年 12 月）。
〔註66〕顧頡剛：《顧頡剛日記》卷二，頁 588。
〔註67〕顧頡剛：《顧頡剛日記》卷二，頁 593～594。
〔註68〕顧頡剛：《顧頡剛日記》卷二，頁 698。

而且重點好像還是在反封建思想和介紹寫作的方法上時，魯迅回答道：「是的呀！如果只為著《中國小說史》而講中國小說史，即使講得爛熟，大家都能夠背誦，可有什麼用處呢！現在需要的是行，不是言。」按照許欽文的回憶，魯迅彼時所說的「行」，主要在於培養一大批能夠寫作的青年作家，以此摧毀孔孟之道，向舊社會多方面地進攻〔註69〕此一材料雖然出自許欽文半個世紀後的回憶，卻十分合乎魯迅彼時倡導實際「革命」和「行動」的思想旨趣。1925年初，在《京報副刊》發起的「青年必讀書目」徵集活動中，與梁啟超、胡適、顧頡剛所開大量傳統中國的書目不同〔註70〕，魯迅在「青年必讀書」一欄中交了白卷，卻在「附注」一欄中主張少看或不看中國書。在他看來，「少看中國書，其結果不過不能作文而已。但現在的青年最要緊的是『行』不是『言』。只要是活人，不能作文算什麼大不了的事呢。」〔註71〕

不惟如此，在1927年4月為黃埔軍官學校學員所做演講中，魯迅否認了外界封給自己的「文學家」頭銜，同時以之前在北京的鬥爭經驗，告以聽講者血的教訓：「文學文學，是最不中用的，沒有力量的人講的；有實力的人並不開口，就殺人，被壓迫的人講幾句話，寫幾個字，就要被殺……」並且認為：「到了大革命的時代，文學沒有了，沒有聲音了，因為大家受革命潮流的鼓蕩，大家由呼喊而轉入行動，大家忙著革命，沒有閒空談文學了。」基於對「革命」和「行動」的提倡，魯迅進一步指出：「諸君是實際的戰爭者，是革命的戰士，我以為現在還是不要佩服文學的好。……中國現在的社會情狀，止有實地的革命戰爭，一首詩嚇不走孫傳芳，一炮就把孫傳芳轟走了」〔註72〕。由此，魯迅希望青年不要被先前鼓吹國學救國的學者所騙，成為躲進書齋的「糊塗的呆子」，而要成為「對於實社會實生活略有言動」，即敢於行動乃至

〔註69〕 參見許欽文《魯迅日記中的我》（杭州：浙江人民出版社，1979年），頁36。

〔註70〕 顧頡剛所開書目為：《山海經》《梁武石室畫像》《世說新語》《洛陽伽藍記》《大唐西域記》《宋元戲曲史》《唐人說薈》《元秘史》《馬可波羅遊記》《陶庵夢憶》《徐霞客遊記》《桃花扇》《西秦旅行記》《南洋旅遊記》。見顧頡剛：〈有志研究中國史的青年可備閒覽書十四種〉，《京報副刊》第75號（1925年3月1日）。

〔註71〕 魯迅：〈青年必讀書——應《京報副刊》的徵求〉，《京報副刊》第67號（1925年2月21日）。

〔註72〕 魯迅：〈革命時代的文學——四月八日在黃埔軍官學校講〉，原載《黃埔生活》週刊第4期（1927年6月12日），後經作者修改收入《而已集》。此據《魯迅全集》第三卷，頁436、頁438、頁441～442。

投身革命戰爭的「勇敢的呆子」〔註73〕。因爲在革命年代，「知道革命與否，還在其人，不在文章的」〔註74〕。換句話說，在魯迅看來，此時社會所需要的是關於實際革命的言動，而非空談革命的文學；要的是「戰士」和「勇敢的呆子」，而非「文人」與「學者」。

對於中國的文人學者，魯迅揭露其注重功利與便利的一面：「清初學者，是縱論唐宋，搜討前明遺聞的，文字獄後，乃專事研究錯字，爭論生日，變了『鄰貓生子』的學者，革命以後，本可以開展一些了，而還是守著奴才家法，不過這於飯碗，是極有益處的」；〔註75〕「我看中國有許多智識分子，嘴裏用各種學說和道理，來粉飾自己的行爲，其實卻只顧自己一個的便利和舒服……」〔註76〕魯迅甚至認爲，在世界範圍內，唯獨中國「眞的沒有實在的偉人，實在的學者和教授，實在的文學家」〔註77〕，並進一步指出，中國的讀書人「自己一面點電燈，坐火車，吃西餐，一面卻罵科學，講國粹」，不僅言行不一，而且「往往只講空話，以自示其不凡」〔註78〕。或許出於對文人學者的本質認識，魯迅在談及從事寫作的起因時，強調自己「本來也還無須賣文糊口的，拿筆的開始，是在應朋友的要求」；「我也不想充『文學家』，所以也從不連絡一班同夥的批評家叫好」〔註79〕。在別一場合，他再次聲明自己留心文學，並不想以「文學家」身份「出世」，也沒有要將小說抬進「文苑」的意思，「不過想利用他的力量，來改良社會」〔註80〕。因此，對於自己的作品，魯迅並不擔心「書賈怎麼偷，文士怎麼說」〔註81〕，對於作家身份、個人名望更無心經營，以至於 1934 年，陶亢德、林語堂多次邀約他在《人間世》半月刊刊登所謂「作家」並「夫人及公子」的照片，均被他婉言謝絕〔註82〕。

〔註73〕 魯迅：〈《書齋生活與其危險》譯者附記〉，《莽原》半月刊第 2 卷第 12 期（1927年 6 月 25 日）。

〔註74〕 魯迅：〈通信（並 Y 來信）〉，《語絲》週刊第 4 卷第 17 期（1928 年 4 月 23 日）。

〔註75〕 魯迅：〈致姚克〉（1934 年 4 月 9 日），《魯迅全集》第十三卷，頁 68～69。

〔註76〕 魯迅：〈致蕭軍、蕭紅〉（1935 年 4 月 23 日），《魯迅全集》第十三卷，頁 445。

〔註77〕 曼雪：〈一思而行〉，《申報・自由談》（1934 年 5 月 17 日）。

〔註78〕 魯迅：〈致阮善先〉（1936 年 2 月 15 日），《魯迅全集》第十四卷，頁 27。

〔註79〕 魯迅：〈通信（並 Y 來信）〉，《語絲》週刊第 4 卷第 17 期（1928 年 4 月 23 日）。

〔註80〕 魯迅：〈我怎麼做起小說來〉，收《創作的經驗》（上海：天馬書店，1933 年）。

〔註81〕 魯迅：〈並非閒話（三）〉，《語絲》週刊第 56 期（1925 年 12 月 7 日）。

〔註82〕 參見魯迅〈致陶亢德〉二通（1934 年 3 月 29 日、1934 年 5 月 25 日）、〈致林語堂〉（1934 年 4 月 15 日），《魯迅全集》第十三卷，頁 56、頁 123、頁 78。

對於文人學者所能發揮的戰鬥功能，魯迅早有警覺。1925 年 5 月，在給許廣平的信件中，魯迅寫道：「我現在愈加相信說話和弄筆的都是不中用的人，無論你說話如何有理，文章如何動人，都是空的。他們即使怎樣無理，事實上卻著著得勝。然而人，世界豈眞不過如此而已麼？我還要反抗，試他一試。」這種試著反抗的念頭，使得魯迅在選擇成爲中國文學研究方面的學者，抑或成爲社會批評、文明批評的戰士時，一度傾向於後者：「但我想，或者還不如做些有益於目前的文章，至於研究，則於餘暇時做……」〔註 83〕魯迅如是說，更由此認爲，「現在需要的是鬥爭的文學，如果作者是一個鬥爭者，那麼無論他寫什麼，寫出來的東西一定是鬥爭的。就是寫咖啡館跳舞場罷，少爺們和革命者的作品，也決不會一樣」〔註 84〕；而「讀經，作文言，磕頭，打屁股，正是現在必定興盛的事，當和其主人一同倒閉。但我們弄筆的人，也只得以筆伐之」〔註 85〕。

然而，作爲弄筆的「戰士」，魯迅不僅「常常有『獨戰』的悲哀」〔註 86〕，也意識到「戰友」的易變與脆弱：「據我所見，則昔之稱爲戰士者，今已蓄意險仄，或則氣息奄奄，甚至舉止言語，皆非常庸鄙可笑，與爲伍則難堪，與戰鬥則不得，歸根結蒂，令人如陷泥坑中。」〔註 87〕對於此中原因，魯迅指出：「我覺得文人的性質，是頗不好的，因爲他智識思想，都較爲複雜，而且處在可以東倒西歪的地位，所以堅定的人是不多的。」由此他表達了對東北抗日義勇軍的敬意：「這樣的才可以稱爲戰士，眞叫我似的弄筆的人慚愧。」〔註 88〕如此表述，在折射魯迅對「革命」和「行動」諸多嚮往的同時，也再次凸顯了他對「空談革命」的文人學者的疏離與拒絕。

四、後五四文化場域的「勢位」之爭

自 1920 年 9 月起出任北京大學圖書館編目員，以及稍後兼任胡適的助手，顧頡剛短短五、六年間就在學術界廣爲人知，以至於 1926 年 9 月，傅斯年就稱贊他在古史研究中的地位「便恰如牛頓之在力學，達爾文之在生物學」

〔註 83〕以上參見魯迅〈致許廣平〉二通（1925 年 5 月 18 日，1926 年 11 月 1 日），《魯迅全集》第十一卷，頁 491、頁 599。
〔註 84〕魯迅：〈致蕭軍〉（1934 年 10 月 9 日），《魯迅全集》第十三卷，頁 224。
〔註 85〕魯迅：〈致曹聚仁〉（1934 年 6 月 9 日），《魯迅全集》第十三卷，頁 145。
〔註 86〕魯迅：〈致蕭軍、蕭紅〉（1934 年 12 月 6 日），《魯迅全集》第十三卷，頁 280。
〔註 87〕魯迅：〈致章廷謙〉（1930 年 3 月 27 日），《魯迅全集》第十二卷，頁 227。
〔註 88〕魯迅：〈致蕭軍、蕭紅〉（1934 年 12 月 10 日），《魯迅全集》第十三卷，頁 287。

〔註89〕。顧氏的聲名鵲起，除了古史研究方面的學術貢獻外，也與其所取「爲學問而學問」的姿態有關。在「戊戌」和「五四」學人〔註90〕那裏，當面臨重大歷史關頭時，「爲學問而學問」的聲音在多數場合中仍然被具體的政治革命或社會革命的命題所壓抑。因而，在「五四」前後，當顧氏強調以科學常識和新學術打破舊有道德、思想體系，以此實現「思想革命」「人的覺醒」等等現實社會命題時，也明顯未能離開這一思路。然而，在新文化運動落潮的背景下，學界又經歷「問題與主義」之爭、「科學與人生觀」論戰、「非基督教大同盟」辯論等諸多浪潮後，顧氏獨獨樹立起「爲學問而學問」的旗幟，並進而在知識界提倡「學術界的生活獨立問題」，顯示了與注重革命、啓蒙的前輩們的不同追求。

對於爲自己博得學界稱贊的主張，顧頡剛晚年指出其來源：「我記得羅家倫在《新潮》二卷一期上發表的一篇題爲〈古今中外派的學說〉一文，對我曾產生過一定的消極影響。我當時很贊成他那種只鑽研學問，不問外事的說法。」〔註91〕由於時隔多年，而且經過特定時期的政治審查，顧氏的說法未必十分切實。然而不論如何，這種「爲學術而學術」的姿態與對於前輩「尋求差別」〔註92〕的策略所帶來的象徵性資本，顧氏顯然心知肚明。他曾對友人說：「近來有的地方，固然是要造成自己的名譽（例如《古史辨》的自序），但所以要造成名譽是有學術上的目的的，並不是普通之所謂『名利』。」〔註93〕顧氏所強調的是，自己更著意於身後之「名」，亦即「圓百年以後的勝利」〔註94〕。雖說如此，彼時顧氏對於自身地位、名望的提升及反響，卻是十分在意。1926 年 7 月 13 日，顧氏在日記中寫道：「恒慕義先生欲以英文爲余譯《古史辨》序，日來又爲余譯〈秦漢統一〉一文，西洋人方面亦漸知予矣。」

〔註89〕 傅斯年：《傅斯年遺札》第一卷（臺北：中央研究院歷史語言研究所，2011年），頁 62～63。

〔註90〕 關於「戊戌」與「五四」兩代學人的具體劃分，參見陳平原《中國現代學術之建立——以章太炎、胡適之爲中心》（北京：北京大學出版社，1998 年），頁 2～8。

〔註91〕 顧頡剛：〈回憶新潮社〉，載《五四時期的社團（二）》（北京：三聯書店，1979年），頁 125。

〔註92〕 參見戴維‧斯沃茨著，陶東風譯《文化與權力——布爾迪厄的社會學》（上海：上海譯文出版社，2006 年），頁 256～263。

〔註93〕 顧頡剛：〈致葉聖陶、王伯祥〉（1927 年 7 月 4 日），《顧頡剛書信集》卷一，頁 88。

〔註94〕 顧頡剛：《顧頡剛日記》卷二，頁 349。

〔註95〕1926 年夏，廈門大學原聘顧頡剛爲研究所導師與大學教授，在國文系中本須授課，然而因《古史辨》的出版，顧氏到校後，在本年 8 月 25 日的日記中寫道：「乃改爲『研究教授』，不必上課，甚快。」〔註96〕對於個人名望、地位的飆升及其帶來的實際好處，顧氏可謂看在眼裏，喜在心頭。

此外，對於現實中的人際衝突乃至派系之爭，顧頡剛甚是了然於心。1927 年 4 月底，在力勸胡適加入國民政府的信中，顧氏特意提醒胡適：「這幾年中，周氏兄弟假公濟私，加以伏園、川島們的挑撥，先生負謗亦已甚矣，在這國民革命的時候，萬不可再使他們有造謠的機會，害了先生的一生。這是我和淚相勸的一件事，請先生聽我罷。」〔註97〕1927 年 6 月，在給羅家倫的信中，顧氏則對北京以馬幼漁爲代表的「章太炎學派」大加撻伐：

> 自從他們各佔主任地位之後，一意固植自己勢力，學業荒蕪已甚，教課亦鬆懈異常。……他們雖非共產黨，而頗受共產黨的同化，凡異己者盡力抵排，必使體無完膚而後已。以自己一班人不會做文章，故竭力捧周氏兄弟，而周氏兄弟以厚負時譽，遂自視爲「口含天憲」，有「朕即眞理」之氣概。〔註98〕

這樣的譴責，正是發生在顧、魯衝突的過程中。而在兩年多後，當徐旭升擬聘顧頡剛擔任女師大史地系主任時，顧氏則忌憚「女師大爲魯迅大本營，我爲某籍某系之罪人，充教席且不可，何況作主任耶！」〔註99〕因此拒絕上任。不惟如此，在給學生何定生的信中，顧氏向其挑明彼時北平學界的「勢位」之爭：

> 我固然是不好勢位的，想專心治學的，但在他們看來，已是一個具有替他們爭奪勢位的資格的人物了。你只要看適之先生所以不敢到北平來，就可知道。我的聲望不及適之先生，所以他們還容我在燕京。假使我不自韜晦，歡喜出主張，常常到城裏來，或在城裏兼幾件事，那麼，我離下獄之日不遠矣。

〔註95〕 顧頡剛：《顧頡剛日記》卷一，頁 768。
〔註96〕 顧頡剛：《顧頡剛日記》卷一，頁 784。
〔註97〕 顧頡剛：〈致胡適〉（1927 年 4 月 28 日），《顧頡剛書信集》卷一，頁 442。
〔註98〕 顧頡剛：〈致羅家倫〉（1927 年 6 月 9 日），《顧頡剛書信集》卷一，頁 250。值得注意的是，顧頡剛說魯迅們「受共產黨的同化」，在當時國民黨清黨的氛圍中，如若被公開，就其危害之嚴重性而言，與魯迅致孫伏園信中說顧頡剛「反對民黨」相較，恐怕並不亞於後者。
〔註99〕 顧頡剛：《顧頡剛日記》卷二，頁 292。

在同一封信中，顧氏苦口婆心地提醒何定生：接近錢玄同等一批老人物，才有希望「踏進北平的學界」〔註100〕。就此來看，顧氏對於複雜人際網絡和現實利害關係的把握，即使未必如魯迅後來所說的「遍身謀略」〔註101〕，卻也稱得上深諳此道。

不管是有心抑或無意，顧頡剛在學術態度和學術思路上，確然找到了與前輩學人相區別的道路或者是具有差異性的面向，由此闖入了原本由「戊戌」和「五四」兩代前輩學人所把持的文化場域，伴隨著聲譽日隆，在古史領域乃至在整個後五四文化場域中，他也逐漸擁有了與老師輩抗衡的象徵性資本。而隨著個人學術地位的攀升，顧氏以「學者」身份與前輩「權威」在文化場域展開新的「佔位」競爭也就可以想見了——與他在思想立場、文化取向、身份認同方面都相去甚遠的魯迅，乃至作為「整理國故」之精神導師的胡適，最終都成了他的主要競爭對手乃至前進路上的障礙〔註102〕。從客觀上看，與魯迅的衝突，不僅無損於顧頡剛已經取得的學術地位，反而在一定程度上增強了他對「學者」身份的自我確認。此一方面，顧氏將之歸因於自己擁有同時代的人所缺乏的「情感與意志」：

> 晨起嗽口，忽思予之為人，有目的，有計劃，有恒心，有定力，故得不避艱難，不畏險阻，不慕虛榮，不見異思遷，雖有種種之缺陷，仍無礙其成功。只要不受大力者之摧殘，身體亦支持得下，積以歲年，當然有成。回思才幹學問比我好的人何限，顧以缺乏如此之情感與意志，故終不能勝我而惟有妒我耳。若今日之青年，則急於小成，只肯做表面的工作，惟以虛聲作恫喝，徒成為隨時淘汰之分子耳。（1932,10,08）

然而，實際是否如此，顧頡剛心裏也明白：「予之所以終不灰心者，則以對於愛與學有終必成功之信念。此信念毫無事實的根據，只彷彿有上帝的默示而已」〔註103〕。這樣的反省，表明顧氏對於自我的「學者」身份與學術事業具有某種理性的天然疑慮。而此一疑慮也表明，顧氏用「學者」身份來區隔、

〔註100〕以上參見顧頡剛〈致何定生〉（1930年1月18日），《顧頡剛書信集》卷二，頁327～328。

〔註101〕魯迅：〈致鄭振鐸〉（1934年7月6日），《魯迅全集》第十三卷，頁169。

〔註102〕有關顧頡剛與胡適之間的「佔位」競爭，參見林分份〈古史辨派「科學」形象的自我塑造——以顧頡剛、胡適為中心〉，《雲夢學刊》2007年第1期。

〔註103〕以上參見顧頡剛《顧頡剛日記》卷二，頁696、頁708。

對抗魯迅的「文人」身份，其看似理性的文化立場、思想選擇與身份認同，實則包含著強烈的主觀情感因素。

在魯迅方面，其與顧頡剛之間的衝突，只是他與陳西瀅等「現代評論派」之間鬥爭的延續，他在這一衝突中，所增加的是自己遭受對方聯手排擠的體驗。正因為與陳西瀅、顧頡剛等人的論爭和衝突，使得魯迅後來處處表示出與「現代評論派」對立的姿態。在廈大時，當孫伏園未聽從魯迅的話，讓受雇於魯迅的工友也去包「陳源之徒」的飯時，魯迅極其憤怒〔註104〕。而當在廣州意外遇到陳西瀅、張奚若時，魯迅的反應是「叭兒狗也終於『擇主而事』了」〔註105〕，幸災樂禍的心情溢於言表。不惟如此，當李小峰要魯迅與鍾敬文在中山大學合開北新書局的分店時，魯迅在給章廷謙的信中表示：「這裡的『北新書屋』我擬於八月中關門，因為鍾敬文（鼻子傀儡）要來和我合辦，我則關門了，不合辦。」魯迅於此想到的是讓對方「不高興」，甚至在講述自己答應廣州市教育局夏期學術演講的動機時，言語之中也充滿負氣的意味：「幾點鐘之講話而出風頭，使鼻輩又睡不著幾夜，這是我的大獲利生意」；「革命時代，變動不居，這裡的報紙又開始在將我排入『名人』之列了，這名目是鼻所求之不得的，所以我倒也還要做幾天玩玩」〔註106〕。魯迅對此也曾有所反省：「有人不高興，我即高興，我近來良心之壞已至如此。」〔註107〕但實際上，由於確信這種態度源於自己被對方聯手排擠的體驗，因而，「我已經管不得許多，只好從退讓到無可退避之地，進而和他們衝突，蔑視他們，並且蔑視他們的蔑視了」〔註108〕。由此，除了在與友朋的信件中大力譴責外，他在所作小說〈眉間尺〉和雜文〈擬預言──一九二九年出現的瑣事〉中明顯表達了對顧頡剛的不滿，甚至直到1935年，也仍然在小說〈理水〉中加以刻意嘲諷〔註109〕。在此種對立的姿態中，魯迅表達的顯然不僅是個人化的情緒，

〔註104〕參見魯迅〈致許廣平〉二通（1926年10月23日、28日），《魯迅全集》第十一卷，頁586、頁590。

〔註105〕魯迅：〈致章廷謙〉（1927年7月7日），《魯迅全集》第十二卷，頁46。

〔註106〕魯迅：〈致章廷謙〉（1927年7月17日），《魯迅全集》第十二卷，頁51～52。

〔註107〕魯迅：〈致江紹原〉（1927年7月12日），《魯迅全集》第十二卷，頁49。

〔註108〕魯迅：〈海上通信（致李小峰）〉，《魯迅全集》第三卷，頁420。

〔註109〕〈眉間尺〉後來改題〈鑄劍〉收入小說集《故事新編》。實際上，要將顧頡剛寫入小說，魯迅1927年間就曾有過念頭，但當時覺得「他似乎還不配，因為非大經藝術化，則小說中有此輩一人，即十分可厭也」。參見魯迅〈致章廷謙〉（1927年7月28日），《魯迅全集》第十二卷，頁55。

更是一種來自實際經驗的自我立場：那就是，以一種光明磊落而又愛憎分明
的諷刺回擊「學者」以「公平」、「公理」等名目所掩蓋的「黨同伐異」。

魯迅後來對顧頡剛的印象一直沒有改觀。1929 年 3 月，在給章廷謙的信
中，他諷刺顧頡剛：「此公急於成名，又急於得勢，所以往往難免於『道大莫
能容』。」〔註 110〕同年五月回北平省親時，魯迅又在給許廣平的信中寫道：「他
此來是為覓飯碗而來的，志在燕大，但未必請他，因燕大頗想請我；聞又在
鑽營清華，倘羅家倫不走，或有希望也。」〔註 111〕雖然如此，魯迅還是有把
握地認為，在就聘燕大一事上，自己的優勢大於顧氏。而在兩年前，也就是
1927 年 6 月，當得知自己與顧頡剛一同被蔡元培聘入研究院時，魯迅寫道：

> 然而我有何物可研究？古史乎，鼻已「辨」了；文學乎，胡適
> 之已「革命」了，所餘者，只有「可惡」而已。可惡之研究，必為
> 孑公（按：蔡元培）所大不樂聞者也，其實，我和此公，氣味不投
> 者也，民元以後，他所賞識者，袁希濤蔣維喬輩，則十六年之頃，
> 其所賞識者，也就可以類推了。〔註 112〕

魯迅於此對蔡元培的怨言，不乏意氣之辭。但此中不自覺的對比也表明，在
國民革命時期直至三十年代的後五四文化場域中，魯迅客觀上確實面臨著來
自顧頡剛佔位競爭的壓力。儘管這種壓力在魯迅看來尚不足一提，但他顯然
並不漠視。而這也說明，在顧、魯衝突以至交惡的過程中，魯迅所展現的刻
意對立與諸多嘲諷，除了追求打擊對手的客觀效果之外，未嘗沒有來自佔位
競爭所導致的非理性因素。

綜上所論，重審顧頡剛、魯迅衝突的緣起，除了關注實際生活中的人際
罅隙、勢位之爭以及黨派政治等外在因素，顧、魯二人文化立場、思想旨趣、
身份認同乃至個人性情的差異，也是不可忽視的內在因素──正是這些遍佈
日記、書信以及講演、文章中迥然有別的個人言說，構成了顧、魯衝突過程
中潛在的思想交鋒。換句話說，在國民革命時期，顧、魯對學術研究（「整理
國故」）、文學批評（「欣賞藝術」）及創作之功用的不同認識，尤其對學者文
人在投身現實革命抑或專注文化建設方面的觀念分歧，以及對自我的身份定
位的差異等方面，雖然並未形成直接的論爭，卻是有跡可循、可堪對照並加

〔註 110〕魯迅：〈致章廷謙〉（1929 年 3 月 15 日），《魯迅全集》第十二卷，頁 151。
〔註 111〕魯迅：〈致許廣平〉（1929 年 5 月 26 日），《魯迅全集》第十二卷，頁 175。
〔註 112〕魯迅：〈致章廷謙〉（1927 年 6 月 12 日），《魯迅全集》第十二卷，頁 37。

以解讀的思想對話。而反過來，作為思想對話之外化的顧、魯衝突事件，也足以成為代表後五四時代知識分子陣營的分化，以及新文化場域激烈的佔位競爭的一個縮影。當然，顧、魯所代表的不同陣營、代際之間思想、立場、信仰、個性等等差異的豐富內涵，顯然不是一篇文字所能窮盡的。在此，筆者謹以顧、魯二人在評價「戊戌」學人章太炎時的不同標準和取向來作為本文的收束。

在顧頡剛的心目中，章太炎作為「古文家」和「整理國故的呼聲始倡」者，是晚清以降與康有為、梁啟超、王國維等並列的學術重鎮，也是顧氏古史辨偽研究中所要爭勝的對象之一〔註113〕。1925 年 11 月 3 日，顧氏在日記中寫道：「吳山立君告我，謂吳稚暉先生說，近為國學者惟胡適之、顧頡剛，其次則梁任公。若章太炎則甚不行者。」〔註114〕在此國民革命風起雲湧的年代，亦即古史辨派迅速崛起的時期，顧氏借他人之口凸顯自己的學術地位，其參照標準正是作為「學者」的章太炎。而在魯迅方面，其 1936 年 10 月 9 日所寫的〈關於太炎先生二三事〉一文中，卻肯定「太炎先生的業績，留在革命史上的，實在比在學術史上還要大」，強調自己當時前去聽他講學，「並非因為他是學者，卻為了他是有學問的革命家，所以直到現在，先生的音容笑貌，還在目前，而所講的《說文解字》，卻一句也不記得了」〔註115〕。

至此，魯迅對章太炎「革命家」身份和革命業績（「行」）的推崇，與其國民革命時期對「革命」和「行動」的倡導其實一致，也與當年顧頡剛對「學者」身份、「整理國故」的執著，再次構成了潛在的對話。然而，此中耐人尋味的是，在魯迅寫下這篇悼文的那一年，顧頡剛已然走出書齋，發起民眾運動，加入了國民黨，正努力實踐著他的「事業心」〔註116〕。

主要參引文獻

1. 余英時：《未盡的才情：從〈顧頡剛日記〉看顧頡剛的內心世界》，臺北：
   聯經出版事業股份有限公司，2007 年。

〔註113〕參見顧頡剛〈自序〉，載《古史辨》第一冊（北京：景山書社，1926 年）。
〔註114〕顧頡剛：《顧頡剛日記》卷一，頁 678。
〔註115〕魯迅：〈關於太炎先生二三事〉，《魯迅全集》第六卷，頁 565～566。
〔註116〕有關三十年代顧頡剛發起民眾運動、加入國民黨與其「事業心」之關係，余
    英時先生有十分中肯的論述。參見余英時《未盡的才情：從〈顧頡剛日記〉
    看顧頡剛的內心世界》（臺北：聯經出版事業股份有限公司，2007 年），頁 4
    ～23。

2. 李石岑：《李石岑演講集》第一輯，上海：商務印書館，1924 年。

3. 孫郁：《魯迅與胡適——影響 20 世紀中國文化的兩位智者》，瀋陽：遼寧人民出版社，2000 年。

4. 桑兵《晚清民國的國學研究》，上海：上海古籍出版社，2001 年。

5. 許欽文：《魯迅日記中的我》，杭州：浙江人民出版社，1979 年。

6. 陳平原：《中國現代學術之建立——以章太炎、胡適之爲中心》，北京：北京大學出版社，1998 年。

7. 傅斯年：《傅斯年遺札》第一卷，臺北：中央研究院歷史語言研究所，2011 年。

8. 魯迅：《魯迅手稿叢編》，北京：人民文學出版社，2014 年。

9. 魯迅：《魯迅全集》，北京：人民文學出版社，2005 年。

10. 錢穆：《崔東壁遺書》，上海：亞東圖書館，1935 年。

11. 戴維‧斯沃茨著，陶東風譯：《文化與權力——布爾迪厄的社會學》，上海：上海譯文出版社，2006 年。

12. 顧潮：《歷劫終教志不灰——我的父親顧頡剛》，上海：華東師範大學出版社，1997 年。

13. 顧頡剛：《古史辨》第一冊，北京：景山書社，1926 年。

14. 顧頡剛：《顧頡剛日記》，北京：中華書局，2011 年。

15. 顧頡剛：《顧頡剛書信集》，北京：中華書局，2011 年。

16. 顧頡剛：《顧頡剛讀書筆記》，臺北：聯經出版事業公司，1990 年。

17. 林分份：〈古史辨派「科學」形象的自我塑造——以顧頡剛、胡適爲中心〉，《雲夢學刊》2007 年第 1 期。

18. 邱煥星：〈魯迅與顧頡剛關係重探〉，《文學評論》2012 年第 3 期。

19. 施曉燕：〈顧頡剛與魯迅交惡始末〉，《上海魯迅研究》2012 年夏、秋二期。

（原刊《中國文學學報》第六輯（2015 年 12 月）該文係國家社科基金項目「『五四』新文學家的身份塑造研究」（批准號：15BZW165）階段性成果）

1930年代後期的左翼大劇場公演與斯坦尼斯拉夫斯基體系問題

劉子淩

（山東師範大學文學院）

　　1930年代後期，上海左翼戲劇運動逐漸受到斯坦尼斯拉夫斯基體系的影響，左翼劇團業餘劇人協會、業餘實驗劇團通過一系列的大劇場公演，將中國話劇演出的現實主義水準推向了新的高度。但也就在這一時段，職業化的戲劇活動還遭到劇評家尖銳的糾彈。何以如此呢？本文追蹤左翼劇運的活動軌跡，力圖提出一些新的闡釋。〔註1〕

一

　　早期左翼演劇之呈現出一種「梅耶荷德傾向」，不僅有其可能性——左翼劇人的主觀追求，還有其必要性——這源於三十年代的政治格局與社會結構。左翼戲劇家對此亦有充分的認知。1931年9月，中國左翼戲劇家聯盟（簡稱「劇聯」）通過了一份《中國左翼戲劇家聯盟最近行動綱領》。〔註2〕正如文件名稱所指示的，「行動」二字才是全部六條「綱領」的真正落腳點。每條綱領的第一句話，都先用最簡明的語句告訴盟員應該以何種方式去行動。文件的制定者

〔註1〕學者葛飛用「革命超我」和「名利場邏輯」的張力來解釋左翼劇運中的種種光怪陸離，頗富啓發性。（《戲劇、革命與都市漩渦～1930年代左翼劇運、劇人在上海》，北京：北京大學出版社，2008年）但似乎猶有未盡之意。比如說，「革命超我」和「名利場邏輯」在何種意義上構成對立？甚至是否構成了對立？還需推敲。

〔註2〕原載《文學導報》第1卷第6、7期合刊，1931年10月23日。

最關心的是採取什麼形式方能將演出送到理想觀眾面前，演什麼給觀眾看尚在其次。對一個在野的政黨而言，對處於政治高壓下的第四階級而言，其所進行的戲劇運動，首先不得不考慮的是「怎麼演」的問題，其次才是「演什麼」的問題。具體來講，這個「怎麼演」首先還不是演技、舞臺或導演的問題，而是場合、環境和渠道的問題。如果演出根本無法進行，其餘一切均無從談起。

左翼劇人並非一開始就找到了有效的行動方式。上海戲劇界最先嘗試的是以劇團為單位的聯合，先後成立過上海戲劇運動協會、上海戲劇運動聯合會和中國左翼劇團聯盟。但上海戲劇運動協會公演《群鬼》的計劃沒有下文〔註3〕；上海戲劇運動聯合會「比較初期的『戲劇運動協會』是有力多了，然而也因為種種的關係，只成立了一個組織，完成了一紙簡章和宣言，便無疾而終」〔註4〕；中國左翼劇團聯盟出現以後，「大部分劇團反而停頓下來了」〔註5〕。這一連串的曲折表明，以前的那種團體性的組合與活動方式，均已告失效。

隨後組建的中國左翼戲劇家聯盟變成了以個人為單位的組織。「編戶齊民」，不是說左翼劇人相信演出可以由個人來完成，而是說為了推進新的演出形態，他們需要先拆除既有的組織模型，將釋放出來的單子化劇人加以重構。

「劇聯」的戲劇家們進入了它的「基幹劇團」大道劇社——二者是同時成立的。不過，大道劇社不是一個獨立的、與外界豎起森嚴壁壘的演出團體，它還致力於「把盟員滲透到各劇團裏去，在那些劇團裏起核心作用」。〔註6〕這樣靈活的工作方式，與中共地下黨在工廠與社會機構中發展積極分子的辦法幾無二致。與此相比，以劇團為單位的聯合組織，反而是尾大不掉的了。

大道劇社的主攻方向，是上海的各個學校劇團，據說「和所有的學校劇團都有著聯繫」，從而「具有了領導學校戲劇運動的有利條件」。〔註7〕此外，也「到社會上以參加各種募捐和救災活動為名作獨幕劇演出」。〔註8〕

〔註3〕〈上海戲劇運動協會宣言〉（續），《時事新報・戲劇運動》第 4 期，1928 年 11 月 27 日。按此文是田漢起草的。

〔註4〕馬彥祥，〈戲劇運動的清算〉（中），《中央日報・戲劇週刊》第 7 期，1934 年 7 月 31 日。

〔註5〕趙銘彞，〈關於左翼戲劇家聯盟〉，《戲劇論叢》1957 年第 1 輯。

〔註6〕趙銘彞，〈關於左翼戲劇家聯盟〉，《戲劇論叢》1957 年第 1 輯。

〔註7〕侯楓，〈回憶大道劇社〉，《中國話劇運動五十年史料集》第 2 輯（北京：中國戲劇出版社，1959 年），第 52 頁。

〔註8〕周伯勳，〈從「左聯」到「劇聯」——回憶 1930 年到 1935 年上海戲劇電影的部分活動〉，《左聯回憶錄》下冊（北京：中國社會科學出版社，1982 年），第 727 頁。

　　大道劇社的這一思路為後來成立的其他「劇聯」劇團所繼承。而且，總的說來，演出有逐漸走出校園圍牆，把重心轉移到社會上的趨勢。大道劇社與持志大學、大夏大學、暨南大學、東吳大學尚多有合作，1932 年繼之而起的春秋劇社，則主要在中華全國鐵路建設協會十二週年紀念展覽遊藝大會、救濟東北難民遊藝大會、江灣葉園慈善遊藝大會、滬東各團體捐助義勇軍聯合遊藝大會、上海市第五屆國貨運動周、平民益智社籌募基金遊藝會中尋找著亮相的機會。

　　這些劇社的演出質量如何？雖然公演的消息不絕如縷，劇評家卻很少跟進。當事人後來的回憶多強調現場的感染力和轟動性。侯楓聲稱大道劇社演出的《馬特迦》「效果很好，可以說是轟動一時」，說相關報導甚至出現在莫斯科出版的《世界革命文學雜誌》上〔註9〕；而據旁觀者看，「不幸地，《馬特迦》在技術方面也是完全失敗了」。〔註10〕新地劇社的公演，劇目雖然「相當調和」（《雪的皇冠》、《淹沒》、《日出》、《兄弟》、《殘芽》），但現場竟然「提示的聲浪高過演員」。〔註11〕零零劇社公演，《劊子手》一劇「並不如何成功」，《白茶》的糟糕使人「簡直疑心它是沒有排演」……〔註12〕由這樣零星的消息，已經可以充分理解內行人為何對左翼劇人「技巧」上的缺陷深感痛心。〔註13〕

　　平心而論，幾個劇社的演劇人才並不豐裕。它們的人員往往是流動的，為了演出，經常借才異地，或者聯合舉行。春秋劇社尚有能力在寧波同鄉會舉行獨立的營業性公演，三三、光光甚至「想要單獨公演或聯合公演都有相當困難」。〔註14〕那麼，側身遊藝會之中也是解決演出成本的一條出路。同樣的，沒有中共地下組織的群眾基礎，「劇聯」發動的工人演劇團體

〔註 9〕　侯楓，〈回憶大道劇社〉，《中國話劇運動五十年史料集》第 2 輯（北京：中國戲劇出版社，1959 年），第 53 頁。

〔註10〕　馬彥祥，〈舞臺上的〈馬特迦〉〉，《文藝新聞》第 2 號，1931 年 3 月 23 日。趙銘彝倒也承認，布景只用了一塊幾毛錢。（〈心有餘力不足的舞臺上之馬特迦〉，《文藝新聞》第 4 號，1931 年 4 月 6 日）

〔註11〕　袁牧之，〈一九三三之上海劇壇〉，《戲》第 1 期，1933 年 9 月 15 日。

〔註12〕　凌鶴，〈零零劇社首次公演觀後〉，《申報》1934 年 3 月 6 日。

〔註13〕　馬彥祥批評道：「我常常覺得有些幹戲劇的朋友們，都是過於記得了劇本的內容，而疏忽了演出的技術。」袁牧之也認為「技巧的太過重視固不必，太忽視也不能把內容傳達給觀眾」。（〈舞臺上的〈馬特迦〉〉，《文藝新聞》第 2 號，1931 年 3 月 23 日）

〔註14〕　劍秋，〈回憶光光劇社及其他〉，《上海戲劇》1961 年第 4 期。

藍衣劇社也很難活動起來。〔註 15〕而一旦公演無法繼續下去，劇社即無形解散。

但「劇聯」戲劇家還是表現出了相當的奉獻精神。友聯影片公司發起的聯合演劇賑災活動，大道劇社「自動的加入表演」，報紙廣告特意向他們的「義勇」表達了「感佩」。〔註 16〕江灣葉園慈善遊藝大會上的春秋劇社，也是「全班義務表演」。〔註 17〕

劇社本就沒有雄厚的財力，為了擴大宣傳，演出也無利可圖，演員的生活境遇就難免出現問題。春秋劇社能夠借救濟東北難民遊藝會在新世界自由廳演出一個月，固然是一壯舉，但全體成員卻也不得不「膳宿均在舞臺上」。〔註 18〕五月花劇社在杭州公演，每天的收入扣除開支，「每人每頓只能發一毛小洋，吃碗光麵」。〔註 19〕而三三、光光兩劇社在蘇州的公演，「全部收入還不夠伙食費」，無法應付院租和房費，同人乃不光彩地潛逃回滬。〔註 20〕光光劇社甚至就是因此得名的，「一沒有社址，二沒有經費」，「除了有一股要參加進步戲劇運動的公演願望之外，什麼也沒有」，故名「光光」。〔註 21〕

為什麼「該春秋劇社」不管「任何團體相邀」，「莫不義務表演」？國民黨當局洞察到，這一「專演含蓄普羅意識之話劇」的組織其實是「旨在宣傳」，之所以不計成本，「蓋醉翁之意不在酒也」。〔註 22〕疏離於既有的專業分工，漂浮於社會結構之上，不受名利的指引，以「遊手好閒者」的姿態「密謀」著一場場「城市游擊戰」，這是藝術劇社成員早就有所設計的劇運路線。春秋

〔註 15〕 比如，姚時曉在〈「劇聯」領導下的工人戲劇運動〉（《中國話劇運動五十年史料集》第 2 輯，北京：中國戲劇出版社，1959 年）中詳細記述了工人演劇活動與上海多所女工夜校的關係。

〔註 16〕 《申報》廣告，1931 年 9 月 2 日。

〔註 17〕 《申報》廣告，1933 年 3 月 25 日。

〔註 18〕 王憬予，〈憶春秋劇社〉，北京市文史研究館編，《耆年話滄桑》（上海：上海書店出版社，1993 年），第 66 頁。趙一山回憶稱演出場合是全國道路協會的遊藝會，誤。（〈「五月花」和「春秋」〉，《戲劇藝術論叢》1980 年第 3 輯）按此遊藝會倒也是在新世界進行的，但春秋劇社的表演只有兩天。

〔註 19〕 舒繡文，〈五月花劇社〉，《中國話劇運動五十年史料集》第 1 輯（北京：中國戲劇出版社，1958 年），第 179 頁。

〔註 20〕 杜宣，〈回憶三三劇社的一些片斷〉，《中國話劇運動五十年史料集》第 2 輯（北京：中國戲劇出版社，1959 年），第 60～61 頁。

〔註 21〕 劍秋，〈回憶光光劇社及其他〉，《上海戲劇》1961 年第 4 期。

〔註 22〕 〈王大藻被拘後民立女中校長撤職〉，《申報》，1934 年 1 月 29 日。

劇社的特點，顯示了早期左翼劇運之一斑。事實上，這也正是他們的生存或生活狀態。〔註23〕

這樣的狀態沒有持續太久。大道劇社在「一・二八」的炮火中損失了社產，被迫結束；王惕予（王大藻）被上海警備司令部抓捕，春秋劇社隨即無法活動；三三劇社只堅持了七個月的時間；光光劇社四處尋找合作對象，也以無力掙扎告終……到1934年，「劇聯」先後組織的幾個骨幹劇社幾乎都停止了演出。

二

在左翼劇人後來的回憶中，是國民政府的壓迫和防範造成了這一困境。但若追蹤劇人的行蹤，卻可以發現，1932年以後，「劇聯成員夏衍、阿英、鄭伯奇、沈西苓都已進入『明星公司』為編劇，沈西苓是導演，趙丹、魏鶴齡也先後進入明星公司為演員。金焰早已是『聯華公司一廠』的演員了，鄭君里也是『聯華二廠』的演員，周伯勳也在『聯華一廠』和『明星公司』兩邊任特約演員，湯曉丹、舒怡、司徒慧敏也先後進入『天一影片公司』」。〔註24〕這份名單應加上胡萍、袁牧之、陳波兒、王瑩、舒繡文、白楊、司徒慧敏、應雲衛、賀孟斧、許幸之……才更加完整。可以毫不誇張地說，左翼劇運中最出色的編、導、演乃至布景人才，大部分都轉移到了電影界。

這在左翼劇人是有意為之。「劇聯」制定「行動綱領」時已經注意到電影作為一種宣傳工具的潛在力量，〔註25〕左翼文化人設計了全面介入中國電影

〔註23〕「起初，當我接觸話劇界的一些朋友的時候，看到他們與眾不同的生活方式，感到很新鮮很神秘，有時也覺得難以接近，但是他們那種『自由自在』的生活也使我很羨慕。實際上當時極大多數話劇演員都沒有職業，生活是不安定的，其中有的終日困守在亭子間裏，閒蕩在霞飛路上；一方面他們也追隨革命，同時又浸沉在小資產階級的情調中。在我當時看來，以為這些人都是『前進分子』，但又感到跟他們格格不入，現在回想起來，他們那種放浪不羈的所謂『自由生活』，往往使一般群眾感到太特殊，因而脫離了人民群眾。」（劍秋，〈回憶光光劇社及其他〉，《上海戲劇》1961年第4期）

〔註24〕周伯勳，〈從「左聯」到「劇聯」——回憶1930年到1935年上海戲劇電影的部分活動〉，《左聯回憶錄》下冊（北京：中國社會科學出版社，1982年），第730頁。

〔註25〕《中國左翼戲劇家聯盟最近行動綱領》第四條：「除演劇而外，本聯盟目前對於中國電影運動實有兼顧的必要。除產生電影劇本供給各製片公司並動員加盟員參加各製片公司外，應同時設法籌款自製影片。」

的計劃：最初是夏衍、鄭伯奇和錢杏邨（分別化名黃子布、席耐芳、張鳳吾）進入明星公司任「編劇顧問」，然後左翼「影評小組」成立，大批戲劇演員前前後後都登上了銀幕。左翼文化人就此掀起了一場「真正促使 30 年代的中國電影發生整體性的藝術巨變」的「新興電影運動」。〔註 26〕柯靈以過來人的身份指出，「中國電影接受新文化與左翼文藝的影響，並引起方向性轉變，時在 1932 年」。〔註 27〕

左翼文化人一向都在話語生產和輿論引導能力方面獨擅勝場，編劇和影評是其強項。他們的工作，為充斥著神怪、武俠、古裝、言情影片的國片界，吹進了一股清新之風，扭轉了影片公司的業績和聲譽，贏得了觀眾的贊許和擁戴。民國的電影公司雖然不定期地開辦過一些演員培訓機構，也發掘出胡蝶、白楊等明星〔註 28〕，但不可否認，銀幕人才的主要來源，還是各種門類的「舞臺人」——舊劇、新劇或者話劇演員。〔註 29〕儘管水銀燈下的做戲方式與舞臺頗有出入，民國電影也長期蒙受「話劇腔」過重的譏彈，二者畢竟同屬表演藝術。隨著中國電影逐漸走出默片時代，進入有聲世界，〔註 30〕話劇演員的臺詞功力愈發使其領先群儕。〔註 31〕

但細究起來，兩路人馬進入影壇後的生存境遇尚有不同。編劇和影評這種類似自由撰稿人的工作，像以前一樣坐在亭子間裏也可以完成。做電影演

〔註 26〕 陸弘石，《中國電影史 1905～1949》（北京：文化藝術出版社，2005 年），第 61 頁。有研究者將「新興電影」定位為「一次劃時代的運動」。（高小健，《新興電影：一次劃時代的運動》，北京：中國電影出版社，2005 年）

〔註 27〕 柯靈，〈試為「五四」與電影畫一輪廓——電影回顧錄〉，《文藝報》1984 年第 1 期。

〔註 28〕 胡蝶出身於中華電影學校，白楊曾在聯華公司第五廠的演員養成所學習。

〔註 29〕 「舞臺上的表演，和銀幕上的表演不同，有舞臺經驗的人，未必擅長銀幕表演，不過有舞臺經驗的人，畢竟較毫無表演經驗的人好一點，所以中外電影演員，有不少是從舞臺跑來的。」（紅微，〈從舞臺跑到銀幕〉〔上〕，《申報》1933 年 1 月 14 日）

〔註 30〕 中國攝製有聲片始於《歌女紅牡丹》，蠟盤發音，明星公司和百代公司聯合攝製，1931 年 3 月 15 日上映於上海新光大戲院。技術上更為先進的片上發音的作品，始於《雨過天青》，大中國和暨南公司聯合攝製，1931 年 7 月 1 日首映於新光大戲院。雖然一時還無法取代默片的地位，但有聲片的拍攝，由此漸成風氣。

〔註 31〕 「許多人對於舞臺人上銀幕，抱著半信半疑的態度，然而一看最近好萊塢的趨勢，他們都認為有聲電影的人材，有經過舞臺上的訓練的必要。」（明華，〈《西線無戰事》與〈怒吼吧中國〉的回憶〉，《申報》1934 年 12 月 15 日）

員則不然——那是一種需服從相對嚴格的管理制度的「職業」，影人們遵照公司安排的時間表，經由自己的勞動（拍片），並參照其在觀眾中的認可度（「明星」或「非明星」）獲得高低不等的收入（薪金）。若處置得宜，影壇究竟是一個名利雙收的所在。相應的，個人「生活」也會有所改善。

上海的電影公司對旗下演員繼續從事戲劇演出比較忌憚。明星公司明確禁止演員登上舞臺。〔註 32〕而且，當時電影的拍攝與戲劇的演出和排練一樣，經常在下午或夜間進行。影門一入深似海，時間上的衝突也使得影人們再投身戲劇運動變得非常困難。〔註 33〕

演出可以致酬的意義在於，它將從業者帶入到了現代文化市場的交換法則之中。雖然都是演員，電影演員卻是現代文化工業的一個組成部分。這跟義務性演劇截然不同。而電影公司在影與劇之間設置的壁壘，等於是造成了劇運中大面積的人才流失，那麼，話劇的沉寂「一方面固然因著經濟環境等關係，阻滯了戲劇的進路，而另一方面，專事戲劇的人們給電影引收了去，也是一個主要的原因」。〔註 34〕換言之，左翼劇運之陷入低谷的背後，不應忽視電影這一文化工業強大的收編力量。

三

但中國影業的繁榮與危機卻相伴而行。國內和南洋地區經濟的低迷（南洋市場是國片主要的發行市場之一）、公司資本基礎的薄弱、國民黨檢查機關的剪刀、外國影片的傾軋始終是揮之不去的隱患。即使 1933 年國產影片「有長足的進展，可是各大小公司，幾乎沒有一家不虧本，能夠敷衍過去而不至於虧欠者，實在很少」。〔註 35〕中間明星公司因爲《姊妹花》的賣座記錄，曾躊躇滿志地展望「復興」，〔註 36〕但掙扎到 1935 年，國產電影卻變本加厲地

〔註 32〕「明星公司向來是反對『明星登臺』的，明星復興同志會更有禁止本公司男女演員出外作登臺表演及爲娛樂場所行揭幕禮之規定」。（〈明星有噱頭〉，《電聲》第 4 卷第 37 期，1935 年 9 月 13 日）

〔註 33〕人才爭奪一直在進行。後來電影演員登臺演劇成風時，「各影片公司因演員不能遵守拍戲時間，損失過巨，將設法於合同上補訂條件，嚴予限制」。（〈限制演員演話劇〉，《電聲》第 6 年第 10 期，1937 年 3 月 12 日）

〔註 34〕羅夫，〈電影與戲劇的交流〉，《申報》1935 年 2 月 7 日。

〔註 35〕李春生，〈廢曆年關不易過　聯華將徹底改組〉，《電聲》第 3 卷第 5 期，1934 年 2 月 9 日。

〔註 36〕白列德，〈《姊妹花》的有力刺激　明星組織復興同志會〉，《電聲》第 3 卷第 11 期，1934 年 3 月 30 日。

來到了「一個頗危殆的階段」。〔註37〕上海的幾大製片機構，聯華公司「千瘡百孔」，「天一公司內部分裂」，「電通公司風雲險惡」，「藝華公司秘密改組」，「明星公司裁員二百餘人」。〔註38〕連帶著，上海的電影院「靡不生涯寥落，迥異往時，早呈竭澤而漁，難以久支之象」，廣告投放量減少，職員薪金打折。〔註39〕消息未必都能證實，不過已足以顯示出一種「風雨飄搖」〔註40〕的氣氛。這個時候，電影女星下海做舞女儘管遭到輿論的聲討，卻也實實在在地反映了影人的生活困境，而從評論者激烈的口吻還可以知道，國片界的危機誠為前所未有，以至於人們對轉行現象還缺乏足夠的心理準備。

1934 年 12 月 15 日，湖南同鄉會為了給其旅滬小學籌募基金，假座寧波同鄉會舉行了一場遊藝會。王人美、胡萍、胡茄、黎莉莉等人誼屬湘籍，萬籟天、袁牧之、鄭君里、周伯勳、魏鶴齡、洪逗、劉莉影、白璐等人為劇壇宿將，他們共同參與進去，獻上了一場戲劇演出。〔註41〕

如上所述，遊藝會演出在上海一直不絕如縷，左翼劇人由此獲得了斷續的亮相機會。湖南同鄉會的善舉，並不顯得如何特別，當時的報刊也不曾大事渲染。但事後再看，這次演出卻有幾點不同尋常。

首先，當日演出的獨幕劇，名為《臨時演員》，作者不詳，劇本也無文獻可徵，只知「內容描寫臨時演員的生活苦，並暴露電影圈之黑暗」。〔註42〕而後出其改編的作品《水銀燈下》，作者則確鑿無疑──田漢，也是一個湖南人。種種跡象表明，《臨時演員》很可能也出自田氏手筆，兩個劇本有一定的相似度。〔註43〕

〔註37〕〈應付國產影業的危機〉，《電聲》第 4 卷第 27 期，1935 年 7 月 5 日。

〔註38〕紅花自港寄，〈千瘡百孔之聯華〉；天翁，〈天一公司內部分裂〉，《電聲》第 3 卷第 32 期，1934 年 8 月 24 日。影客，〈聯華內部大整頓〉，《電聲》第 3 卷第 37 期，1934 年 9 月 28 日。雲公，〈電通公司風雲險惡〉，《電聲》第 4 卷第 27 期，1935 年 7 月 5 日。〈藝華公司秘密改組〉，《電聲》第 4 卷第 28 期，1935 年 7 月 12 日。密探，〈明星公司裁員二百餘人〉，《電聲》第 4 卷第 33 期，1935 年 8 月 16 日。其他電影期刊上此類文字也極多。

〔註39〕〈電影院發半薪〉，萍子，〈撙節開支　上海十五家電影院緊縮廣告〉，《電聲》第 4 卷第 27 期，1935 年 7 月 5 日。

〔註40〕荒人，〈風雨飄搖中之製片業〉，《電影新聞》第 1 卷第 1 期，1935 年 7 月 7 日。

〔註41〕〈王人美胡萍等表演花絮錄〉，《電聲》第 3 卷第 50 期，1934 年 12 月 28 日。

〔註42〕〈影人與劇人的聯合戰線〉，《電聲》第 4 卷第 1 期，1935 年 1 月 1 日。

〔註43〕〈王人美胡萍等表演花絮錄〉提到《臨時演員》的角色中有「吃豆腐朋友」周伯勳，《水銀燈下》劇本確有相關情節。

　　同田漢的許多劇作類似，《水銀燈下》講述了一個戲劇（電影）混同於現實生活的故事：臨時演員 C 加入的片場準備拍攝東北義勇軍的潰敗，這是曾經真的做過義勇軍的 C 很難接受的；電影的女主角王小姐，又是 C 的勞燕分飛的妻子，她攀附上了某導演後結束了與 C 的關係，於是她在電影中的真情告白，在 C 聽來顯得異常刺耳。「情節」與「現實」的出入，挑戰了臨時演員的良知。劇本最後，在 C 的帶領下，臨時演員們都「忘了是拍戲」，影片本來的情節設計是從前線退下來，被他們完全翻轉成了衝上去。

　　袁牧之、魏鶴齡、周伯勳、洪逗、劉莉影、白璐在現實世界裏是不是臨時演員，這並不重要；重要的是，影業寒冬造成的減薪、失業的危險，必然使他們接近了遊藝會上所扮演的角色。尤其有症候意義的是，劇本就在臨時演員的口號聲中閉幕了。喊過之後，結果如何？不得而知，但可以想見——無非是集體失業而已。發生在幾千里外的民族衝突，無補於演員和臨時演員生活困境的解決，卻把眼下與遠方的危機縫合到了一起，並提供了轉移現實壓力的可能。只是，這種轉移僅僅在象徵層面上完成，它的實際表現，則是片場中的衝突。下文很快就可以看到，《臨時演員》所講述的，就是它的演出者的故事，它正在演出它的演員那裏發生。

　　這次遊藝會，因為電影明星與歌舞界的明月團梅花團構成了「影人與劇人的聯合戰線」，據說「號召力不很弱」。〔註 44〕道理是相通的。明星公司借《大家庭》上演之便，破例請全體男女演員登臺，「果然使明星的經濟情形大大活動起來，積欠三月的薪金，也破例發了兩月」——「噱頭」不可謂不大。〔註45〕話劇活動驟然在「電影圈」風靡一時。〔註 46〕

　　影人演劇，不都是電影公司出面組織。聲勢最為浩大者，就是沒有單獨的某一電影公司為背景的上海舞臺協會（簡稱「上舞」）。曾參與湖南同鄉會遊藝會的萬籟天、袁牧之、周伯勳、王人美、胡萍、洪逗、魏鶴齡、鄭君里，由《臨時演員》改編而來的《水銀燈下》，都在上海舞臺協會的公演中再次粉墨登場。〔註47〕可以肯定，兩次演出之間存在某種關聯性。

〔註44〕〈影人與劇人的聯合戰線〉，《電聲》第 4 卷第 1 期，1935 年 1 月 1 日。

〔註45〕〈明星有噱頭〉，《電聲》第 4 卷第 37 期，1935 年 9 月 13 日。

〔註46〕〈電影圈中的話劇活動〉，《電聲》第 4 卷第 37 期，1935 年 9 月 13 日。

〔註47〕據廣告，參加者尚有應雲衛、孫師毅、張雲喬、聶耳、歐陽山尊、金焰、趙丹、劉瓊、施超、英茵等。公演的另一劇目為田漢的《回春之曲》。

　　當然，不同之處也顯而易見：上海舞臺協會更加清晰地意識到「舞臺銀幕人才的空前大集合」的分量〔註48〕，它的運作模式也更加自覺地向電影這一文化工業靠攏。〔註49〕結果，「『電影明星』的號召力」，再次成爲「不可忽視的事實」，因爲劇人和影人的聯合，「獲得不少向與話劇無緣的觀眾」，「上舞」「在金城連演三日，賣座不衰」。〔註50〕演技、布景及導演各方面固然不少可訾議之處，〔註51〕不過，基於「上舞」公演時打出的「一九三五年戲劇運動急先鋒」的口號，劇評人還是憧憬其公演可以眞正地促進「中國新興戲劇運動迅速廣大的發展」。〔註52〕

　　上海舞臺協會能組成如此豪華的陣容，很難想像沒有有力的推手，有人說其與「文委」和「劇聯」有關。〔註53〕演出的成功無疑啓發了兩個團體，

〔註48〕「對白歌唱，盡是銀幕聞人！」「有聲有色，皆爲舞臺健將！」均上海舞臺協會廣告語，《申報》1935 年 1 月 26 日。「上舞」廣告中的類似表述還有：「舞臺銀幕的人才薈萃第一聲」（《申報》1935 年 1 月 27 日）、「聚海上舞臺銀幕的人才於一堂」（《申報》1935 年 1 月 28 日）等。

〔註49〕上海舞臺協會進行了極爲密集的廣告宣傳，有時甚至佔據一個整版（《申報》1935 年 1 月 31 日）；廣告詞也花樣翻新，極盡誇大之能事，這在此前的左翼演劇中非常罕見。多與電影廣告出現在同一版面的事實，則説明「上舞」的主事者深諳現代文化市場的運營機制。

〔註50〕小山，〈舞臺與銀幕人合作公演話劇〈水銀燈下〉與〈回春之曲〉〉，《電聲》第 4 卷第 7 期，1935 年 2 月 22 日。

〔註51〕參看黃喆，〈記「上海舞臺協會」的上演〉，《舞臺藝術》第 1 期，1935 年 3 月 1 日；克農，〈上海舞臺協會第一次公演〉，《文藝電影》第 1 卷第 3 期，1935 年 2 月 16 日。

〔註52〕「新興戲劇運動因著客觀環境，不易得到更大的發展，這是事實。而每次話劇團體的公演，除了演給從事戲劇運動的人看之外，眞正的觀眾少得可憐，那也是事實。尤其是後一個原因的關係，新興戲劇運動的因爲始終給觀眾所冷淡，因而不易有更大的發展，那更是不容我們所諱飾的事實。」「這一次，因了陣容的空前的嚴整，所收到的效果當然也是空前的。更值得我們欣喜愉快的，卻是在這總結賬期橫在我們眼前的時候，還是有這麼廣大的觀眾來共聚一堂，而在熱烈的掌聲中，我們可以瞧到廣大的觀眾的熱情是怎樣的和臺上打成一片，這在新興的戲劇運動的發展上，是有著怎樣重要的意義啊！」（李一，〈看了〈回春之曲〉之後〉，《申報》1935 年 2 月 4 日）

〔註53〕于伶，〈《中國新文學大系（1927～1937）第 15 集（戲劇集 1）》序〉，《中國新文學大系（1927～1937）第 15 集（戲劇集 1）》（上海：上海文藝出版社，1985 年），第 9 頁。周伯勳也有類似的回憶。（〈從「左聯」到「劇聯」——回憶 1930 年到 1935 年上海戲劇電影的部分活動〉，《左聯回憶錄》下册，北京：中國社會科學出版社，1982 年，第 733 頁）姚時曉編《左翼「劇聯」大事記》則説「上舞」是「劇聯」由田漢邀請明星們組成。（《中國左翼戲劇家聯盟史料集》，北京：中國戲劇出版社，1991 年，第 500 頁）

就在《水銀燈下》和《回春之曲》演出後不久，領導「劇聯」工作的「文總」
的負責人尤兢（于伶）、「劇聯」的黨團書記趙銘彝，連同章泯、徐韜、金山
等人在趙丹的住處開會，產生了「改變戰略，注意大劇場演出，建立舞臺藝
術，爭取觀眾」的想法。〔註 54〕他們的意見獲得了「劇聯」黨團會議的支持，
於是乃有隨後成立的業餘劇人協會（簡稱「業餘」）。「這是左翼戲劇家組成的
團體，以合法的大劇團形式，在大劇場公開演戲，從此，開始了『劇聯』建
立劇場藝術的演出實踐。」看一看「業餘」的成員名單：于伶、章泯、應雲
衛、史東山、沈西苓、宋之的、陳鯉庭、趙銘彝、瞿白音、徐韜、金山、趙
丹、鄭君里、袁文殊、左明、崔嵬、沙蒙、魏鶴齡、陶金、王爲一、顧而已、
呂班、施超、舒強、水華，嚴恭、呂復、王瑩、孫維世、舒繡文、英茵、葉
露茜、王蘋、吳茵、章曼蘋、朱今明、許珂、徐渠、汪洋、趙明、錢千里、
伊明、胡導、朱銘仙……「集中了這樣一大批我國最優秀的藝術家作爲劇團
骨幹」，自然也就「爲話劇奠定了職業化基礎」。〔註 55〕

「業餘劇人協會」，顧名思義，其成員只是在「業餘」時間才作爲「劇人」
出現，他們的「本業」其實是「影人」。正如蹺蹺板遊戲一般，之前是這些人
才紛紛登上影壇，荒蕪了劇運；如今是中國影業不景氣，他們被釋放出來，
回到了「娘家」——劇壇。〔註 56〕

此起彼伏不是簡單的重複。經過了一番銀幕的歷練，曾經的「劇人」斬
獲了明星的光環，同時也接受了文化工業的洗禮，對娛樂市場的運行機制與
盈利手段，也有了深切的把握。〔註 57〕幾次公演「成績頗爲美滿」，增加了「業
餘」成員從事話劇運動的信心。「鑑於業餘戲劇運動，對於一部分窮朋友要拋
棄了職業參加，生活方面未免發生問題，因此便有人提議把業餘改成一個職

〔註 54〕于伶，〈《中國新文學大系（1927～1937）第 15 集（戲劇集 1）》序〉，《中國
新文學大系（1927～1937）第 15 集（戲劇集 1）》（上海：上海文藝出版社，
1985 年），第 9 頁。

〔註 55〕周偉，〈章泯——左翼舞臺藝術的奠基人〉，《北京電影學院學報》1985 年第 1 期。

〔註 56〕墨沙（陳白塵），〈回娘家的戲劇運動〉，《電影・演劇》創刊號，1935 年 7 月
1 日。

〔註 57〕業餘劇人協會前兩次公演，虧蝕達一千餘金；第三次公演，地點爲卡爾登戲
院，賣座上佳，但開支過大，又虧損七百餘金；南京公演，盈餘三百餘金，
若非雨雪影響觀眾人數，當可收回七百餘金的虧蝕。這樣的報導說明，開支
的預算、天氣的選擇都已在「業餘」營業的考慮因素之內。正是以此爲前提，
「業餘」才有氣魄在卡爾登二次公演，計劃收回虧蝕的一千四百元。（〈業餘
劇人將重在滬上演〉，《電聲》第 6 年第 9 期，1937 年 3 月 5 日）

業團體。」〔註 58〕同時，以前專映電影的卡爾登大戲院宣佈以後專營話劇。資本家也增加了信心，「業餘」改組的想法還贏得了「後臺老闆」的投資——大金主是新華公司的張善琨。

於是，業餘劇人協會沿著市場化的方向繼續發展，其部分成員又「分組」了職業劇團——業餘實驗劇團（簡稱「業實」）。在這個「純粹」的職業劇團裏，所有團員全部是「職業性質」，即「向團中按月支薪」。靈感從何而來？「和目下的電影演員隸屬於電影公司的情形相同」。〔註 59〕

在與中國電影的互斥與互動過程中，左翼劇運終於走上了職業化之路。戲劇史研究者普遍承認，業餘劇人協會和業餘實驗劇團以此爲契機進行的大劇場公演，全面提高了中國現代戲劇的藝術水準。

能夠佔據大劇場做公開演出，這不僅顯示了左翼劇人的力量，也爲話劇在中國的傳播積累了寶貴的藝術經驗，自然應被視爲一種勝利。

但同時也要承認，職業化實際上背離了左翼劇人的初衷。他們的文化事業，由漂浮於社會結構之上，最終陷落到社會結構之中。不是他們經由主體精神的對象化再造出了一個價值和倫理世界，而是既有的表意與實踐網絡收購了他們，將他們「詢喚」爲其文化生產體制的某種構成。一句話，進入社會分工體系的左翼劇人充當了現代社會合理主義的一個注腳。

四

業餘劇人協會的發軔之作，是《娜拉》，精妙絕倫，轟動一時。時隔多年，有專家恍然發現，其不同凡響之處，原來得自斯坦尼斯拉夫斯基。〔註 60〕換

〔註 58〕〈第三次公演成績美滿後　業餘將分組職業劇團〉，《電聲》第 6 年第 10 期，1937 年 3 月 12 日。

〔註 59〕〈業餘劇人分組職業劇團　應雲衛是活動份子〉，《電聲》第 6 年第 12 期，1937 年 3 月 26 日。而且，業餘實驗劇團明顯也採用了「明星制」：因爲有薪水可拿，趙丹、魏鶴齡、舒繡文都脫離了明星公司，專事戲劇，但價碼分別是一百六十元、一百二十元、一百元。（〈業餘劇人的薪金〉，《電聲》第 6 年第 11 期，1937 年 3 月 19 日）又，還需要明確一點，只是業餘劇人協會的部分成員出來組織了業餘實驗劇團，業餘劇人協會本身還存在，並對業餘實驗劇團提供物質和人力支持。二者並非嚴格的前後相繼關係。學界對此細節的認識似尚模糊。

〔註 60〕胡導說：「從章泯導演的《娜拉》開始，我覺得是一個完整的、正規的演出。類似歐洲 19 世紀末 20 世紀初期的那種寫實的現實主義的演出。當時搞得比較正規，藝術性也比較完整。」（胡導，〈在章泯同志誕生八十週年逝世十週年座談會上的發言〉，謝曉晶主編，《章泯紀念文集》，北京：中國電影出版社，2011 年，第 33 頁）經過此後對「體系」的長期揣摩和鑽研，他在回憶錄中恍

言之，在左翼劇運產生範式轉換，大劇場公演蔚然成風的時刻，還有一種新的表演美學相伴而生，直至後來一度在中國當代話劇表演領域一統天下——這就是斯坦尼斯拉夫斯基體系（簡稱「體系」）。

斯氏的大名大約在 1920 年代末爲國人所知，有意思的是，總是搭乘著另一位俄國/蘇聯戲劇大師梅耶荷德的順風車。其所以如此，因爲在介紹者馮乃超或田漢筆下，他都是梅氏的對立面，是梅氏成功地超越了的對象，介紹者需要通過與他的對比，才能證成梅耶荷德的意義。〔註61〕

馮乃超和田漢是否直接接觸過斯氏著作，難以遽斷，間接瞭解的可能性更大一些。〔註62〕最早讀過斯氏原著的中國人，應是辛酉劇社的朱穰丞。他在美國書店工作，得便見到了英文版的《我的藝術生活》，並向身邊的人做了介紹。趙銘彝還從他那裏得到了這本書作爲紀念，並摘譯個別章節刊於袁牧之編輯的《中華日報》「戲」週刊。不過，由於朱穰丞的出國和趙氏手裏這本書的丢失，這次傳播活動，沒有造成太多反響。〔註63〕

繼之而起致力於斯氏體系的鑽研並卓然名家的人，是章泯。有趣的是，與馮乃超、田漢一樣，他最初也是因爲要描述梅耶荷德的「劇場觀」而捎帶上了斯坦尼，並且做了揚梅抑斯的明確評價。〔註64〕

然悟到，這一演出存在「一系列屬於斯氏體系的演劇方法和技巧」。（胡導，《幹戲七十年雜憶——上世紀三四十年代上海的話劇舞臺》，北京：中國戲劇出版社，2006 年，第 37 頁）

〔註61〕 馮乃超的〈革命戲劇家梅葉荷特的足跡〉（《創造月刊》第 2 卷第 3 期，1928 年 10 月 10 日）、田漢起草的〈上海戲劇運動協會宣言〉（連載於《時事新報·戲劇運動》第 2、3、4 期，1928 年 11 月 13、20、27 日）都是這樣處理的。馮文寫於 1928 年 9 月 20 日，田文略晚兩個月左右。馮文可能最早向國人介紹了梅耶荷德和斯坦尼斯拉夫斯基。

〔註62〕 馮文中斯坦尼斯拉夫斯基和梅耶荷德的名字大多寫成英文，文末說：「梅葉荷特的音譯是從英文的綴字 Meierhold 拼出來的，俄國的發音大約不是這樣，這一點，我現在還沒有人可請教。」懷疑馮乃超的介紹來自某種英文資料。田文對梅野鶴立德（即梅耶荷德 Vsevolod Meyerhold）的介紹，則來自成美林斯奇（B·Tschemerinsky）的記述，正面談論斯坦尼的篇幅很少。

〔註63〕 參看趙銘彝，〈左翼戲劇家聯盟是怎樣組成的〉，《新文學史料》1978 年第 1 期；趙銘彝，〈回到五十年前——懷念左翼劇聯一個發起人朱穰丞〉，《上海戲劇》1979 年第 6 期。

〔註64〕 「右派的代表，斯坦尼斯拉夫斯基（Stanislavsky），是個個人主義者，他只求戲劇藝術本身的表現，不問其他的目的，所以他領導的藝術劇場，就是在革命後，也不會脱去革命前的那些資產階級的傳統。」（謝興〔章泯〕，〈梅伊阿特的劇場觀〉，《戲劇與文藝》第 1 卷 7 期，1929 年 11 月 1 日）梅伊阿特，即

　　章泯緣何以及何時對斯氏轉變態度，尚無法做出清晰的描述。事實上，剛到「劇聯」的時候，他也參與過不少突擊公演。但相關回憶表明，1935 年初「劇聯」重訂劇運戰略，他發揮了重要的作用。〔註65〕這應該是他埋頭「鑽研理論，研究導演藝術和表演藝術」的結果——他寫作、翻譯了不少理論文字〔註66〕，也潛心閱讀了斯氏的原著〔註67〕。

梅耶荷德。按此文係章泯在國立北平大學藝術學院戲劇系畢業時所做的論文，後收入國立北平大學藝術學院編，《國立北平大學藝術學院戲劇系第一屆畢業同學論文集》（北平：國立北平大學藝術學院，1929 年）。作者在文末列舉了他的參考文獻：Huntly Carter, *The New Theatre and Cinema of Soviet Russia*. 又，據目前所見，此文最早把 Stanislavsky 中譯爲斯坦尼斯拉夫斯基。

〔註65〕趙丹家開的那次于伶、趙銘彝、章泯、金山、徐韜等人參加的小型會議，影響很大。趙銘彝回憶：「當時我們劇聯的領導同志，包括章泯同志在內，研究怎樣打開這個局面，也就是一定要想法子衝破國民黨反動派的圍剿，這時章泯同志就建議，他說：『我們現在要改變方式，不能再搞游擊戰爭式的演出，我們要搞陣地戰，我們一定要搞大劇場，把戲劇推到社會上去，不能待到小圈子裏，搞小劇團這樣的戰鬥活動。』」（趙銘彝，〈在章泯同志誕生八十週年逝世十週年紀念會上的發言〉，謝曉晶主編，《章泯紀念文集》，北京：中國電影出版社，2011 年，第 21 頁）于伶、趙銘彝分別是「文總」和「劇聯」的負責人，而章泯只是「劇聯」的普通成員，這說明即便不是他主動推動了這次會議，至少也表示了積極響應的姿態。趙丹回憶：「1934 年早春的一天，金山陪同章泯來找我，邀我參加易卜生的《娜拉》的演出。一開頭他們就說：『我們不能總是停留在喊幾句口號，流幾滴眼淚的表演水平階段了，我們要提高左翼戲劇的演技水平……我們應該建立自己的劇場藝術』。（大意如此）」（趙丹，〈懷念嚴師諍友章泯〉，《戰地》1980 年第 3 期）按《娜拉》演出在 1935 年 6 月，趙丹時間記述有誤。從「大意如此」的話可知，二趙所言之事發生於同一時段，甚至爲同一事。「陪同」一詞則表明了章泯當時的位置。

〔註66〕單篇文章有：章泯，〈演員的認識和情緒之支配〉，《青青電影》第 10 期，1934 年 12 月 16 日；章泯，〈演員的表演之統一〉，《青青電影》第 11 期，1935 年 1 月 16 日；史達克作、章泯譯，〈表演的音樂性〉，《青青電影》第 12 期，1935 年 2 月 16 日；雪林格爾作、章泯譯，〈論戲劇的本質〉，《電影・戲劇》第 1 卷第 1 期，1936 年 10 月 10 日；章泯，〈論演員〉，《新演劇》第 1 卷第 2 期，1937 年 6 月 20 日；布魯萊笛耶著、章泯譯，〈戲劇的法則〉，章泯，〈導演人的職責〉，均《新演劇》第 1 卷第 4 期，1937 年 7 月 20 日。專著有：丁萬籟天、章泯編譯，《電影表演基礎》（南京：正中書局，1935 年）。按此書參考書目爲 Screen Acting, Stark Young, *Movement in Acting*, Halliam Bosworth, Oliver Hinsdell, *Technique in Dramatic Art*. Stark Young，即史達克，《表演的音樂性》也是《電影表演基礎》中的一章。Bosworth 的著作，章泯在 1931 年即有翻譯：H. Bosworth 著、韻心（章泯）譯，〈表演的基本技術〉，《戲劇與音樂》第 1 期，1931 年 12 月 10 日。

〔註67〕「鄭君里結婚那天，賀孟斧把一本英譯版的斯坦尼斯拉夫斯基的著作——《演員自我修養》送給新婚夫婦做禮物。章泯見到此書，如獲至寶，他看了又看，

《娜拉》正是章泯理論鑽研的初啼新聲之作。雖然不好說他和他的演員已經掌握了「體系」的精髓，但這個戲影響深遠。〔註68〕

導演團準備這個戲時，深入思考了角色的性格化處理問題。他們提出，劇中「一切人物的人格，都可以追索出他們形成的根源，那就是說，每個角色的性格，都經得起嚴密分析」，「一段，甚至一句臺辭，無不是深深地立基在角色的人格上，即人格所因而形成的環境勢力上」。〔註69〕

令海爾茂（當時譯爲郝爾茂）的扮演者趙丹記憶猶新的正是這一點。海爾茂本是劇本中的一個反面角色，從「革命的唯物主義的堅定立場和思想感情出發」，趙丹最初有意加大了對這一人物的醜化力度，「其結果卻演成一個口是心非、言不由衷的兩面派，一個行爲邏輯紊亂的怪胎」。在章泯的耐心引導下，他逐漸尋到了海爾茂的行爲邏輯，「和角色一樣地確認爲自己的一言一行的正確和理所當然」，沿著情節的進展，由一開始溫文爾雅的正人君子形象，一步一步暴露出了此人自私和虛僞的靈魂。〔註70〕趙丹稱之爲「以正求反」。對金山扮演的柯洛克斯泰（當時譯爲柯樂克），他們又採用了「以反求正」的辦法。這就使兩個人物成爲舞臺上「活的」人物，達到了「現實主義」的高度。〔註71〕

愛不釋手。」（周偉，〈章泯——左翼舞臺藝術的奠基人〉，《北京電影學院學報》1985 年第 1 期）陳鯉庭回憶：「我第一次去看排戲（指排演《娜拉》——引者），注意到章泯重視案頭工作，當時已經開始運用斯坦尼斯拉夫斯基的學說——已經能看到英譯本的《我的藝術生活》，如對臺詞，琢磨臺詞的含意並且很講究語言和戲的節奏感。」（陳鯉庭，〈在章泯同志誕生八十週年逝世十週年座談會上的發言〉，謝曉晶主編，《章泯紀念文集》，北京：中國電影出版社，2011 年，第 29 頁）章泯、鄭君里翻譯的《演員自我修養》初版於 1943 年（重慶：新知書店），乃據英譯本譯出。

〔註68〕 趙丹明確説，他們是在《娜拉》的排演實踐中，「學習和運用起斯坦尼斯拉夫斯基的方法了」。（〈懷念嚴師諍友章泯〉，《戰地》1980 年第 3 期）

〔註69〕 導演團，〈我們對於〈娜拉〉的認識〉，《電影‧演劇》創刊號，1935 年 7 月 1 日。按此文原載《娜拉》公演特刊。導演團成員爲萬籟天、趙默（即金山）、徐韜，章泯以舞臺監督的身份參與了排戲工作。

〔註70〕 朱銘仙回憶，她飾演《欽差大臣》中的軍官太太，章泯做人物分析時特意提醒她，這個人物與戲中的木匠妻子不同，「由於出身不同、修養不同、性格不同，內心感受和生活節奏也不一樣」。她感覺「這些分析在過去同別的導演一起排戲時是沒有涉及到的」。（朱銘仙，〈在章泯同志誕生八十週年逝世十週年座談會上的發言〉，謝曉晶主編，《章泯紀念文集》，北京：中國電影出版社，2011 年，第 32 頁）這也是在尋找人物的行爲邏輯。

〔註71〕 〈懷念嚴師諍友章泯〉，《戰地》1980 年第 3 期。「以反求正」的辦法，趙丹演出《大雷雨》的奇虹時，也嘗試了一次，效果甚佳。

「現實主義」正是「體系」的革命精神之所在。由於沙皇的高壓政策，「體系」誕生前夕的俄羅斯劇壇上，「編劇匠們粗製濫造的卑俗的消遣品充斥著舞臺，演員藝術被死板的陳套窒息著」，人們在劇場看到的不過是「關於小市民的安逸生活以及它那種易於理解而又便於家常應用的瑣屑道理的宣傳」，是「空虛的娛樂、矯揉造作的悲觀主義遊戲、裝腔作勢、虛無飄渺的神秘主義等等」「最卑俗的東西」。〔註72〕斯坦尼斯拉夫斯基對匠藝式的演劇深惡痛絕，實是有感而發——它阻斷了戲劇的認識論意義。「現實主義」之所以有必要，就因為它把俄羅斯人在這個風雨如晦的社會中的生存狀態盡可能多樣地帶入劇場，為觀眾重建劇院和當代人、當代生活的聯繫。

問題於是就集中在怎樣使多樣的人「活」在舞臺上。斯坦尼斯拉夫斯基和聶米羅維奇—丹欽柯與契訶夫的相遇，意義深遠。從情節結構看，契訶夫把「現實主義」推進到了與「現實生活」不分彼此的程度，以至於幾乎要漲破戲劇這一文體的界限。〔註73〕外在的戲劇性不復可見，故事的張力便紮實地轉向了「人類內心的形態」。〔註74〕這就意味著，為了將契訶夫的戲劇搬上舞臺，演員也應該進入角色的內心，才能克勝厥職。

這就是一種「內面」的發現。

〔註72〕〔蘇〕瑪‧斯特羅耶娃，《契訶夫與藝術劇院》（吳啟元、田大畏、均時譯，北京：中國戲劇出版社，1960年），第4、2頁。

〔註73〕「在生活裏，他說過，人並不是每分鐘都在那兒決鬥、上吊、求愛的。他們大部分時間是在吃吃、喝喝、弔膀子、說一些不三不四的蠢話。所以這一切也應當在舞臺上表現出來。應當寫這樣一種劇本，讓劇中的人物來來、去去、吃飯、聊天、打牌……要使舞臺上的一切和生活裏一樣複雜，而又一樣簡單。人們吃飯，就是吃飯，可是在吃飯的當兒，有些人走運了，有些人倒楣了。」（〔蘇〕葉爾米洛夫，《論契訶夫的戲劇創作》，張守慎譯，北京：作家出版社，1957年，第120頁）正是在這一意義上，高爾基稱契訶夫的劇本《海鷗》為「新型的戲劇藝術」。

〔註74〕「讀契訶夫也是一樣，必須拋棄我們傳統的戲劇觀，放下在劇本裏尋找『戲劇』的念頭，才能感覺到這些人物故事，不是『戲劇』，而是『人間的戲劇』；必須拋棄唯心的偏見，懂得客觀存在著的事與物，在人類思想、心靈、情感和舉動上，發生些多麼大的刺激與喚起力，才能瞭解契訶夫劇本裏每一種聲音，無論是小鳥的啁噪，或是蘆笛的微聲，無論是春煦的陽光，或是散佈著悲哀的吉他琴，都在充分地發揮著人類內心的形態。這些外在的事物，便是情調。要瞭解契訶夫，首先必須懂得玩味他的這些情調，全劇，每一幕，每一場，都有他們最深刻、最真實，而又最強而有力的情調存在著。」（焦菊隱，〈《櫻桃園》譯後記〉，《焦菊隱文集》第2卷，北京：文化藝術出版社，1988年，第221頁）

　　「體系」的要義因此分爲兩個部分：第一部分是「演員內部的和外部的自我修養」，第二部分是「演員內部的和外部的創造角色的工作」：「內部的自我修養在於鍛鍊內心技術，使演員能在自身喚起創作的自我感覺」，「外部的自我修養在於使形體器官準備好去體現角色，並精確地把角色的內心生活表達出來」。總之，「體系」乃是一種這樣的「方法」：「這種方法使演員能夠創造角色的形象，能夠在角色中揭示人的精神生活，並以完美的藝術形式把它自然地體現在舞臺上。」〔註75〕由「內」而「外」，「內」體現於「外」，「外」又激發於「內」，經由對「內」與「外」的「二元論」的個別描述，說明「內」與「外」的「一元論」的密切融合和相互爲用。這體現了西方分析性思維的典型特點。

　　然而，邏輯與歷史的統一難題也就從此深深地困擾著「體系」。理想的實際表演過程，總是「一元論」的，而正是「體系」的「二元論」的邏輯分拆，使得這種「一元論」最終變得無法言說。「體系」成型之初，斯氏更看重「內部動作」、「心靈的積極活動」、「角色的心理設計」。忽視「外部技術」的結果，是悲劇角色薩利耶里塑造的失敗。〔註76〕一般認爲，斯氏晚年更加注重演員形體動作的訓練。〔註77〕

　　當然，中國劇人1930年代學習「體系」時，斯氏還在世，「體系」尚在發展，國人的理解也不可能這麼細緻。〔註78〕按照章泯的感悟，「體系」給他深刻啓發的內容是，演員的認識和情緒應從自發走向自覺。〔註79〕毋庸贅述，「認識」和「情緒」，都是「內部動作」。

　　從源源不斷的外國片那裏，中國劇人學到的外部動作的花樣已然不少，袁牧之、趙丹等人都以此見長——條件所限，這也是他們磨練演技的唯一辦

〔註75〕　〔蘇〕斯坦尼斯拉夫斯基，〈我的藝術生活〉，《斯坦尼斯拉夫斯基全集》第1卷（史敏徒譯，北京：中國電影出版社，1958年），第478～479頁。這種觀點在章泯的〈導演人的職責〉（《新演劇》第1卷第4期，1937年7月20日）一文中留下了痕跡：「表演可以概括地分成兩部分：即是『情感』和『技術』。」

〔註76〕　〈原編者說明〉，《斯坦尼斯拉夫斯基全集》第3卷（鄭雪來譯，北京：中國電影出版社，1985年），第3～4頁。

〔註77〕　斯氏的寫作計劃，許多未能完成，已經寫成的部分，次序又調來調去，這在某種程度上也與其「二元論」的思維和結構方式與「一元論」的終極目標之間的背反有關。

〔註78〕　《演員自我修養》的英譯本，亦非斯氏最後定本。參看《焦菊隱文集》第3卷（北京：文化藝術出版社，1998年）第90頁之編者注。

〔註79〕　章泯，〈演員的認識和情緒之支配〉，《青青電影》第10期，1934年12月16日。

法。〔註80〕流弊所及，某些演出如文明戲一般，陷入迎合觀眾的噱頭主義。斯坦尼斯拉夫斯基卻告訴他們，創造角色，光有「肉體的化裝」是不夠的，還要有「靈魂的化裝」〔註81〕；演員扮演一個角色，「首先就要想到自己就是那個角色本人，外表固然要像，內心也不能不像」，「首先要有對於角色的人格的同情，並且要進一層，使自己獲得那個角色的人格、思想、心理，簡直是變成那個角色」。〔註82〕對左翼劇人而言，這句話是一劑良藥。

這當然也是「內面」之發現。〔註83〕

進入角色需要諸多條件。如趙丹那樣悉心尋找角色的行為邏輯、寫角色小傳是一方面，不過這方面的努力過程局外人不得而知。觀眾見到的是表演、化裝和舞臺設計。看《娜拉》公演劇照，人物無一不是隆鼻深目。公演廣告語則寫道：「十九世紀的古裝演出，直追閨怨名片！」「北歐羅巴的寫實裝置，堪稱獨創風格！」〔註84〕

〔註80〕「話劇演員們從他們的新職業中學習了作為一個鏡頭前的演員的技巧。他們自己去揣摩，去研究西洋電影演員的表演，再回轉來看那從銀幕上放映出來的自己的演作，從自己的朋友，從批評家那裏聽些個意見，這樣，他們就瞭解了演技的意義。」（張庚，〈中國舞臺劇的現階段──業餘劇人的技術批判〉，《文學》第5卷第6期，1935年12月1日）張庚在引介「體系」方面，也做了大量工作。其《戲劇概論》（上海：商務印書館，1936年）的參考書目裏，直接列舉了 Stannislavsky 的〈現代演劇俳優論〉，不過是日譯本，載日本《中央公論》1936年3月號。按《中央日報・戲劇週刊》第14期（1936年4月10日）上載有此日譯本的中文重譯本，譯者毛秋白，題目譯為〈現代戲劇演員論──給年輕的演出家〉。

〔註81〕張庚，〈為觀眾的戲劇講話・九　外形的裝扮〉，《生活知識》第1卷第9期，1936年2月5日。

〔註82〕張庚，〈為觀眾的戲劇講話・六　演員的兩重人格〉，《生活知識》第1卷第6期，1935年12月20日。

〔註83〕「業餘」後來回顧其演出，自稱：「用真摯的態度與熱情，捉摸人物的性格，注意感情的韻律，生活於角色的個性感情之中，這是業餘的幾乎演員已經在走，而且要引誘更多的演員來走的路。與『外面的』寫實主義相對，這是『內面的』寫實主義。其極端的標本是莫斯科藝術劇院的表演術，是所謂史丹尼斯拉夫斯基體系的方法。」（業餘劇人協會，〈業餘劇人協會的抱負〉，《光明》第2卷第12期，1937年5月25日）

〔註84〕《申報》1935年6月25日。有觀眾感歎道：「佈景中一場大窗外的雪景，簡直是那篇童話的寫照了。」（〈關於娜拉〉，《申報》1935年6月25日）四十年代劇社公演《賽金花》、《自由魂》，「布景・燈光・服裝・化裝・道具　皆係專家精心設計協力處理」的「賣點」，特意用大字打出。（《電影・戲劇》第1卷第1期，1936年10月10日）演出如其本事，是大劇場公演的標配，《欽差大臣》、《羅密歐與朱麗葉》等等的廣告，均突出這一點。

　　如果做正面一些的理解，可以說，這是爲了重建劇作的物質情境，方便演員更深地進入角色。〔註 85〕但讀一讀有些變味了的廣告詞，大劇場公演把化裝和舞臺打造得那麼華美，顯然不盡是出於藝術追求。左翼大劇場公演的劇目，幾乎清一色的外國和歷史題材。〔註 86〕檢查機關的刁難固然是當事者不得不如此的原因，不可否認的還有一點：在 1930 年代上海的文化市場上展示域外或歷史風情，確實具有無與倫比的消費效應。即使是爲了滿足「體系」對「眞實性」和靈魂化裝的要求，發展到極端，也會導向噱頭主義。〔註 87〕噱頭主義不是對大劇場公演的背離，它也處在現代文化市場運營體制的延長線上。

　　當然，在「體系」的大本營——莫斯科藝術劇院，舞臺也曾堆砌過多的「日常生活的」動作和聲音，出現過「自然主義」的問題。〔註 88〕都是過猶不及，而自然主義和噱頭主義，還是同工異曲的，其區別就在於莫斯科藝術劇院明確拒絕古典劇目，它的「自然主義」是與「現代劇目」聯繫在一起的，目的是再現「日常生活」〔註 89〕；左翼大劇場公演則走向異域和歷史，與現實生活拉開了距離，噱頭源於炫奇。劇目選擇不同，「體系」所容許的反應範圍也就有異。

〔註 85〕 章泯說：「我們要知道，道具不僅是用來完成一種場所的，它們對於演員的演作還有很大的幫助。」（韻心〔章泯〕，〈論舞臺道具〉，《新演劇》第 1 卷第 4 期，1937 年 7 月 20 日）

〔註 86〕 如《娜拉》、《欽差大臣》、《大雷雨》、《欲魔》、《醉生夢死》、《羅密歐與朱麗葉》、《賽金花》、《武則天》等等。

〔註 87〕 「業實」的《武則天》，戲還沒有演，竟然先搞了個服裝展覽，參看〈實驗劇團月底公演　武則天將舉行服裝展覽〉，《電聲》第 6 卷第 21 號，1937 年 5 月 28 日。

〔註 88〕 「轟米羅維奇—丹欽柯本人也承認，莫斯科藝術劇院當然不是自然主義的劇院，但是在處理契訶夫的劇本時曾有過份地強調日常生活細節眞實的失誤」。（朱逸森：《契訶夫——人品‧創作‧藝術》，上海：華東師範大學出版社，1994 年，第 250 頁）

〔註 89〕 轟米羅維奇—丹欽柯明確提出：「如果劇院單純上演古典劇目，完全不反映現代生活，那麼，它便有學院式地僵化的危險……」所以，研究者認爲：「莫藝作爲藝術中一個新的流派取得勝利的原因，是斯坦尼斯拉夫斯基和轟米羅維奇—丹欽柯在現代劇目的基礎上實現了對劇場的改革。契訶夫和高爾基的劇作，對於新劇院的勝利，起了決定作用。」（〔蘇〕瑪‧斯特羅耶娃，《契訶夫與藝術劇院》，吳啓元、田大畏、均時譯，北京：中國戲劇出版社，1960 年，第 8 頁）

五

　　如果承認「根據斯坦尼斯拉夫斯基的理論，只有當演員掌握了如何將自己的心靈和想像中的戲劇角色的心靈聯接在一起的時候，他/她才能夠與角色有機地結合在一起」，那麼，研究者的如下推論就值得重視，即新中國成立後，「體系」「不僅掌控了舞臺，也規訓了個人」，正是「斯坦尼斯拉夫斯基所謂的『演員和角色的融合』構成了這一規訓過程的核心」。演員與角色的融合的意識形態功能因此表現爲「它成爲演員按照社會主義理想進行自我改造的一種驅動力」。〔註90〕

　　照此邏輯，演員與角色的融合問題，就是一個演員向角色的「認同」問題，角色的人物形象，對於演員的自我塑造，影響至巨。那麼，斯坦尼斯拉夫斯基對普遍人性論的信仰〔註91〕，一方面爲左翼劇人進入角色奠定了必要的心理學基礎，另一方面，如果處理失當，卻也會使演員身陷「不恰當」的角色之中。

　　張庚看出了業餘劇人協會演出中的一個莫大的矛盾：「一方面，大家都要求上演藝術的戲劇，一方面，演員們對於戲劇藝術的理解卻是偏於個人演技方面的，他們時常有一種把個人演技擴大，而突出了整個戲劇要求之外的危險。」劇場的統一性爲何喪失？張庚認爲原因有二：導演沒有就他的通盤計劃與演員充分溝通，演員的演技也五花八門。解決方案也就分兩條：第一，經過討論，「演出方法全部統一在一個意見之下，然後再進行讀劇」。第二，演員「從公有的演出方法和劇詞之中去體會角色的個性，去安排每一句話的小動作。並且，依照斯坦尼斯拉夫斯基的話，要把那個人物的性格裝到自己的身體中去，暫時把自己的性格從身體中趕走，在『著魔』之後，斯氏的意

〔註90〕陸小寧，〈張瑞芳：塑造社會主義的紅色明星〉，《文藝研究》2011年第1期。
〔註91〕這是「體系」中一個很有爭議的問題。斯氏提出過一個「從自我出發走向角色」的公式。「在革命前，當藝術劇院演出的劇中人物，主要是爲演員們熟悉的小資產階級知識分子時，『從自我出發』，使用『有魔力的假使』和『情緒記憶』等心理技巧是很容易奏效的」。但是照此去表演高爾基《小市民》中的火車司機就不像。「不瞭解火車司機的思想感情，沒有這方面的生活，因此即使想要進入角色也進不去」。所以，「儘管，演員和角色思想感情相通的情形是普遍存在著的，用『自我出發』的辦法行事也每每能取得藝術效果；然而，演員和角色的思想不相通的情況，更是常見的現象，因此它畢竟不能作爲指導演員創作的普遍原則」。如果認定「自我」一定能走向角色，那顯然是普遍人性論。（童道明，〈斯坦尼斯拉夫斯基體系是非談〉，《他山集——戲劇流派・假定性及其他》，北京：中國戲劇出版社，1983年，第31～32頁）

思，這就算『心靈的化裝』成功了」。〔註 92〕

方案的兩條顯然是相互排斥的。隨後發生的現象是，演員「心靈的化裝」越成功，「入戲」越深，舞臺上的統一性越難以獲取〔註 93〕——連左翼戲劇陣營的統一性也遭到了威脅，最有典型性的，是藍蘋和王瑩爭演賽金花的事。

這件事留下了漫長的歷史投影，又牽涉到過多的人事恩怨，層累起來，真相變得愈發模糊。最常見的說法是，因為藍蘋搶奪王瑩的角色，後者憤而與金山等人一起脫離「業餘」，另組四十年代劇社。藍蘋後來成了江青，她的跋扈很容易就被人們一併安放到她的早年，作為受害者的王瑩則得到人們更多的同情。〔註 94〕但查看原始文獻，「業餘」選擇的《賽金花》的飾演者一開始並非王瑩〔註 95〕，四十年代劇社的成立也不是在這次風波之後，其第一次公演的劇目，也不是《賽金花》〔註 96〕。

有一些記載說王瑩曾有意將自己的角色讓於藍蘋，只是沒有原始材料可以證實這一點。就時人的描述來看，清高、敏感和固執倒是王瑩這位文學女青年〔註 97〕性格中不可忽視的特點。首次「觸電」，演《女性的吶喊》，因對

〔註 92〕 張庚，〈中國舞臺劇的現階段——業餘劇人的技術批判〉，《文學》第 5 卷第 6 期，1935 年 12 月 1 日。

〔註 93〕 「業餘」承認，「體系」的方法一經「誇大」，就出現了「演員中心制」，「演員的自由發展常會使我們鑄就了大錯」。（業餘劇人協會，〈業餘劇人協會的抱負〉，《光明》第 2 卷第 12 期，1937 年 5 月 25 日）

〔註 94〕 夏衍，〈懶尋舊夢錄〉，《夏衍全集》第 15 卷（杭州：浙江文藝出版社，2005 年），第 177 頁。

〔註 95〕 〈上海業餘劇人徵求賽金花演員啟〉，《申報》1936 年 7 月 23 日。據說這是因為「業餘」覺得賽金花這個角色，「團裏的任何女演員都不能勝任愉快」。（〈四十年代與業餘劇人賽金花糾紛的經過〉，《電聲》第 5 年第 47 期，1936 年 11 月 27 日）「業餘」徵集到的演員，是徐悟音，一位上海美專的畢業生。（〈兩個劇團的兩個賽金花〉，《電聲》第 5 年第 43 期，1936 年 10 月 30 日）

〔註 96〕 〈上海的話劇團體〉（《電聲》第 5 年第 29 期，1936 年 7 月 24 日）中已經出現了四十年代劇社的名字，其成員來自「業餘」、復旦、辛酉、南國等社團，有四十餘人；第一次公演的劇目定為《阿比西尼亞的母親》、《墨沙里尼中餐》等，地點在虹口臘雪斯舞場。根據後來的報導，可以確定王瑩在四十年代劇社的核心地位（〈四十年代劇團流產〉，《電聲》第 5 年第 33 期，1936 年 8 月 21 日），而王瑩有組織話劇團體之念，則可追溯到同年 6 月（〈王瑩中止赴日〉，《電聲》第 5 年第 22 期，1936 年 6 月 5 日）

〔註 97〕 王瑩是當時著名的「作家明星」，「文學趣味極高」。（施蟄存，〈《寶姑》〉，《北山散文集》一，上海：華東師範大學出版社，2001 年，第 293 頁。按王瑩許多作品就發表在施氏所編《現代》雜誌上）其作品經今人搜羅，結集為《衣羽》（陳子善、張可可編，北京：海豚出版社，2012 年）一書。

自己的表演不滿意，她痛哭了一次；繼之出演《鐵板紅淚錄》，因為同樣的原因又痛哭了一次。此後飄然赴日求學，被史東山動員回來進入《人之初》劇組，因為所演人物是一老太婆，演出復不如意，第三次大放悲聲，並要求解約。導演史東山一氣之下，三天飲食不能下咽。〔註98〕

　　拒演老太婆的行為，意味著王瑩將她的現實形象與銀幕形象做了直接的鏈接。〔註99〕如後者與前者衝突，她不可能向後者妥協；相反，二者的認同一旦實現，也很難打破，因為受到動搖的不僅是她的「角色」，更是她的「自我」。如果她認定自己適合賽金花這一角色，是否肯輕易放棄，實在是一疑問。

　　藍蘋一邊的情況亦復如此。從個人經歷講，她離家出走的行為與娜拉十分相近，所以她飾演娜拉時，「在臺上真是自在極了，好像娜拉與我自己直接沒了距離，把娜拉的話當作我的，把我的情感作為娜拉的，什麼都沒有擔心，只是像流水似地演出來了」。〔註100〕當她攜娜拉成功的餘威選中賽金花的角色，外人也很難讓她屈服。

　　有意思的是，到了《大雷雨》中卡嘉鄰娜那種「極端痛苦極端內心矛盾的角色」，因為個性的差異，因為生活經驗的出入，藍蘋就感到「隔離了幾千里的路程」。〔註101〕當然可以由王瑩、藍蘋的表現判定左翼劇人主要還是「本色演技」，對「體系」的運用還很不熟練；而問題的另一方面還應包括，「體系」對「心靈的化裝」的強調，實際上促進了「本色演技」的暗中滋長。〔註102〕「內面」的發現，使演員與角色的認同愈加牢固，紛爭由此發生。

〔註98〕〈王瑩與藝華解約之經過詳情〉，《電聲》第4卷第5期，1935年2月1日。報導因此說王瑩「似為歇斯梯尼亞的患者」。報刊上關於她的小道消息之多，使她也成為一個當之無愧的「話題明星」。由楊新宇的〈穆時英集外文〈浮雕〉及其他〉（《現代中文學刊》2015年第2期）一文，可見其一斑。王瑩作為一個「話題」，值得研究。

〔註99〕有觀眾看《欽差大臣》時發現，「不過在王小姐的化裝太漂亮了一點，與她的女兒葉露茜一比，看不出是母女，而是一對姊妹花」。（天，〈欽差大臣——業餘劇人在金城演出〉，《申報》1935年11月5日）看來，對自己形象的年輕一面的堅持，在王瑩是一貫的。

〔註100〕藍蘋，〈從〈娜拉〉到〈大雷雨〉〉，《新學識》第1卷第5期，1937年4月5日。

〔註101〕藍蘋，〈從〈娜拉〉到〈大雷雨〉〉，《新學識》第1卷第5期，1937年4月5日。

〔註102〕周慧玲注意到，就在袁牧之、趙丹們造型多變、曲盡其妙的同時，「女演員卻未遵循這樣的路線，而兀自發展出所謂的『本色派』演技，在銀幕上扮演與自己相仿若的角色」。（《表演中國：女明星，表演文化，視覺政治，1910～1945》，臺北：麥田出版，2004年，第69頁）她從女性主義視角對這一現象進行了解讀。

矛盾不僅發生在不同人之間，也發生在同一個人那裏。藍蘋意識到，娜拉固然親切，「應該感謝易卜生給我們一個勇敢的娜拉，可是易卜生卻沒有說及娜拉出走後的問題」〔註 103〕；卡嘉鄰娜不能讓她產生興趣，可「因爲生活和環境的驅使」，她卻只能留在「純藝術之門」裏，演著票價高達一元、低也要四角的戲。想「接觸一下眞實的事情」麼？那只是空想罷了，否則，又何至於「在這種矛盾的心情下已經掙扎了將近兩年」？〔註 104〕於是，連她的理想，也不得不通過對角色的評判來表達：「我要做黛沙，不願做卡階林娜」。〔註 105〕更弔詭的是，儘管掙扎，她最後的結論卻是：「我什麼也不希望，只希望我能做一個演員！」〔註 106〕

角色是通過演員的演繹而鑲嵌在職業化的戲劇市場之中的。疏離了實際的革命工作，除卻舞臺，大劇場的左翼劇人空有壯志，而再無其他介入社會的手段。結果，左翼劇人很容易以對同一角色的爭奪來彰顯自己的積極性和進步性。但進入角色越深，爭奪越烈，越難化解，也就於「進步」妨礙越大。

進而言之，從左翼文化人的「新人」理想去判斷，大劇場公演中來自域外和歷史的所有角色，幾乎都無法提供足夠正面的「示範性」。即便藍蘋要做黛沙，最終也不過同於片場衝殺的「臨時演員」而已。實際遭到衝擊的，是導演的權威；被破壞的，是劇場的嚴肅性。很清楚，左翼劇人在文化市場上的「努力」，實際上也就表現爲劇團與劇團、個人與個人之間的惡性衝突。〔註 107〕劇評家的質問一針見血——「戲劇運動乎？商業競爭乎？」〔註 108〕

〔註 103〕藍蘋，〈演員獨白〉，哲學社會科學部文學所圖資室編，《「四人幫」資料續集》（1932～1946），出版社不詳，1976 年，第 156 頁。原載《上海業餘劇人演出〈娜拉〉特刊》。

〔註 104〕藍蘋，〈從〈娜拉〉到〈大雷雨〉〉，《新學識》第 1 卷第 5 期，1937 年 4 月 5 日。

〔註 105〕〈「業餘劇人」之訪問〉，《申報》1937 年 1 月 20 日。在〈由〈娜拉〉說到〈自由神〉〉（《申報》，1935 年 7 月 5 日）中，作者已指出，「娜拉走後怎樣」的問題，「在葛雷克登夫的《士敏土》中的黛莎，在艱難困苦生活中長成，已有了正確的解答」。

〔註 106〕藍蘋，〈我們的生活〉，《光明》第 2 卷第 12 號，1937 年 5 月 25 日。

〔註 107〕當然，男明星也有「主角欲」，如金山。（〈家計充裕少爺脾氣　金山的主角欲〉，《電聲》第 5 年第 29 期，1936 年 7 月 24 日）

〔註 108〕「照目前的情勢來看，這種經過多年奮鬥得來的業績（指戲劇職業化——引者），卻被當作一種新的企業在經營，因而在同行間發生出一種類似商業競爭的趨向，也是難於否認的事實了。」（舒非，〈戲劇運動乎？商業競爭乎？〉，《新演劇》第 1 卷第 3 期，1937 年 7 月 5 日）

既然大劇場公演的運轉機制規定了他們表述/理解自己的符號體系和實踐方式，商業競爭實在是在所難免。〔註109〕

　　總之，爲了實現演員與角色的融合，左翼劇人從內部和外部進行了積極的角色體驗；演員致力於尋找角色的行爲邏輯，演出進入大劇場虛構（再造）的舞臺時空；這一戲劇行動，又以文化工業消費對象的面目出現。這樣，左翼大劇場公演就形成了一個閉合結構：演員鑲嵌在角色中，演出鑲嵌在社會分工中。斯坦尼斯拉夫斯基體系的搬用，更加結實地把左翼劇人錨定在這樣一個封閉的結構之內。精心鑽研演技也好，排斥異己大出風頭也罷，他們都無法掙脫這一結構作爲一個「大他者」所給出的世界秩序。

主要參引文獻：

1. 《申報》
2. 《電聲》
3. 丁萬籟天、章泯編譯，《電影表演基礎》，南京：正中書局，1935 年。
4. 《中國左翼戲劇家聯盟史料集》，北京：中國戲劇出版社，1991 年。
5. 《中國話劇運動五十年史料集》第 1 輯，北京：中國戲劇出版社，1958 年。
6. 《中國話劇運動五十年史料集》第 2 輯，北京：中國戲劇出版社，1959 年。
7. 《左聯回憶錄》上下，北京：中國社會科學出版社，1982 年。
8. 吳冠軍，《現時代的群學：從精神分析到政治哲學》，北京：中國法制出版社，2011 年。
9. 周慧玲，《表演中國：女明星，表演文化，視覺政治，1910～1945》，臺北：麥田出版，2004 年。
10. 胡導，《幹戲七十年雜憶——上世紀三四十年代上海的話劇舞臺》，北京：中國戲劇出版社，2006 年。
11. 柄谷行人，《日本現代文學的起源》，趙京華譯，北京：生活・讀書・新知三聯書店，2003 年。
12. 陸弘石，《中國電影史 1905～1949》，北京：文化藝術出版社，2005 年。
13. 《章泯文集》，北京：中國電影出版社，2011 年。
14. 《焦菊隱文集》，北京：文化藝術出版社，1986～1991 年。

〔註109〕1937 年上半年，大劇場公演最爲繁榮的時候，也是左翼劇人最爲頻繁地提請同人警惕商業化危險的時候，幾乎無人對職業化一邊倒地唱讚歌。

15. 《張庚文錄》，長沙：湖南文藝出版社，2003 年。

16. 童道明，《他山集──戲劇流派・假定性及其他》，北京：中國戲劇出版社，1983 年。

17. 《斯坦尼斯拉夫斯基全集》，北京：中國電影出版社，1958～1986 年。

18. 葛飛，《戲劇、革命與都市漩渦～1930 年代左翼劇運、劇人在上海》，北京：北京大學出版社，2008 年。

19. 趙丹，《地獄之門》，上海：文匯出版社，2005 年。

20. 謝曉晶主編，《章泯紀念文集》，北京：中國電影出版社，2011 年。

（原刊《東嶽論叢》2016 年第 9 期）

到陝北去：燕京大學學生對斯諾的
《紅星照耀中國》的翻譯與接受

范　雪

（東南大學人文學院中文系）

　　斯諾的《紅星照耀中國》是中國現代史上一個舉足輕重的作品。結合這個作品之後的歷史的發展，我們從這個作品裏讀到最多的，是馬上就要一躍騰起的中國共產黨。這篇論文的視野有些不同，我關心的是燕京大學學生受斯諾的影響而選擇中共的情感與行動。關於斯諾的寫作，從一個角度看，斯諾夫婦是帶著在北京學生中獲得的振奮且美妙的體驗先後來到陝北的，回到北京後他們積極促成學生們選擇中共。從另一個角度看，1936～37 年之交，燕京大學的學生是最早接觸到斯諾陝北採訪成果的群體，在接收到斯諾帶回的陝北信息後，他們集體性地傾向中共。由斯諾夫婦關聯起的紅軍和學生這兩個群體，在斯諾的判斷中都是新的中國人，在斯諾夫人的描繪中也是同一類人——她的判斷我們相當陌生——清教徒。這篇論文要討論的就是上述過程中斯諾、學生和斯諾筆下的中共，三者之間的互通如何達成？論文從斯諾為什麼認可中國共產黨開始討論，之後在落實斯諾對燕大學生產生直接影響的基礎上，考察學生們傾向中共、到陝北去的一段心態史。

斯諾的陝北中共：新的中國人

　　1933 年，時任燕京大學新聞系講師的斯諾為《密勒氏評論報》訪問了河北定縣，目的是採訪晏陽初在那裏的鄉村改造項目。斯諾在採訪後寫了一篇文章，題目叫「農村中國如何被重造」。在這篇文章裏，斯諾認為定縣已經有

了不少教育、交通、食物和衛生上的進步，但基督教徒晏陽初改造了人，轉變了中國人的生活態度，這遠比引入西方器物和技術要深刻，晏陽初不只是一個改良主義的教育家，更是革命性的改革者。〔註1〕1933 年這一年，斯諾已來華數年，擁有對中國的穩定認識，他也將在三年之後獲得去陝北的通行證，開啓歷史性的對紅色中國的訪問。因此可以說，1933 年斯諾在關於晏陽初的報導中提出的改造人的問題，是我們把握斯諾的一個切入點，這是他的中國經驗的總結，也是斯諾對陝北形成判斷的先在的認識結構。

斯諾 1928 年到上海後就在《密勒氏評論報》工作。當時的駐華美國記者流行孤立主義的態度，他們希望中國強大，反對英日等國家在中國的殖民，反對他國干涉中國政治，但也認爲美國不應介入中國局勢。很能代表這種態度的，是斯諾在《密勒氏評論報》的老闆約翰‧鮑威爾（John B. Powel），鮑威爾始終支持國民黨政府，稱其「作爲世界上最偉大的執政黨之一，是名符其實的」。〔註2〕從托馬斯（S.Bernard Thomas）描述的斯諾在華經歷看，斯諾進入《密勒氏評論報》後，很快融入親華反帝的氛圍。不過，儘管斯諾不滿殖民者對中國事務的介入，但對籠統意義上的中國人也缺乏認可和信心。1929 年，來華一年的斯諾採訪了綏遠的大饑荒，在薩拉齊目睹了令人震驚的悲慘，他看到「一些村莊公開地買賣人肉」。〔註3〕採訪災荒對斯諾來說是一個偶然事件，但似乎正是這個偶然事件，奠基了斯諾對中國的基本感受。在他看來，中國人貧窮、骯髒和落後，很難想像有著這樣的人民的中國能夠進入現代。

斯諾意識中對落後中國人的擔憂，在隨後的幾年裏向兩個方面有了延伸和解答。首先，斯諾逐漸找到了他喜歡的、有著新生氣象的中國人；其次，斯諾開始認爲共產黨的革命藍圖是亞洲自救、中國自救的方法。

1930～31 年斯諾在東南亞和南亞做了一個廣泛的旅行，終點是印度。似乎正是這個與中國同樣古老的東方國家，讓斯諾肯定了共產黨。1930 年代初

〔註1〕Edgar Snow, "How rural China is Being remade", *China Weekly Review*, 1933.12.30.

〔註2〕鮑威爾主編的《密勒氏評論報》與蔣介石政府有很好的合作關係，1920、30 年代他們刊登了大量交通部的鐵路廣告，宣傳中國的基礎建設。鮑威爾對國民黨讚譽很多，可參見鮑威爾，《在中國二十五年》（合肥：黃山書社，2008），第 30～36、123～130 頁。

〔註3〕Lois Wheeler Snow, *Edgar Snow's China: a personal account of the Chinese revolution compiled from the writings of Edgar Snow*（New York: Random House, 1981），pp.39.

的印度有多種革命思潮角逐，斯諾見到了印度幾乎所有重要的革命領袖。斯諾不認可甘地的革命，他認爲甘地對傳統和習俗的強調，是將政治和宗教混爲一談，太不實際。更爲激進的尼赫魯引起斯諾的共鳴，被他稱爲一個「現實的領袖，實踐型政治家」。〔註4〕斯諾後來說，這段時期快速、整體革命的想法在他觀念中膨脹，這恰合了共產黨關於整體變革的說法。也是在印度，斯諾第一次直接接觸到共產黨及其政治行動，並開始閱讀馬列作品，他後來認爲這是他認眞思考馬列理論的開始。斯諾在印度收穫的感受是他在東南亞和南亞旅行的總結式的收尾，他對共產黨和共產主義產生感情，有一個前提性的關懷，即不發達的民族如何獲得獨立並建立現代國家。事實上，斯諾在旅行之前投遞出去的一篇介紹中國共產黨的文章裏，已經透露了類似看法，他認爲中國正在進行的人民革命，將激烈撼動整個亞洲的殖民資本主義（colonial capitalism），這是亞洲的偉大戰爭（a great war of Asia）。〔註5〕

在這樣的革命裏，共產黨一方面是民族革命的力量，戰勝帝國主義的殖民；另一方面共產主義是源自西方的科學理論，比甘地式的東方神秘思想更能把苦難的東方帶向文明，落後的亞洲國家將通過完全西化，進入現代。〔註6〕而這樣的整體西化需要在具體的個人之上得到落實。斯諾認爲中國需要一代新人，民族問題、社會問題只能由現代中國人來解決，定縣實驗中深入到倫理層面的改造了的現代中國人，是斯諾理解的中國變革的關鍵。需要注意的是，對倫理改造的認可中有一種貫穿習慣、言行、情感和社會風俗的普世的文明標準，而這一標準顯然是西方的。

1933年，斯諾和妻子遷居北京，夫婦二人很快發現了鮮活奪目的現代中國人，這就是燕大的激進愛國學生。無需贅言這些接受著很好的西式教育的學生，給斯諾帶來了好感。更有趣的可能是，在海倫・斯諾的感受中，有一種認爲彼此都是清教徒、同處某個共同體的感受，而他們也的確在通過行動刺激中國政局這一點上有相同的看法。斯諾夫婦支持學生上街遊行抗議政府，斯諾的家也成爲學生策劃政治活動的據點。在比斯諾更激進的海倫・斯

〔註4〕 S.Bernard Thomas, *Season of High Adventure: Edgar Snow in China*（Berkeley: University of California Press, 1996）, pp.41～62.

〔註5〕 Edgar Snow, "Communist Strength in China" 打印稿，轉引自 Robert M. Farnsworth ed., *Edgar Snow's Journey South of the Clouds*（Columbia: University of Missouri Press, 1991）, pp.17.

〔註6〕 Edgar Snow, *Journey to the beginning*（New York: Random House, 1958）, pp.73.

諾的回憶裏，他們夫婦是 1935 年冬天北京街頭「一二九」學生運動的策劃者，要求革命的中國學生和美國記者被想像爲一個正義同盟，共同反抗邪惡的政府。〔註7〕

　　斯諾在北京學生運動中找到的中國人，延續到了陝北。在《紅星照耀中國》裏，斯諾對直接指揮中共革命的外國人，比如鮑羅廷、李德的評價很低，但他不反對蘇聯、共產國際在理論上幫助中國。儘管中共有強烈的將隊伍無產化的衝動，但這不在斯諾的視閾裏，在他看來，共產黨由知識階層構成，他說：「他們不是目不識丁的普羅塔利亞，而來自只占中國人口不到百分之五的受過基礎或高級教育的人」。他強調中共的領導人比國民黨更加西化，而西化是革命正確的保障。〔註8〕紅軍嚴整的紀律和集體意識，給了斯諾更具體的共產黨在對普通中國人施行現代教育的感受，斯諾相信他們是摒棄傳統的一代新人，能夠建立現代文明的中國。〔註9〕毋庸置疑，中共的確使陝北蘇區呈現出昂揚面目，這也是抗戰期間眾多訪問陝北的人的共同感受。〔註10〕斯諾1936 年來陝北時，蘇區是很純粹的軍事社會，他對普通紅軍戰士的衛生、紀律、團結、國際意識、理論語彙、熱情和獻身精神，充滿了敬佩。蘇區紅軍和共產黨領導的言談舉止的質量，使斯諾對中共充滿好感。斯諾並不完全瞭解共產黨組織的全部特徵，在他的理解中，黨就是人，就是充滿理想和道德的知識青年。在他看來，與晏陽初引介傳統資源，以禮爲根基、以教育爲方式的改革相比，馬克思主義的理論資源更現代，而科學的西方知識、艱苦的道德與挽救民族的理想，構成了新人，構成了黨的德性。〔註11〕

〔註7〕海倫‧斯諾著、華誼翻譯，《旅華歲月——海倫‧斯諾回憶錄》（北京：世界知識出版社，1985），第 151～152 頁。

〔註8〕Edgar Snow, *Red Star Over China*,（New York: Grove Press, Inc., 1968），pp.357～364. Edgar Snow: *Journey to the beginning*, pp.172.

〔註9〕Edgar Snow, *Red Star Over China*,（London: Victor Gollancz LTD re-issued, 1963），pp.114～122.

〔註10〕比如梁漱溟說他 1938 年 7 月訪問延安的感受：「在極苦的物質環境中，那裏的氣象確是活潑，精神確是發揚。政府、黨部、機關、學校都是散在城外四郊，傍山掘洞穴以成。滿街滿谷，除鄉下人外，男男女女皆穿制服的，稀見長袍與洋裝。人都很忙！無優閒雅靜之意。」梁漱溟，《我的努力與反省》（臺北：老古文化事業有限公司，2002），第 154～155 頁。

〔註11〕Edgar Snow: *Red Star Over China*,（New York: Grove Press, Inc., 1968），pp.352～356.

斯諾在北京觸發的陝北熱

斯諾從陝西返回北京後引發的震蕩，可從他人的觀察中感受一二。歐文‧拉鐵摩爾（Owen Lattimore）1937 年春從英國回到北京時，很快發現了這裡的變化：「人人都在談論恢復統一戰線。與此同時，在北京產生了巨大的轟動，斯諾成功地進入紅區，出來後撰寫了一些新聞報導⋯⋯人們都試圖到那邊去：不僅有好奇的外國人，還有數以百計的中國知識分子、大學教授和學生。」拉鐵摩爾就是「好奇的外國人」中的一員，他很快同另兩個美國人、一個瑞典人一起到陝北去了。

也許 1936 年底到 1937 年斯諾在北京的寫作、演講和聊天，每一次都可稱爲事件，其影響導向各種後續事件的發展。這特別表現在 1937 年燕京大學學生的一系列動作中，我們可以從中清晰整理出學生們通過斯諾走近中共的過程。

1937 年 2 月，斯諾在燕京大學做了兩次關於紅軍的講座。第一次是燕大新聞學會在未名湖邊的臨湖軒主持的斯諾蘇區採訪成果的大會，斯諾當時正任新聞系講師。臨湖軒是燕大禮堂，常用來接待領導和社會要人，也是新聞系、新聞學會例行活動的場所。斯諾夫婦在講座上放映了他拍攝的蘇區影片，展覽了 110 多張照片。當晚到會者很多，除燕大同學外，還有清華大學的學生和陳波兒領銜的上海慰勞抗日軍隊代表團。2 月 22 日晚，受燕京大學歷史學會邀請，斯諾又在臨湖軒做了一場報告，到場有 300 人之多。斯諾放了 300多張幻燈片，電影 300 多尺。〔註12〕

在斯諾帶回新消息前，燕大學生們即使知道中國共產黨、知道他們離開江西向中國內陸轉移，也無從瞭解其具體情況。雖然沒有材料說明斯諾在燕京大學演講的內容是什麼，但從時間上看，這次演講可能與 2 月份發表在上海《大美晚報》的《紅黨和西北：一個共產黨佔領區訪問者講述他的第一手的觀察》一文相似。這篇文章是斯諾 1937 年 1 月份在北京協和教會午餐會上做的演講。他在這次演講中，從觀察者的角度講談了在陝北的見聞和感受，話題包括國共關係、長征、蘇區的工業、經濟、政治和紅軍的生活等。斯諾

〔註12〕參見當時燕京大學校報的報導和當事者的回憶：《燕京新聞》第 3 卷第 31 期，1937 年 2 月 9 日；第 3 卷第 34 期，1937 年 2 月 23 日；張文定，《斯諾在燕園》，載劉立群主編，《紀念埃德加‧斯諾》（北京：新華出版社，1984），第132～139 頁。

突出強調中共願意與國民政府合作，也贊美蘇區條件雖然差但共產黨有很好的群眾基礎，以及紅軍令人振奮的新氣象，斯諾稱他們是他在中國遇到的「最快樂的貧民」。〔註13〕

演講啓發了學生的行動，燕京大學學生組成的兩個陝北訪問團分別在1937年4月和5月到達延安。〔註14〕到延安後沒多久，「七七」事變爆發了，不少學生就此留在了延安。訪問團的學生之一、燕大新聞系的趙榮生1937年8月參加了丁玲領導的「西北戰地服務團」，任通訊組組長。他隨後以「任天馬」的筆名寫下《活躍的膚施》一書介紹旅行團的延安行。書中坦陳斯諾對燕大學生的影響：過去因爲內戰，人們不知道共產黨的情況，流言種種非常神秘，「去年紅軍在吳堡渡河預備到山西去的時候，燕京大學新聞系講師兼倫敦先驅報記者施諾先生曾到保安去訪問過，帶了很多的珍奇故事回來，我看了施樂先生所拍製的電影，聽了施樂先生多次的談述使我萌生了到陝北探險去的念頭」。〔註15〕學生們在延安受到很好的招待，政治領袖毛澤東、陳賡、朱德、陳伯渠，知名文化人成仿吾、丁玲、史沫特萊等都與學生見面聊天，學生們還被安排瞭解蘇區的社會改造和觀看話劇。

如果說到延安去還只是說明學生對中共有好感，那麼正式加入中國共產黨則是明確的政治選擇。1936年劉少奇到天津主持中共北方局工作後，北京學生出現了入黨的高潮。作爲「一二九」運動主力的燕京大學，1935年12月到1936年3月期間入黨的學生有17人，包括與斯諾熟識的黃華、張兆麟和陳伯翰；到1937年7月，燕大入黨的學生有45人，平均一個月有2.5個學生加入中共。這是一個共產黨快速吸收左翼學生的特殊時期，此前中共黨組在燕京大學消失了數年，之後抗戰八年加上內戰時期，燕京大學入黨的學生只有37人。

〔註13〕 Edgar Snow, "The Reds and the northwest: A visitor to Communist areas tells his first-hand observations", *Shanghai Evening Post and Mercury*, 1937.2.5.

〔註14〕 相關記載參見趙洛，《一個燕京同學抗日救亡的經歷》，載《燕大文史資料》第10輯（北京：北京大學出版社，1997），第155～177頁；黃華，《隨斯諾訪問陝北和目擊紅軍大會師》，載《百年潮》2006年第10期。

〔註15〕 任天馬，《活躍的膚施》（漢口：上海雜誌公司，1938）。這裡的施諾和施樂都是指斯諾。

表1：1935.12～1937.7 燕京大學學生入黨及去延安的科系、人數統計表
〔註16〕

院系	新聞	社會學	歷史	經濟	物理	化學	醫學預科	中文、心理、教育	總計
入黨	12	11	7	5	3	2	2	各1	45
去延安	5	4	3	2		2	1	中文1、心理1	19

　　學生入黨出現高峰的原因，除北方局的運作外，斯諾本人起了很大的作用。斯諾去陝北時邀請黃華做翻譯，黃華就此留在延安，成爲中共重要的外交幹部。1935年底到1937年7月，加入中共的燕大學生不少來自斯諾的新聞系，有12人，社會學和歷史系稍少，分別是11人和7人。這些學生中有12人後來去了陝北根據地。從入黨人數和去延安人數可以看到，新聞系、社會學系、歷史學系是學生進入中共組織最主要的院系（見表1）。這裡可能的解釋是，新聞系直接受斯諾影響，而斯諾在臨湖軒的兩次演講正是由新聞學會和歷史學會召集，參與者也以二系學生爲主，演講的效果在此顯現出來。而社會學系的學生是燕大農村調查、鄉村建設的主力，這可能促使學生更容易意識到社會改革的問題，並接受斯諾給出的共產黨改造中國的富有希望的圖景。

　　印刷物上的「陝北」比言傳身教更能造成大範圍的影響。斯諾一回到北京就投入寫作，有關陝北中共的英文文章陸續發表，中文翻譯也同期進行。1937年4月，根據斯諾部分英文手稿譯出的《外國記者西北印象記》在北京秘密印刷，印好後就被送到燕京大學、北平大學和東北大學等各個高校圖書館。〔註17〕可以說，這本書最早奠基了人們，特別是青年學生對「紅色中國」認識。

　　《印象記》的譯者爲求完整展現中共蘇區的情況，選擇了反映長征的廉臣（即陳雲）的文章、關於四川蘇區的文章、關於陝北蘇區的文章和1936年之後共產黨的最新訊息。就比重來看，陝北蘇區是全書的重點。斯諾的文章占全書近四分之三，所有照片也都來自斯諾，展現陝北的自然環境和中共的生存狀況。斯諾的幾篇文章是他當時已經完成的《紅星照耀中國》的手稿。關於中共的最新消息的文章，來自史沫特萊，毛澤東手書一封請斯諾將此文

〔註16〕 本表根據北京大學黨史研究室王效挺、黃文一主編，《戰鬥的歷程～1925～1949.2 燕京大學地下黨概況》（北京：北京大學出版社，1993）第60～81頁的內容整理得到。去延安的學生的人數不包括未加入中共而赴延的燕大學生。1937年「七七」事變對北京高校造成嚴重打擊，燕京大學雖然未像北大清華南遷，在戰爭的刺激下去延安的非黨員學生也有相當數量。
〔註17〕 李放，《斯諾〈西北印象記〉翻譯始末》，載《紀念埃德加‧斯諾》，第160頁。

章宣傳出來：「我同史沫得列談話，表示了我們政策的若干新的步驟，今託便人寄上一份，請收閱，並爲宣播。我們都感謝你的。」〔註18〕與斯諾的英文寫作一樣，毛澤東是《印象記》最大的主角。書的開篇即是毛澤東頭戴紅星帽的大幅個人照片。這張照片是斯諾拍的，原本是半身照，《印象記》中剪裁爲頭像照，五官更加清晰。相片下的說明稱毛澤東是「蘇維埃的巨人」，並說他「性格類似林肯」，「其爲人寬大、誠懇、頗富民主精神及對弱者之同情心」，「他此次領導了有名的長征，可見其軍事天才殊不下於其政治經驗也」。〔註19〕

在某種程度上，《印象記》奠基了青年學生對陝北的第一印象。這本書的譯者有四位，分別是王福時、郭達、李放和李華春。這裡的問題是，他們爲什麼要翻譯這本書？本書秘密印刷、宣傳「紅色中國」的過程是如何發生的？對這兩個問題的考察，將引導我們觀察到當時活躍在北京的一個特殊的學生群體，以及他們的焦慮與激情。

東北的感情與接受中共

《外國記者西北印象記》的四位譯者中，王福時、李華春和李放在「九一八」前都是東北大學的學生。1931 年東北大學迫於戰事入關遷至北京，建制遭到很大破壞，王福時就先後轉入燕京大學和清華大學讀書。李華春隨東北大學入關、復學，1935 年從東北大學政治學習畢業，到《東方快報》當編輯。李放是廣東人，出生在河北，1929 年考入東北大學物理系，他也隨校到了北京，在復校後的東北大學讀書。畢業後，李放也到了《東方快報》當編輯。郭達是湖南湘潭人，畢業於北平財政商業學院，隨後在燕京大學工作，成爲王福時的朋友，1933 年郭達因左派運動被捕入獄，1937 年出獄。

王福時是四人中唯一與斯諾有私交的，也是翻譯活動的關鍵。王福時不是普通的東北學生。他的父親王卓然，是張學良的摯友。1931 年 5 月王卓然隨張學良到了北京，張學良去西安後，王卓然是掌管張學良在京事務的第一人。西安事變後王卓然創辦了《外交月報》、《東方快報》（初稱《覆策》）和《東方快報》印刷廠，安置包括李放和李華春在內的不少東北大學畢業生在

〔註18〕中共中央文獻研究室編，《毛澤東書信選集》（北京：人民出版社，1983），第100 頁。

〔註19〕見《外國記者西北印象記》的排印本《前西行漫記》。埃德加・斯諾等著、王福時、郭達、李放譯，《前西行漫記》（北京：解放軍文藝出版社，2006），第17 頁。

報社工作，《印象記》就是在他的印刷廠印刷成書的。斯諾在 30 年代中期就與王氏父子相識，也是王家的座上賓。1936 年斯諾從陝北歸來後，王福時很快看到斯諾帶回來的資料，旋即邀約幾位東北、燕京友人共同翻譯，並借助父親資源完成印刷。〔註20〕

　　從譯者的身份看，《印象記》的翻譯衝動與東北流亡關內的學生的情緒有關。譯者並不是這個判斷的孤證。如果我們將考察範圍擴大一些，擴展到斯諾身邊的愛國學生，以及關心斯諾陝北之行、左傾、到延安去併入黨的學生，會發現「東北」是一個極爲醒目的身份特徵。

表2：1933～1937 斯諾與北京學生（燕京大學為主）的交往情況〔註21〕

燕大學生（學生自治會）	參與「一二九」的學生	翻譯/助手
張兆麟（新聞系）	張兆麟	黃華
黃華（經濟系）	黃華	王福時（燕京大學、東方快報）
龔普生（經濟系）	陳翰伯	郭達（燕京大學、東方快報）
龔澎（新聞系）	宋黎	李華春（東方快報）
陳翰伯（新聞系）	俞啓威	李放（東方快報）
張淑義（社會學系）	姚依林	
蕭乾（新聞系）	陸璀	
楊剛（英文系）	龔普生	
王福時（社會學系）	龔澎	
郭達（管理學院院長秘書）	張淑義	
和程階	和程階	
李敏	李敏	

　　表 2 反映了斯諾在北京期間與學生的交往狀況。學生主要有三類群體。第一類是燕京大學的學生，以斯諾所在的新聞系學生爲主。這些學生大多也

〔註20〕 本書的翻譯和印刷過程可參見：李放，《斯諾〈西北印象記〉翻譯始末》，載《紀念埃德加・斯諾》，第 159 頁；孫成德、李榮，《甘灑熱血喚長風——追憶〈外國記者西北印象記〉譯者李華春》，《中國檔案報》總第 2207 期，2011 年 9 月 16 日。孫成德、李榮，《才筆縱橫顯芳華——記〈外國記者西北印象記〉譯者李放》，《中國檔案報》總第 2219 期，2011 年 10 月 20 日；王振幹等編，《東北大學史稿》（長春：東北師範大學出版社，1988），第 34～47 頁；東北大學史志編研室，《東北大學校志》第一卷上冊（瀋陽：東北大學出版社，2008），第 27、30 頁。
〔註21〕 本表根據以下材料整理：海倫・斯諾，《旅華歲月——海倫・斯諾回憶錄》，第 141～163 頁；北京大學黨史研究室王效挺、黃文一主編，《戰鬥的歷程～1925～1949.2 燕京大學地下黨概況》；燕京大學校友校史委員會編，《燕京大學史稿》（北京：人民中國出版社，1999），第 626～1160 頁。

是燕京大學學生自治會的骨幹，這個自治會領導了燕京大學的「一二九」運動。第二類群體是各高校的學運領袖。第三類就是斯諾的翻譯者，王福時後來還作爲海倫・斯諾的翻譯，跟她一起去了延安，回北京後，他寫了一篇《從陝北歸來》，報導中共的最新政策和延安見聞。〔註22〕

這些學生中，除去三位翻譯有東北淵源，燕京大學學生會主席張兆麟是原東北大學的學生；學生會執行委員會主席黃華，也就是斯諾在延安的翻譯，「九一八」前就讀於東北錦州交通大學。1935 年底北京的學生運動中，東北大學是主力之一，其領袖宋黎是示威隊伍的總指揮，35～36 年宋黎與其他學運領袖常在斯諾家聚會，計劃行動。〔註23〕

在這些學生的感情中，「東北」意味著什麼？東北淪陷後，逃難的東北學生大部分到了北京，有些在復校的東北大學復學，有些被安排到北大等高校借讀，也有的通過重新考試進入別的學校。不難理解，他們對抗日、收復失地比其他人有更具體、急切的體會。1936 年東北大學校長周鯨文去西安見張學良，張學良對他說：「我們這個學校的特殊性，不是一般的大學，而是爲了抗日造就幹部。」〔註 24〕周鯨文在當年開學典禮上，沉痛地對東北的流亡子弟說：「我們僥倖逃到關裏來，雖然受罪，尚可過著人的生活，我們親友留在關外的，過的是恐怖生活，過的是亡國奴的生活。」〔註 25〕正因這種切身的悲憤和緊迫感，轉入其他高校讀書的東北學生往往能成爲新學校的風雲人物。1935 年燕大全校學生開會，選了張兆麟和黃華當學生會領袖。新的領袖在燕京大學內部刊物中提出，學生會的任務就是領導學生實行遊行和政治運動。〔註 26〕而通過張兆麟、黃華等，燕京大學也和東北大學發生更親密的聯動。與別的高校比，當時的東北大學除了日常知識教育外，還有嚴格的軍事

〔註22〕 麗亞，《從陝北歸來》，《文摘》1937 年第 1 期，第 202～206 頁。

〔註23〕 東北大學在 1935 年冬學生運動中的主力地位，可以通過 12 月 16 日的情況瞭解。燕京和清華的學生吸取 12 月 9 日西直門城門關閉的教訓，前一夜入城住進東北大學西直門內北溝沿校區的宿舍。第二日學生們組成燕京、清華各 30人，東北大學數百人的隊伍。參見黃華，《親歷與見聞——黃華回憶錄》（北京：世界知識出版社，2007），第 10～11 頁。

〔註24〕 《東北大學校志》第一卷上冊，第 35 頁。

〔註25〕 同上。另外，東北大學的有些學生隨校遷入關內讀書，畢業後即返回東北組織抗日活動，少年鐵血軍總司令苗可秀就是其中之一。由此可見東北大學學生急切抗日的意志。

〔註26〕 張兆麟，《學生運動——燕大學生會的使命》，載《燕大週刊》第 3 期第 6 卷，1935 年 10 月 25 日。

訓練制度，他們成立了「東北大學學生軍」，按步兵操典訓練、實彈演習並練習游擊戰。〔註 27〕強調軍事皆因學校上下感到收回東北是他們責無旁貸的事。與東北大學的熟識的黃華，獲得軍訓教官的允許，用燕大校車從東北大學借運出包括步槍、手榴彈的武器，組織燕大學生夜裏在未名湖搞軍事演習。〔註 28〕

更重要的是，東北的學生可能對國民政府沒有親切感和歸屬感。東北大學在入關前叫做「省立東北大學」，所謂「省立」就是說屬於奉天省。東北大學的初始啓動經費是張作霖讓省財政廳給的，之後的經費除每年財政廳撥款外，就是來自張學良的鉅額捐款。〔註 29〕1932 年之前國民政府教育部不負責東北大學的任何費用。在某種意義上，東北大學是張家辦起來的高校，學生雖不一定認同學校歸屬張學良，但對張的歸屬感高於對蔣介石，對奉天政府的歸屬感高於對南京政府。因此，西安事變後，當教育部要通過更換校長整頓東北大學，變「省立」爲「國立」時，東北大學師生做了激烈的抵抗。當時的校長周鯨文用了「欺負」、「欺人太甚」、「眼裏沒有東北人」、「趕盡殺絕」、「趁火打劫」等詞表達憤慨，他還表態，東北大學的錢都是東北地方籌的，校務歸地方管，中央一分錢沒掏過，法理上就不能接收東北大學，並說「東北大學直接向張學良負責，中央和我無關係，我也沒道理聽中央的命令」。〔註 30〕學生們也成立了「東北大學護校赴京請願團」，打算到南京請願，以做抵抗。

正是這些有著東北淵源的學生，集體表現出對南京政府的疏遠和對陝北中共的親近，其背後的原因與國民黨政府從未實現政治上的統一，一個抽象的國家中央並未取代人們對地方的認同有直接關係。在這篇論文考察的這段歷史中，東北認同領導了北京學生的激情。這一點可以做兩方面來看。首先，從東北流亡關內的學生在發表言論、鬧風潮和搞事情上更積極，這其實是一種強大的勢能，把時局、關心和參與大事的欲望、個人的沉痛經驗、青年人

〔註 27〕《東北大學校志》第一卷上冊，第 995～1019 頁。

〔註 28〕黃華，《親歷與見聞——黃華回憶錄》，第 2 頁。

〔註 29〕張學良 1929 年給東北大學捐款大概在 180 萬現洋左右，這個數字是什麼概念呢？1930 年，奉天省財政廳給的經費大約是 7 萬左右，1932～35 年，國民政府教育部給的錢每年依次是：18 萬、2 萬、33 萬、33 萬。參見《東北大學校志》第一卷上冊，第 1047～1050 頁。

〔註 30〕《東北大學校志》第一卷上冊，第 124～126 頁。

的事業感、成就感等都裹挾在內。當然也有另外的聲音在平衡學生們的行動的激情，但顯然，與平淡的學院生活中的學生相比，激進者更容易被識別，也更容易產生短時、快速的影響力，燕京大學 1935 年學生會的選舉結果就是這一狀況的說明。另外，東北學生是「一二九」運動的領袖和主力，他們的所思所慮很清楚，這也就是 30 年代上半期東北大學常規的軍訓和黃華在未名湖畔組織的軍事演習所表達的：要以武裝實力收回東北。這一願望及其資源、能量當然也可被國民黨吸收，但政府處理「東北」、東北大學和學生運動的方式，背離學生的期待。而共產黨這邊，由共產國際支持的抗聯在東北堅持抗日活動，有關他們的新聞通過在莫斯科排印、在巴黎出版發行的《救國時報》抵達各地。東北學生傾向另一派有武裝實力、有收復東北實際作為的政治勢力，在這種對比中合情合理。

斯諾從陝北帶回了更加確鑿的中共抗日的信息。斯諾之前，儘管中共一直力主抗日，但偏居江西的紅軍很難在國內媒體上宣傳自己的主張。斯諾的到訪讓共產黨的抗日主張和實力，終於可以有體系、有細節，甚至是有照片有真相地宣示出來。斯諾是美國記者，他很關心中國與西方國家特別是美國的關係。中共的措辭照顧他的美國身份，稱「美國政府及極大多數利益不衝突，並願與之訂立太平洋的戰線，反對日本侵略者」，而「英國支持日本對滿洲之侵略」，「希望不要嘗試羅斯之企圖，因為這是瓜分中國之企圖。」〔註 31〕毛澤東更是表示：中國的當務之急是「民族救亡」而非「修改條約」，抗戰勝利中國取得獨立後，根據各個國家的「戰時表現」他們的利益將得到不同程度的尊重。〔註 32〕不難估量這些說法帶給東北學生的振奮，這種振奮不只是情緒上的，也是真實的選擇問題。鄧野在關於戰後政局的研究中提出了民國政治自身的傳統，即依靠武力的邏輯。〔註 33〕對學生來說，陝北的紅軍意味著武裝抗日的可能性被真實地看到了，他們不只是在自己左傾的思想脈絡上找到了共產黨，中共實際上填補了其實早該被佔據的位置，紅軍則是一直被苦苦渴望的力量。

〔註31〕 程中原，《有關斯諾訪問陝北的史實補充和說明》，《黨史文匯》1998 年第 4 期。
〔註32〕 吳黎平整理，《毛澤東一九三六年同斯諾的談話》（北京：人民出版社，1979），
第 124～136 頁；Edgar Snow, "Chinese Communists and World Affaires: An Interview with Mao Tse-tung", *Amerasia*, 1937.8.
〔註33〕 鄧野，《聯合政府與一黨訓政：1944～45 年間國共政爭》（北京：社會科學文獻出版社，2011）。

基督教與校園

在海倫‧斯諾對燕京學生和陝北紅軍的描述中，有一種頗為顯眼的說法：他們都有清教風格。如果我們不將之當作誤解，願意從這個角度去看燕大學生和陝北的關係的話，可能會在通常的政黨運動學生的解釋外，獲得關於學生選擇中共的另一層認識。關於這個話題的兩個基本問題是：在什麼意義上，燕大的基督教性質與學生有實在的關係？斯諾夫婦觀察到的清教風格是什麼？

燕京大學是一所基督教教會大學，基督教青年會對這所學校有重要影響，從建校到 1940 年代，許多校領導和教員都是基督教青年會成員。從能掌握的材料看，與斯諾夫婦交好且是學運主力的學生中有數人是青年會成員。龔普生是基督教女青年會的成員，後來成為上海基督教女青年會幹事，1939 年代表中國到阿姆斯特丹參加世界基督教青年大會。張淑義也是基督教女青年會成員，後來成為女青年會全國工業幹事。燕大基督教氛圍最濃鬱的時期是 1924、25 年左右，每年入學的新生裏基督徒占 80%以上。這個比例後來有所下降，但抗戰爆發前學校仍有基督教氛圍，1934、35 年的入學新生裏基督徒仍占 30%多。〔註 34〕據邵玉明等學者的研究，燕大校長司徒雷登的管理始終試圖平衡自由學院和基督教宗旨的張力，在宗教重要性不斷下滑過程中保證宗教對學校氛圍和精英培養的影響力，他在 1926 年建立的基督教團契（The Yenching Christian Fellowship）是這方面的重要措施。〔註 35〕我認為，在 1930 年代燕京大學的左傾學生群體中，基督教發生作用的方式未必是完全共享神學/社會觀念，學校的基督教特徵和學生在兩個維度上建立關聯：活動渠道和生活風格。

活躍在斯諾身邊的燕京大學學生自治會是 1935 年前後燕大的激進愛國學生組織，儘管學校的整體氣氛與自治會表現出的政治行動激情有差距，但總

〔註 34〕 Arthur Lewis Rosenbaum, "Christianity, Academics, and National Salvation in China: Yenching University, 1924～1949", in Arthur Lewis Rosenbaum eds., *New Perspectives on Yenching University, 1916～1952: A Liberal Education for a New China*（Chicago: Imprint Publications, 2012）, pp.282～283.

〔註 35〕 Shaw Yu-ming, An American missionary in China: *John Leighton Stuart and Chinese-American relations*（Mass.: Council on East Asian Studies, Harvard University: Distributed by Harvard University Press, 1992）, pp.71～92. Arthur Lewis Rosenbaum, "Christianity, Academics, and National Salvation in China: Yenching University, 1924～1949", in Arthur Lewis Rosenbaum eds., *New Perspectives on Yenching University*, 1916～1952, pp.265～294.

體而言燕大的愛國氛圍較濃。1935 年的 12 月 9 日西直門外的遊行隊伍中，燕京大學有 550 人，占總數的 70%，其中有不少家境優越者和華僑學生。〔註 36〕

這一狀況與燕大關心時政的學生團體的發達有關。1930 年代，雖然校園裏有時政色彩的活動常被監控禁止，但各種隱蔽或改頭換面的聚會並未因此停止。燕京大學的特殊之處是，宗教聚會爲關涉時政的活動遮風擋雨。30 年代就讀於燕京大學的侯仁之回憶說：燕京大學的「基督教小團契」（Small Christian Fellowship）是光明正大的團體活動，教徒非教徒都可以參加小團契，但小團契的活動內容不止於宗教，還有討論時事政治的小組。〔註 37〕侯仁之的回憶提供了左翼思想在燕京大學流播的一種方式。如前文所述，「基督教團契」是司徒雷登爲保持基督教影響所創立的，同時它也避開了政府關於禁止學校神學院傳教的限令。可以說，在某種程度上，「基督教團契」的形式在傳教和傳播左翼政治兩個維度上避開了中國的政府。

另外，燕大不禁馬列讀物，這可能促使對此感興趣的學生在認識上加固馬克思主義立場。黃華在回憶錄中就提到過他在燕京大學閱讀馬恩列斯著作英譯本的經歷。〔註 38〕燕大的英文刊物訂購全面，當時的學生也愛看雜誌。〔註 39〕這些雜誌就包括了刊登斯諾紅區報導的《亞洲》、《生活》、《星期六晚報》、《新共和》、《美亞》、《密勒氏評論報》和《大美晚報》等。這意味著學生有獲得關於共產黨的信息的渠道，不僅是知道、瞭解斯諾報導的毛澤東和紅軍，國際左翼運動的動態也都能夠獲取。

宗教另有一層向內的作用，也就是海倫・斯諾說的學生和陝北紅軍共享的清教風格。

清教（Puritan）特指英國宗教改革後新教中發展出的更爲激進的一支，它反對天主教及新教的腐敗，要求恪守嚴格的道德和行爲戒律。清教徒在英國

〔註 36〕燕京大學校友校史委員會編，《燕京大學史稿》，第 513 頁。另有說法稱有 470 多人，當時燕京大學學生不到九百人，12 月 9 日參與遊行的學生占學校學生數量一半多，見 hilip West, *Yenching University and Sino-Western relations, 1916 ～1952*（Cambridge, Mass: Harvard University Press, 1976），pp.136～150.

〔註 37〕侯仁之，《我從燕京大學來》（北京：三聯書店，2009），第 10 頁。

〔註 38〕黃華，《親歷與見聞——黃華回憶錄》，第 2 頁。

〔註 39〕據燕大圖書館的統計材料，1930 年下半年雜誌的流通佔書報刊綜合的 25.78%，居首位，西文刊物借出率佔全部語種的 16% 左右，1948 年燕大圖書館西文雜誌共有 1435 種。參見《一九三零年秋季本館借出書籍分類統計表》，載燕京大學圖書館編《燕京大學圖書館報》，1931 年 2 月 15 日；《燕大圖書館概況》，載燕京大學學生自治會編印《燕大三年》，1948 年 9 月。

受到排壓，遂大量移民到北美，所以也有美國以清教徒立國的說法。1930 年代，在宗教和救國雙重影響下的燕京大學，有著認爲「沒有意義、白花時間」的娛樂是「玩物喪志」的校園氛圍。〔註 40〕而隨著華北局勢惡化，要求學生關注時局的呼聲壓過對個人品學兼優的要求，後者被認爲「對自身的責任糊塗」、是「逍遙主義」，燕大學生自治會爲此特別成立「時事研究會」，以正風氣。〔註 41〕左傾學生中的黃華、張兆麟、劉克夷、葉德光等十多人組成「刻苦團」，「提倡生活刻苦、鍛鍊身體，準備日後參加東北義勇軍打日本」。團員「平時不進城，不上電影院，早晨起來做各種鍛鍊，穿藍布大褂，吃食堂價低的飯荣，住冬冷夏熱的閣樓宿舍」，「還儘量擠時間閱讀進步刊物和理論書籍」。〔註 42〕

　　從海倫・斯諾的視角看，這樣的學生表現著清教徒的卓越精神。海倫・斯諾有明顯的清教激情，她非常敏感美國和英國的差別〔註 43〕，這在 30 年代的中國容易兌換成對中國半殖民狀況的同情，而美英之別又和她對清教及清教徒的頂級贊賞混合在一起。她有一種不斷革命——不是嚴格的共產主義運動的不斷革命，而是一種革新激情，可以理解爲韋伯所說的不斷與傳統決裂的激情——的衝動。她在回憶 1935 年的北京時，稱當時中國的消沉讓她「感到窒息，好像空氣本身死了一樣。」海倫・斯諾對中共的認可，延續著她對燕大學生的好感。她認爲陝北和北京有著同樣一群優秀的中國人，在她看來，紅軍年輕熱情，有反叛以及與中國現狀決裂的精神，而這種決裂感是她非常欣賞的。在她 1937 年訪問陝北的觀察報導中，海倫・斯諾花了很多篇幅講述稱贊可愛的紅軍青年，特別提到紅軍中的基督徒醫生傅連暲，說他是一個「傳福音的人」。〔註 44〕而在她架構的兩者關聯中，陝北紅軍和北京學生，與宋慶齡、路易・艾黎、卡爾・森等「工合」夥伴是一樣的，都是「眞正的清教徒」，是中國的活力與希望。

〔註 40〕《燕京新聞》第 1 卷第 38 期，1934 年 12 月 22 日。

〔註 41〕《爲「時事研究會」説幾句話》，《燕大新聞》第 2 卷第 24 期，1935 年 11 月 26 日。

〔註 42〕黃華，《親歷與見聞——黃華回憶錄》，第 4 頁。

〔註 43〕海倫・斯諾在中國時說過這樣一句話：「爲什麼美國人要屈居第二，而不是名列首位？我是三十年代的美國青年人，仍要爲 1776 年的革命而戰」。海倫・斯諾，《旅華歲月——海倫・斯諾回憶錄》，第 81 頁。

〔註 44〕寧莫・韋爾斯著、胡仲持等譯，《續西行漫記》（上海：復社，1939），第 209 頁。

結　語

　　這篇論文首先想提出是，我們如何解讀《紅星照耀中國》這個經典文本。斯諾認可中國共產黨有一層底色，即他們是新的中國人。這個底色決定了斯諾爲什麼認爲中共好，認爲紅軍有希望。另一個獲得了類似評價的群體是燕京大學的愛國學生，斯諾積極促成這兩者的互通。

　　論文在此處觸及了學生運動的話題。1935～36 年北京的學生運動是一段激蕩人心的歷史，相當一批左翼學生很快加入了中共，「一二九」一代的知識精英逐漸成爲中共幹部隊伍的重要人才。這篇論文討論的燕京大學學生的到陝北去，可看作這段歷史的一個個案研究。與從政黨運動角度討論學生左傾不同，論文希望以學生爲主體，貼切地在情感和行動兩個層面，呈現他們的政治選擇。我們發現東北學生的內遷入關，可能是左右北京學院氣氛的一個重要因素，東北學生對中央政府的不滿、對時局的焦慮領導了激進的學潮。另外，清教也在學生接受中共的過程中扮演著微妙的角色。我們可以看到左翼學生中流行著一種清教式的生活風格，而這種風格預示的改造社會、改造自我的衝動，是中共革命被學生欣然接受的先在的情感結構。事實上，學生到陝北去是多元因素促成的結果，也是一個開放的歷史時刻，多種情感和衝動聚積在朝向中共的政治選擇裏。而從另一個角度看，這也意味著長征後的共產黨被想像爲解決 1930 年代中後期政治和社會困境的可能性。燕京大學學生的到陝北去，預示著抗戰爆發後更多青年學生奔赴延安的大潮，也證明了斯諾在《紅星照耀中國》中給出的「紅色中國」眞正興起的趨勢。

主要參考文獻

1. 中共中央文獻研究室編，《毛澤東書信選集》，北京：人民出版社，1983年。

2. 王振幹等編，《東北大學史稿》，長春：東北師範大學出版社，1988 年。

3. 寧莫・韋爾斯著、胡仲持等譯，《續西行漫記》，上海：復社，1939 年。

4. 鄧野，《聯合政府與一黨訓政：1944～45 年間國共政爭》，北京：社會科學文獻出版社，2011 年。

5. 東北大學史志編研室，《東北大學校志》，瀋陽：東北大學出版社，2008年。

6. 北京大學黨史研究室王效挺、黃文一主編，《戰鬥的歷程～1925～1949.2 燕京大學地下黨概況》，北京：北京大學出版社，1993 年。

7. 劉立群主編，《紀念埃德加‧斯諾》，北京：新華出版社，1984 年。

8. 侯仁之，《我從燕京大學來》，北京：三聯書店，2009 年。

9. 埃德加‧斯諾等著，王福時、郭達、李放譯，《前西行漫記》，北京：解放軍文藝出版社，2006 年。

10. 海倫‧斯諾著、華誼翻譯，《旅華歲月──海倫‧斯諾回憶錄》，北京：世界知識出版社，1985。

11. 黃華，《親歷與見聞──黃華回憶錄》，北京：世界知識出版社，2007 年。

12. 燕京大學校友校史委員會編，《燕京大學史稿》，北京：人民中國出版社，1999 年。

13. 鮑威爾，《在中國二十五年》，合肥：黃山書社，2008 年。

14. Farnsworth, Robert M. ed., *Edgar Snow's Journey South of the Clouds*, Columbia: University of Missouri Press, 1991.

15. Rosenbaum, Arthur Lewis eds., *New Perspectives on Yenching University, 1916～1952: A Liberal Education for a New China*, Chicago: Imprint Publications, 2012.

16. Snow, Edgar, *Red Star Over China*, London: Victor Gollancz LTD re-issued, 1963.

17. —— *Red Star Over China*, New York: Grove Press, Inc., 1968.

18. ——*Journey to the beginning*, New York: Random House, 1958.

19. Snow, Lois Wheeler, *Edgar Snow's China: a personal account of the Chinese revolution compiled from the writings of Edgar Snow*, New York: Random House, 1981.

20. Shaw, Yu-ming, An *American missionary in China: John Leighton Stuart and Chinese-American relations*, Mass.: Council on East Asian Studies, Harvard University: Distributed by Harvard University Press, 1992.

21. Thomas, S.Bernard, *Season of High Adventure: Edgar Snow in China*, Berkeley: University of California Press, 1996.

（原刊《文藝理論與批評》2016 年第 4 期）